인생을 헛된 것들에
낭비하지 않고 살아가기

———

나는 비우며
살기로 했다

———

나는 비우며 살기로 했다

초판인쇄	2020년 01월 30일
초판발행	2020년 02월 05일
지은이	비움BIUM
발행인	조현수
펴낸곳	도서출판 프로방스
마케팅	이동호
IT 마케팅	신성웅
디자인 디렉터	오종국 Design CREO
ADD	경기도 고양시 일산동구 백석2동 1301-2
	넥스빌오피스텔 704호
전화	031-925-5366~7
팩스	031-925-5368
이메일	provence70@naver.com
등록번호	제2016-000126호
등록	2016년 06월 23일
ISBN	979-11-6480-033-9-03810

정가 15,800원

인생을 헛된 것들에
낭비하지 않고 살아가기

————

나는 비우며
살기로 했다

————

비움BIUM 지음

P. 프로방스

"미니멀리즘적 사고란 무엇인가?"

미니멀 라이프란 불필요한 물건이나 일 등을 줄이고, 일상생활에 꼭 필요한 적은 소유로 살아가는 삶을 말한다. 인생에서 가장 소중하고 본질적인 것에 집중하여 자기 본연의 모습을 찾아가는 데서 행복을 찾을 수 있다는 것이 미니멀 라이프의 근간이다.

이러한 생활방식을 실천하는 사람들이 미니멀리스트인 것이다.

미니멀 라이프를 한다는 내게 많은 이들이 이렇게 하소연한다.

"미니멀 라이프를 하고 싶은데 너무 어려워요!"

"식구들이 협조를 안 해서 못하겠어요!"

"생각처럼 실천이 잘되어지지 않아요!"

맞다. 본인이 미니멀 라이프에 대한 확고한 신념이나 가치관이 정립되어 있지 않다면 모든 게 산처럼 가로 막힌 것처럼 보일 것이다.

미니멀 라이프를 그냥 '물건만 비우고 짐만 줄인다.'고 생각하고 있는 사람은 실천을 하더라도 문제에 부딪히면 얼마안가 포기하게 된다.

왜 미니멀 라이프를 하려고 하는지, 미니멀리스트로 사는 일이 왜 자신에게 중요한지에 대한 신중하고도 근본적인 질문 없이, 무턱대고 '남이 하니 나도 한다.'는 생각으로 시작하면 결과는 뻔하다. 실컷 과일의 껍질을 벗기는데 껍질을 벗기는 이유를 모르는 것과 같기 때문이다. 껍질을 벗기는 이유를 모르니 과일을 먹어보지도 못할 것이고, 맛이 어떤지는 더욱 모르는 일일 것이다.

나는 이러한 시류를 좇다가 지친 미니멀 라이프를 꿈꾸는 이들과 처음 미니멀 라이프를 접하고 시도하고자 하는 이들에게, 포기하지 않고 미니멀 라이프를 실천할 수 있는 방향을 제시하고 싶었다.

미니멀 라이프를 어떻게 하고 있으며, 물건을 어떻게 버렸고 무엇을 사용하고 있는지와 같은 행위 위주의 책들이 시중에는 많이 나와 있다.

그런 책의 내용 안에서 미니멀 라이프를 실천하는 여러 사람들을 만날 수가 있다. 하얀 가구와 고급스러운 인테리어들이 눈에 들어오고 물건 하나 없는 것처럼 보이는 시원스러운 집안 풍경을 보게 된다. 많은 이들이 깨끗하고 아름다운 환경의 미니멀 라이프를 꿈꾸게끔 사진들은 최상의 모습을 보여준다. 빨리 모든 것을 다 버리고 집안을 그와 같이 만들고 싶어지기도 한다. 그래서 열심히 따라 해 보기도 하고 이것저것 유용하다는 것들을 사들이기도 하며 실천해 본다.

하지만 행위 위주의 사진과 방법들만 가지고서는 미니멀 라이프를 오래 지속하기가 힘들다. 보이는 사진 속과 같은 환경을 모두가 가질 수도 없고, 아무리 짐을 비우고 줄여도 사진만큼 안 되는 현실 앞에서 좌절하기 때문이다.

그렇다고 그러한 요소들이 중요하지 않다는 말은 아니다. 분명 필요하다. 짐을 줄이고 잘 정돈되어진 미니멀리스트들의 집을 보며 도전을 받아, '나도 빨리 저렇게 되어야겠다.'는 의욕을 갖게 되기 때문이다.

하지만 나는 이에 앞서 더 중요한 부분이 있다고 생각한다.

그것은 바로 '삶에 대한 근본적인 생각과 자세를 바꾸는 일'이다.

삶의 본질이 무엇인지, 미니멀 라이프를 하는 목적이 무엇인지를 확실하게 깨닫게 된다면, 미니멀 라이프를 실천하다가 어려움에 부딪히게 되어도 쉽게 포기하지 않게 된다.

이런 생각의 근간을 만들어주기 위해 사진 중심의 책이 아니라 글 중심의 책을 쓰게 되었다.

이 책을 읽고 생각의 초점이 확실히 정해졌다면 얼마든지 사진이나 동영상 등의 미디어적인 요소들은 스스로 찾아보게 될 것이다.

또한 단순히 물건만 줄이는 비움이 아니라 삶 자체에도 미니멀리즘적 사고가 깊이 자리 잡기를 바란다. 미니멀리즘의 사고가 형성이 되면 삶이 변화하고 인생이 변화되기 때문이다!

많은 이들이 인생을 쉽고 편하게 살 수 있는 미니멀리즘적 사고가 형성되기를 간절히 바라며 이 책을 내민다.

한 번 뿐인 인생을 허튼 것들에 낭비하지 않고 살 수 있는 최고의 방법 미니멀 라이프!

가장 중요한 자신과 가족을 소중히 여긴다면 미니멀 라이프에 관심을 가져야 한다.

 하고 싶은 일들을 하며 만족스럽고 행복한 인생을 살고 싶다면, 미니멀 라이프가 무엇이며 미니멀리즘적 사고가 무엇인지를 이 책을 통해 알아보기를 바란다.

2020년 1월 새아침에...

저자 **비 움**

미니멀리즘의
사고가 형성이 되면
삶이 변화하고 인생이 변화된다.
미니멀리즘적 사고가
형성되기를 간절히 바라며
이 책을 내민다.

01 | 심플하게 살고 싶다

복잡한 삶은 사람을   삶은 왜 자꾸 복잡해지는가? 세월이 갈수록
지치게 한다   좋은 기능의 물건들이 나와서 우리의 생활은
점점 편리해지고 편해지고 있다. 세탁기, 청소기, 믹서, 식기세척기
등 많은 일들을 대신해주는 이런 물건들 덕분에 몸을 덜 쓰고 시간
을 벌 수 있어서 무척 편리하다. 그런데 이상한 일은 집안에 이런 물
건들이 가득한데도 우리는 늘 피곤하고 일이 많아 쉬지를 못한다.

왜 그럴까? 생활에 유용하여 이것저것 마구 들여놓다보니 집안이
물건으로 가득하게 되었다. 물건을 보관하고 관리하는 데는 수고가
따른다. 그러므로 일이 늘어나고 정신적 · 육체적 스트레스로 더
바쁘고 피곤해지게 된 것이다.

편리한 물건도 개수가 많아지면 삶에 불편을 초래한다. 물건을 들
이다보면 공간의 부족을 느끼게 되고, 공간이 부족하면 사람이 움직
이는데 불편을 겪는다. 물건들로 복잡한 집안은 답답함과 피로를 가
져온다. 그뿐 아니라 물건을 닦고 청소하고 관리해야 하는 일은 번

거롭고 힘들다. 물건의 구입비용과 딸린 부품들의 보관문제, 고장수리비용, 서비스비용 등 물건과 관련된 여러 가지 부수적인 것들이 추가되어 다른 일거리와 경제적인 부담을 만든다. 우리는 물건이 주는 편리함만 생각했지, 이런 주변부 일들은 거의 생각하지 않고 물건을 구입한다. 살면서 그 물건으로 인해 파생된 일과 비용문제, 시간적인 낭비 등은 당연한 듯 여기며 문제시 하지 않는다. 하나의 물건이 생기면 그에 따른 일거리들이 늘어난다는 사실을 인지하며, 물건을 하나하나 들일 때는 심사숙고해야 한다. 하나 둘 늘어난 물건은 어느새 우리의 생활공간을 장악하고 일거리를 제공한다. 편리한 물건도 많아지면 불편한 물건이 될 수 있음을 기억해야 한다.

물건은 세월이 갈수록 쌓이는 게 정상일까? 옛날 사람들은 한 번 물건을 들이면 낡고 닳아 못 쓰게 될 때까지 사용하다가 버렸다. 그러므로 하나의 물건을 소유하는 기간이 길었다. 그러다 보니 세월이 갈수록 물건은 많아졌다. 하지만 지금처럼 새로운 물건들이 속속 생산되거나 유통되지 않았기에 생활의 번잡함이 덜했다. 요즘 사람들은 눈만 뜨면 신제품이 쏟아지는데다 광고의 현란함에 빠져 물건을 쉽게 사들인다. 쉽게 산 물건들은 얼마 쓰지 않아 관심에서 멀어진다. 그러다 한 쪽 구석으로 밀리게 되고, 결국은 아무데나 처박혀 기억에서 잊혀 지기도 한다. 물건의 유효기간은 옛날보다 훨씬 짧아진 것이다. 그리고 또다시 새로운 물건을 탐하게 되어 집안은 온통 물건으로 가득 차게 된다. 구입한 물건들은 쉽게 버리지도 못해서 자꾸만 쌓이게 되고 삶은 복잡해진다.

나는 한 번 소유하게 된 물건을 '버린다.'는 생각을 하지 못하고 살았다. 물건을 차곡차곡 정리해 장롱 위며 베란다, 다용도실에 쌓아 두다 보니 집안은 물건을 위한 집으로 변해갔다. 살림을 알뜰하게 함은 '아껴 쓰고 버리지 않는 것'이라 착각하고 있었다. 정리를 잘 하는 것이 집안을 깨끗하게 하는 답이라 생각해서 갖은 방법을 동원하여 정리해 보려고 애썼다. 물건을 이쪽 방에서 저쪽 방으로 옮겨보기도 하고, 다양한 수납도구들을 사서 정리해 보기도 했다. 정리에 관한 책들은 '물건마다 집을 정해 주어야한다.'고 해서 열심히 집을 만들어 물건을 보관했다. 물건의 집을 위한 온갖 아이디어를 짜내 정리에 열을 올리기도 했다. 그러나 집을 만들어 줄수록 물건은 집에서 나갈 줄을 몰라 점점 더 짐이 늘어나기만 했다.
나중에는 벽에도 선반을 만들어 물건을 진열했고, 수납도구들을 못이나 나사로 벽에 붙여 사용하기도 했다. 정리를 아무리해도 집안은 깔끔해지지 않았고 금세 어질러져 버렸다. 여기 저기 수납함에 넘쳐나는 물건들은 포화상태였다. 더 넓은 집으로 이사를 해도 얼마 안가 집은 비슷한 상황이 되었다. 집이 커질수록 그만큼 짐은 더 늘어갔다.

거기에 이루고자 하는 꿈도 많아서 머릿속도 늘 복잡하였다. 배우고 싶은 것들에 대한 욕심과 하고 싶은 일에 대한 열망으로 삶이 너무 바쁘고 피곤했다. 살림과 육아, 일의 병행은 사람을 지치게 했다. 끝없는 일 속에 파묻혀 쉼이 없는 삶이 괴롭기 그지없었다.

그래서 어느 날부턴가 단순한 삶을 동경하게 되었다. 단순함을 설파하는 책들을 읽어가며 답을 찾아보았다. 그러한 책들은 기업과 개인의 일처리를 하는데 있어서의 단순함, 성과를 얻는 데 있어서의 단순함을 제시하는 내용들이 대다수여서 삶 전체에 혁신을 일으키는 근본적인 방법을 알려주지 않았다. '단순함이 진리다.', '단순한 것이 가장 아름답다.' 고 말을 하지만 생활에 어떻게 적용을 해야 하는가는 미지수였다. 직장생활이나 일처리, 개인에 적용하는 방법 등을 운운하는 책들도 있지만 생활 전반에 걸쳐 적용하는 데는 분명 괴리감이 있었다. 생활 전체에 변화를 일으킬 수 있는 확실하고 효과적인 방법이 필요했다. 더군다나 일과 살림을 병행하는 입장에서는 더욱 간절한 바램이었다. 그러다 미니멀리즘을 만나게 되었다.

삶의 혁신을 이루는 미니멀 라이프 물건을 줄여 나가다 보면 삶은 가볍고 편해진다. 눈에 보이는 것들을 줄임으로써 얻는 휴식과 간소함은 생활을 윤택하고 여유롭게 한다. 타인의 눈을 의식하지 않게 되며, 물건으로써 나의 가치를 증명하려 하지 않는다. 물건을 들이지 않으므로 가정경제는 안정이 되고 빚을 지지 않게 된다. 집에 대한 소유에 얽매이지 않게 되어 마음이 가볍다. 물건에 쏟는 시간과 돈을 낭비하지 않으며, 가족이 누릴 수 있는 공간이 늘어나서 행복하다. 쓸데없는 곳에 시간과 에너지를 소모하지 않기에 하고 싶은 일을 할 수 있다. 원했던 일들을 하므로 보람과 삶의 만족이 커진다.

물건을 줄이는 일로부터 시작되는 미니멀 라이프는 생활의 모든 부분으로 확장되어 적용이 된다. 눈에 보이는 것부터 비우고 단순함을 추구하다보면, 하고 있는 일과 정신적인 부분에까지 미니멀리즘을 적용하게 된다. 물론 단계가 있다. 물건의 처분이 가장 우선적으로 해야 할 일이다. 물건이 사라지고 삶이 여유로워지면 다른 모든 부분들에 미니멀리즘을 실천하고 싶은 마음이 생긴다. 미니멀 라이프의 간소함이 주는 유익함을 체험했기 때문이다.

정리수납 컨설턴트이자 강사로서 정리에 대한 긍정적인 부분이 분명 있음을 잘 알고 있다.

정리가 잘 된 집은 깔끔하고 보기도 좋다. 정리시스템을 만들면 물건의 위치를 잘 알아서 물건을 찾는데 드는 시간을 줄인다. 동선에 따른 배치로 물건을 사용하는데 시간과 에너지를 덜 낭비한다. 그러나 정리를 잘 하는 것만으로는 생활이 간편해지거나 일이 덜어지지는 않는다. 물건이 많은 상태에서는 정리시스템을 유지하는데도 매번 노력이 필요하다. 가족들이 협조를 하지 않으면 어느새 엉망이 되기도 한다. 위에서 열거한 미니멀 라이프의 단순함이 주는 이익과는 거리가 있다.

단순한 삶이 주는 생활의 편리함과 유익함은 정신적인 부분으로까지 확대되어 한 사람의 삶을 완전히 변화시킨다. 삶의 변화는 인생의 발전을 이룩하고 더 많은 성취를 앞당긴다. 얽히고설킨 많은 경제적인 문제들과 인간관계의 문제들도 해결이 된다.

자존감이 높은 이들은 겉으로 보여 지는 것으로 존재감을 드러내려 하지 않는다. 남이 가진 것에 주눅 들지 않고 부러워하지도 않는다. 사람의 눈을 크게 의식하지 않고 살므로 진정으로 자신이 해야 할 일에 집중하며 자신감 있게 산다. 이런 길로 나아가는 효과적인 방법이 미니멀 라이프다. 삶의 단순함을 추구하라. 비우는 일은 단순함으로 가는 가장 쉬운 방법이다.

02 | 더 많이 가질수록 삶은 무거워진다

무거우면 침몰한다 수레는 많이 실을수록 무거워진다. 무거우면 이동이 느리고 힘이 든다. 당연한 이치지만 사람은 자신이 소유하고 있는 물건에 대해서는 같은 논리를 적용하기 싫어한다. 비어 있으면 어쩐지 허전하고 없어 보이기 때문이다.

미니멀리즘을 알기 전에는 나도 맥시멀리스트였다. 물건을 들이기만 하고 버릴 줄을 몰라서 짐은 살아갈수록 늘었다. 집이 좁고 불편해서 이사를 하지만 더 넓은 곳도 얼마 안 가 짐으로 빽빽해져 버린다. 공간이 남아 있으면 테트리스를 하듯 물건을 채워놓곤 하였다. 그러다 보니 사람의 활동 공간이 좁아서 불편했고 청소도 쉽지 않았다. 가득 찬 물건들을 보니 마음까지 답답해 스트레스를 받는다. 많은 물건을 보며 만족이나 행복을 느끼는 것이 아니라 오히려 불안했다. 천정까지 다다르게 물건을 쟁여둔 곳도 있어서 뭐라도 머리위로 떨어지면 큰일 날 것 같았다. 지진이나 불이 나면 이 물건더미 속에서 깔려 죽든지, 유독가스에 질식해 죽는 것 아닌가하는 마음도 들었다.

실제로 일본에서는 2011년 동일본 대지진으로 인해 미니멀리즘의 붐이 일어났다. 지진으로 인해 소유한 물건이 몽땅 깨지고 부서져 쓰레기가 되었다. 물건이 무너지면서 물건더미에 깔리는 사고도 생겼다. 그토록 소중히 여긴 물건이 흉기로 변한 것이다. 이를 계기로 생존을 위해 물건을 줄이는 미니멀 라이프 족들이 생겨난 것이다.

재앙을 만나면 자신의 생명을 지키는 것 말고 중요한 일이 무엇이 있겠는가? 별 것 아닌 물건 때문에 자신과 가족의 생명을 잃어버리는 불상사는 없어야하지 않겠는가!

무거우면 침몰한다. 인생을 항해하는 삶이라는 배위에 너무 많은 짐을 싣지 말자. 재난을 만났을 때 사람의 생명까지 위협하는 것이 불필요한 짐이다. 꼭 필요한 물건만 가지고 가볍게 살자.

잃어버린다는 두려움　사람은 누구나 잃어버리는 것에 대한 두려움이 있다. 누군가에게서 받은 것일지라도 자신의 소유가 된 후에는 버리기가 어려워진다. 원래 가지고 있지 않았던 물건인데도 말이다.

버리는 것은 잃어버리는 일일까? 그렇지 않다. '버림으로 얻는다.' 는 말이 있듯이 별 볼일 없는 소유를 버리면 더 나은 것을 얻을 수 있다.

예전에 나는 시장을 볼 때 주로 배달 서비스를 이용했지만 때로는 그러지 못할 때도 있었다. '물건을 조금만 사야지' 마음을 먹으면서도 이것저것 주워 담다 많아져버리는 일이 종종 생겼다. 조만간 다시 사러 오는 일이 귀찮아서 한꺼번에 사 버리는 것이다. 무거워진 시장바구니를 들고 낑낑거리며 '다음에는 아주 조금만 사자, 이러다 몸 버리면 고생하지.' 하며 후회를 하곤 했다.

물건을 많이 사지 않으면 몸은 덜 힘들 텐데 노상 반복한다. 물건 때문에 몸은 점점 망가진다. 물건이라는 작은 것을 버리고 건강이라는 큰 것을 얻을 수가 있는데도 순간의 욕심을 내려놓지 못한다.

물건을 쟁여놓고 정작 필요할 때 찾아 쓰지 못하는 것도 큰 낭비다. 찾는데도 힘들지만 시간은 또 얼마나 버려지는가! 어딘가 있는데도 찾지 못해서 또 사게 되면 돈까지 이중으로 낭비한다. 이럴 경우 가지고 있는 것이 유익이 아니라 오히려 손해가 된다. 물건 하나 버리는 것을 아깝게 생각할 것이 아니라 소모되는 시간과 에너지, 이중의 돈 낭비를 아까워해야 한다.

비우는 일은 버리는 것보다 얻는 것이 훨씬 더 많다는 것을 자각해야 한다. 잃어버리는 것이 아니라 '스스로 버리기를 선택하는 것'이다. 작은 것을 버리고 큰 것을 얻자고 마음을 먹자. 물건을 버릴 때는 그것에 투자한 돈만 볼 것이 아니라 물건하나에 포함된 나의 소중한 시간과 공간, 쏟아야하는 에너지를 보자!

보이지 않는 것들을 계산할 수 있다면 버리는 일은 훨씬 쉬울 것
이다.

03 | 버리는 것은 낭비가 아니다

버리지 못하면 낭비가 많아진다   아끼고 절약하는 것이 삶의 미덕이고 잘 사는 방법이라고 우리는 대부분 별 이의 없이 받아들인다. 전쟁과 가난을 겪어오면서 우리 부모님 세대는 뭐든 아껴 쓰고 밥 한 톨도 남기지 말아야한다고 가르쳤으며, 버리는 것을 죄스럽게 생각하기까지 했다. 그런 영향은 자식 대에 그대로 교육이 되어서 우리도 당연한 논리로 받아들이고 살게 되었다. 버리는 것은 낭비며 죄라고 생각하기에 멀쩡한 물건을 버린다는 것은 말도 안 되는 일이었다.

시골에서 어린 시절을 보냈고 가난했던 시기를 경험했기 때문에 나도 뭐든 잘 버리지 못했다. 비닐 한 장이라도 알뜰하게 모아두는 성격이었다. 아껴 쓰고 절약하는 부모님의 모습을 보고 자랐으므로 자연스럽게 그런 행동을 답습하며 살게 되었고, 당연한 삶의 자세라고 생각했었다.

결혼 후 살림을 하고 아이들이 생기다보니 짐은 점점 늘어났다. 시간이 흐를수록 집안은 물건이 들어오기는 하나 나가는 일이 거의 없어서 온통 잡동사니로 가득 채워지고 있었다. 쌓인 물건들 속에서 뭐 하나 찾으려 해도 많은 시간이 걸렸다. 어디에 두었는지도 모를 때가 많아서 같은 물건을 다시 사는 일도 빈번했다. 그러면서도 버리기 보다는 차곡차곡 잘 정리해 두는 것이 답이라고 생각했다. 정리할 때마다 힘들다고 여기면서도 버려야겠다는 생각을 하지 못했다.

그러다 2016년 미니멀리즘을 만나면서 패러다임이 완전히 바뀌는 경험을 했다. 버리지 못하고 사는 것이 오히려 낭비이며 물건뿐만 아니라 시간과 공간의 낭비, 장기적으로 인생의 낭비로까지 이어짐을 깨닫게 된 것이다.

물건이 많으면 어디에 있는지 몰라 찾느라 시간을 허비하고, 다시 사는 데에 돈을 낭비하기도 한다. 물건을 보관하느라 공간도 낭비한다. 거기다 짐이 많아지니 더 넓은 집으로 이사 하느라 대출을 받고, 대출금을 갚느라 뼈 빠지게 일하여 몸을 망가뜨린다. 일터에 갖다 바친 시간 속에 인생이 버려지고 있는 것이다. 평생을 그 수렁에서 벗어나지 못한다. 그 뿐인가! 자녀가 한창 부모를 필요로 할 때 돈을 벌기위해 아등바등하느라 함께 해 주지 못해 관계의 소홀함도 생긴다. 때때로 사랑하는 가족과의 관계의 문제는 되돌릴 수 없는 결과를 초래하기도 한다.

물건을 버리고 미니멀리스트로 살면 어떤 결과가 생길까? 당장은 가지고 있는 멀쩡한 것들을 버리는 일이 큰 낭비라는 생각이 들 수도 있다. 그러나 물건을 버리면 버릴수록 빈 공간이 생겨서 집안은 넓어진다. 물건의 개수가 얼마 안 되니 물건 찾는데 시간을 허비하지 않는다. 물건을 관리하고 정리하는 시간과 에너지도 절약 된다. 물건을 줄이고 살기로 했으므로 새로운 것을 사는 데에도 신중해진다. 충동구매를 하지 않으며 꼭 필요한 것만 사기에 지출이 확연히 줄어든다.

물건이 없으므로 작은 집도 불편하지 않다. 물건 때문에 넓은 집으로 이사할 필요가 없으니 불필요한 대출로 평생 빚을 질 이유도 없다. 돈을 벌기위해 더 많은 일을 할 필요도 없고, 직장과 돈벌이에 인생을 몽땅 갖다 버릴 일도 없다. 실제로 미니멀리스트 중에는 작은 집을 선호하는 이들이 꽤 많다.

일을 줄이고 가족과 더 많은 시간을 가질 수 있으며, 일과 돈에 대한 스트레스가 줄어서 건강도 챙길 수 있다.

자녀에게 인생이 수월해지는 미니멀 라이프를 선물하라

이처럼 물건을 버리고 미니멀 라이프를 지향하면 유익함이 정말 많다. 버리는 일이 당장은 수고스럽고 낭비라는 생각이 들 수도 있지만 더 멀리, 더 크게 인생을 볼 필요가 분명히 있다. 장기적으로 자신과 가족을 위해서 훨씬 더 많은 절약이 된다는 것을 알아야 한다.

또한 자녀에게 미니멀 라이프를 선물해 준다면 길고 힘든 인생길을 한결 수월하게 걸을 수 있게 해 줄 것이다. 폭풍 같은 삶과 사회적 경쟁 속에서 살아남기 위해 시간과 몸을 다 내던지지 않아도 되며, 오히려 풍요롭고 여유로운 인생을 살도록 할 것이다.

부모의 생활습관이 자녀에게 미치는 영향은 지대하다. 별 생각 없이 부모의 모습을 닮아가기에 우리는 더 나은 삶의 습관과 가치관을 아이에게 심어줄 필요가 있다. 평생 물건을 사고 모으고 그것을 위해 돈을 버는데 인생을 낭비하지 않게 해 준다면 이보다 값진 선물이 어디 있겠는가? 자녀에게 삶을 위해 가치 있는 일에 시간과 물질을 쓰도록 본을 보여야 하며 가르쳐야 한다. 어릴 때부터 미니멀 라이프를 알고 실천한다면 아이는 인생의 엄청난 것들을 미리 저축하게 되는 것이라 자부한다.

미니멀 라이프의 안정권에 들게 되면 돈은 대부분 먹을거리와 소모품에 지출되며 쓸모없는 물건을 사는 데 들지 않는다. 옷이나 신발도 거의 사지 않는다. 광고에도 현혹되는 일이 없고 싸다고 많이 사오는 일도 없어서 사 놓고 후회하는 일도 거의 없다. 그러니 정신적으로도 피곤하지 않고 쓸 데 없는 돈 낭비는 더욱 없다.

이리저리 머리를 쓰며 물건을 정리하지 않아도 되어 몸과 마음이 편하다. 거치적거리는 물건이 없으니 청소도 쉽고 간단하다. 손님을 맞이하는 집처럼 늘 깨끗하다. 외출 후 집에 들어오면 눈이 시원하고 기분이 좋다. 몸도 편하고 마음도 여유롭다.

생활을 하는데 그렇게 많은 물건이 필요하지 않다는 것은 물건을 대다수 버리고 나면 깨닫게 된다. 생활은 가벼워져서 더 잘 굴러간다.

물건을 버리고 비우는 것은 결코 낭비가 아니다. 장기적으로 훨씬 유익하며 절약이 된다. 미니멀 라이프는 낭비하는 습관을 바로잡아 올바른 소비습관을 만들어 주고, 가족들의 시간과 에너지를 절약해 준다. 나아가 잃어버릴 인생의 소중한 많은 것들을 되돌려 준다. 미니멀 라이프를 경험하게 된 사람은 결코 이전의 복잡한 삶으로 돌아가지 않을 것이다.

'버리는 것은 낭비다.' 라는 생각을 바꾸어 미니멀 라이프를 경험해 보라! 우리와 우리 자녀에게 보다 더 나은 삶을 선물하자!

04 | 물건이 늘어나면 일도 늘어난다

물건이 적으면 물건을 비우면서 일이 줄어드는 효과를 실감한다.
관리가 편하다   주방은 주부가 매일 몇 시간씩 보내는 장소다. 싱
크대 수납장 구석구석 들어찬 그릇들과 냄비 류, 프라이팬, 온갖 조
리도구로 가득 찬 부엌은 일을 부르는 곳이다.

우리 집은 냄비 종류만 해도 뚝배기부터 시작해 곰 솥과 큰 들통까
지 10여 가지나 되었다. 일 년에 한 번 쓸까 말까한 냄비들을 수납장
에 가득 넣어 두었다. 이런 냄비들은 수납장 안쪽까지 꽉 차있어서
꺼내 쓰기가 불편하니 오히려 안 쓰게 된다. 조리 후 냄비 가장자리
에 묻은 음식물과 눌러 붙은 얼룩은 닦기도 힘들다. 한 번씩 수세미
로 닦고 나면 어깨가 뻐근하다. '도대체 이 짓을 왜 하고 있나' 하고
막상 버리려고 하면 줄줄이 버릴 수 없는 이유가 생기곤 했다.

미니멀 라이프를 시작했을 때 딱 세 개의 냄비만 남기고 모두 처분
했다. 나물을 데치고 찜기로도 활용할 수 있는 사이즈가 조금 큰 냄
비 하나와 상시로 국을 끓일 수 있는 작은 냄비, 커피 물이나 라면
등을 간단하게 끓이는 손잡이가 하나 달린 냄비만 남겼다. 너무 불

편하지 않을까 했으나 웬걸? 정말 편했다. 설거지도 줄고 닦고 관리하는데 한결 수월했다. 공간도 넓어져서 적층을 할 필요가 없으니 사용하는 데도 무척 편하다. 아이들조차도 쓸 냄비가 없으면 스스로 씻어서 사용하므로 자녀의 생활 습관 면에서도 좋았다.

우리는 요리와 식사를 위해 몇 개 사용하지도 않는 그릇들을 부엌에 잔뜩 쟁여둔다. 부엌도 모자라 그릇 장식장까지 사들여서 전시를 한다. 그런 그릇들이 과연 요리를 하고 먹고 사는데 엄청난 편리를 제공하는지 생각해 볼 일이다. 오히려 적층한 그릇들은 꺼내기도 불편하고 위험하기까지 하다. 씻고 보관해야하니 일도 많아질 수밖에 없다.

나는 일이 부담스럽다. 몸으로 일하는 것을 정말 싫어한다. 하지만 결혼 후 살림은 안할 수가 없으니 다람쥐 쳇바퀴 돌 듯 집안일을 했다. 즐겁지 않으니 기본만 하고 살았다. 그러나 살수록 물건이 늘어나니 일이 많아져서 짜증이 났고 몸도 피곤했다. '버린다.'는 개념을 적극적으로 생각해 본 적이 없으므로 물건은 점점 늘어나기만 했다. 정리해서 쌓아둔 물건들은 공간을 야금야금 잠식해 갔다. 물건을 사 들이면서도 물건 때문에 일이 늘고 있다는 생각은 한 번도 해보지 못했다. 일하기를 싫어하면서도 일거리를 만들고 살았으니 얼마나 어리석은 삶이었던가!

**물건하나에
일이 하나다**　　'물건을 하나씩 사게 될 때마다 일이 한 가지씩 늘어
난다.' 는 생각을 해본 적 있는가?

아마도 대부분의 사람들은 전혀 그런 생각을 하지 못할 것이다. 단
순히 물건이 갖고 싶다거나 필요해서 산다는 것까지만 생각할 것이
다. 그러나 물건이 하나 들어옴으로써 일도 한 가지 늘어나게 된다
는 사실을 분명히 알아야 한다.

요즘은 물건 하나를 사려고 할 때마다 정말 필요한 것인지, 굳이
없어도 불편하지 않은지 충분히 생각해 본 뒤에 산다. '물건 하나에
일이 하나 플러스 된다' 는 생각을 하므로 불쑥 물건을 사들이지 않
는다.

물건이 많지 않을 때는 '그까짓 물건 하나 사는데 무슨 일거리가
는다는 거야?' 라고 생각할 수도 있지만, 하나 둘 스멀스멀 들어온
물건들은 인식하지 못하는 사이에 집안을 가득 채운다. 이것은 작은
일이 아니다. 하나는 별거 아니지만 쌓이면 많아지고 일거리를 부른
다. 부피가 큰 물건이나 전자제품은 손도 많이 가서 일감을 더욱 늘
린다. 거기다 고장이라도 나면 수리도 해야 하므로 신경이 쓰이고
시간과 돈을 빼앗긴다.

시간과 돈도 아깝지만 몸을 좀 더 아낄 필요가 있다. 우리 몸의 기
능과 자원은 한정적이어서 많이 쓰면 쓴 만큼 나이가 들면 고장이
나게 마련이다. 젊어서 실컷 부리고 나이가 들어 아파서 병원을 전

전하다보면 본인만 서글프지 않겠는가? 그 고통은 어느 누구도 대신 해 주지 않는다.

게으르게 살라는 말은 아니지만 굳이 하지 않아도 되는 노동을 사서 할 필요가 있겠는가! 불필요한 물건들만 들이지 않아도 일은 줄 것이다.

집은 일하는 장소가 아니라 쉬는 곳이 되어야 한다. 주부가 집안일로 힘들고 피곤하면 가족 전체가 편하지 않다. 엄마가 일하느라 짜증이 나면 남편이나 아이에게 그 영향은 자연스레 미친다. 남편도 마찬가지다. 누구든 몸이 힘들면 주변사람들에게 좋은 말을 해주기가 힘들다.

물건 사는 것을 신중히 해서 일을 만들지 말아야 한다. 물건에 투자하는 에너지를 아껴 효율적인 곳에 쓰자. 아이들을 위하여 더 시간을 내고, 가족의 행복과 화합을 위해 에너지를 쓰자. 이것이 미래를 위한 나은 투자이며, 돈 주고 살 수 없는 가치가 되지 않겠는가?

05 | 버리는 게 힘이 드는 이유

버릴 때는 누구나　누구에게나 버리는 문제는 쉬운 일이 아니다.
고통스럽다　무척 힘이 들고 어렵다. 사용하지는 않지만 살
아온 세월과 함께 같이 나이가 들어가는 물건에 대한 애착, 한때 소
중한 기억을 간직하고 있는 추억의 물건들, 자녀의 어린 시절의 옷
이나 작품, 비싸게 주고 샀지만 안 쓰는 물건, 버리면 낭비라고 생각
해 차곡차곡 베란다 한 구석에 정리해 놓은 잡동사니, 누군가에게
선물로 받은 것, 언젠가 필요할 것 같아서 버리지 못하는 물건들….

　못 버리는 이유를 가진 물건들은 집안에 수두룩하다.

　버리는 일은 고통을 수반한다. 너무 힘들어서 버리기를 할 때는 스
트레스를 받는다. 버리고 다시 집어오는 일을 수십 번 반복하기도
한다. 완전히 버리기 싫어서 쓸데없이 머리를 쓰기도 한다.

　'동생한테 필요할 것 같아.', '엄마에게 보내드려야지.', '누구네
주면 어떨까?'

　주는 일도 쉽지는 않다. 가져다주든지 택배로 부치든지 오게 해야

하는데 서로가 바쁘면 몇 개월씩 베란다에 쌓아 놓고 있다.

나는 독서를 좋아해서 책이 집안 물건의 삼분의 일을 차지했었다. 책을 버린다는 것은 상상할 수도 없는 일이어서 많은 물건들을 처분한 후에야 손을 댈 수가 있었다.

옷도 마찬가지다. 어릴 때부터 패션에 관심이 많았고 멋 부리기를 좋아해서 날마다 다른 옷을 입어야 즐거웠다. 그러니 당연히 옷도 책 다음으로 양이 많았다.

이런 좋아하는 물건들을 버리기로 마음을 먹고 실천에 돌입했을 때는 마음이 힘들었다. 그러나 많은 물건들이 현재의 삶을 피곤하게 하고 진보하지 못하게 한다고 생각했기에 과감히 버리기로 결심했다.

버리기를 위한 조언　　버릴 때 자신을 덜 힘들게 하려면 몇 가지를 짚어보면 좋다. 무조건 버려야한다고 채근한다면 얼마안가 버리기를 포기하게 되든지, 스트레스를 받아 오히려 자신을 해치는 일이 될 수도 있다.

첫째, 현재 쓰는 물건인가?
둘째, 좋아하고 만족하는 물건인가?
셋째, 앞으로 1년 내에 다시 쓸 수 있는 물건인가?

이 질문에 '예'라고 대답할 수 있다면 남겨두고, 의심을 하게 된다면 버려도 된다.

물건 버리기를 할 때는 현재를 기준으로 보는 것이 가장 좋다. 《나는 단순하게 살기로 했다》의 사사키 후미오는 '물건을 버리는데 중요한 핵심은 지금 자신에게 필요한지 아닌지를 분별하는 것.'이라고 했다. 과거의 물건들은 이미 지나간 것이므로 집안 공간만 차지해서 살아가는데 불편하게 할 뿐이다. 미래의 물건도 마찬가지다. 언젠가 쓰게 될 것 같아서 모아두고 있지만, 그 언젠가는 언제가 될지 알 수 없는 일이다. 언젠가 다시 쓰게 된다면 그때 가서 구입해도 된다. 오히려 더 좋은 제품이 나올 터인데 수년간 안 쓰는 물건을 보관하느라 공간을 낭비할 필요가 있겠는가?

향후 1년 사이에 다시 쓸 계획이 없는 물건은 과감히 버려도 된다. 수년 만에 한 번 사용해야 한다면 렌트하는 방법도 있다.

나는 한복세트를 처분하면서 잠깐 고민하다가 '필요할 때 렌트하자.' 하고 버렸다. 그런데 버린 이후 한 번도 입을 일이 생기지 않았다. 만약 입을 필요가 생긴다면 정말 입고 싶은 디자인으로 '예쁘게 빌려 입으리라.'는 기대감도 있어서 설렌다.

기분이 나빠지는 물건은 버린다. 쓰고는 있지만 볼 때마다 기분이 별로고 버리고 싶다는 마음이 드는 물건이라면 버리기를 추천한다. 기분이 나빠지는 물건은 부정적인 영향을 주기 때문에 마음에 피해를 입힌다. 새로 사는데 드는 비용과 마음의 손해비용 중 어느 쪽이 더 유익인지 따져 보는 것이 필요하다. 좋아하거나 만족하는 물건을 남겨두는 것이 가장 좋지만, 그러지 못할 경우라면 최소한 싫어하는 물건은 옆에 두지 않는 게 좋다. 싫어하거나 잘 맞지 않는 사람과는 되도록 함께하지 않으려 하면서 왜 그런 물건은 처분하지 않는 것인가?

사람이 사용하고 있는 물건은 살아있다. 물건은 저마다 가지고 있는 기가 있어서 사람에게 영향을 미친다. 사람이 사는 집은 낡고 허름할지라도 물건이 윤기가 나지만, 오랫동안 방치된 빈집의 물건들은 모두 빛을 잃고 생기가 없다. 이렇듯 사람과 동거하는 물건들은 함께 기를 주고받기 때문에 생명이 있다고 해도 과언이 아니다. 그러니 소유하고 있는 물건이 어떤 것인지 관심 있게 살펴볼 필요가 있다. 물건을 버리기로 정했다면 정말로 좋아하는 것들을 남기고 그렇지 못한 물건이라면 용기를 내서 버리자.

같은 기능을 가진 물건은 한 종류만 남긴다. 가지고 있는데 누군가에게 또 받은 물건, 새로운 디자인이 나왔을 때 사들인 것, 큰 것, 작은 것, 이렇듯 같은 기능의 물건이 여러 가지일 때는 가장 편리하고 자신이 잘 사용하는 물건만 남기고 나머지는 버리자.

특히 주방에는 같은 기능의 물건이 많다. 우리 집에는 믹서 종류만 해도 네 가지가 있었다. 녹즙이나 마늘을 갈 때 편리한 맷돌 방식의 믹서, 칼날이 노출되었지만 편하게 거품을 내거나, 쓱쓱 야채나 과일을 쉽게 갈 수 있는 핸드믹서를 비롯해, 간단하게 컵 안에서 바로 갈아 쓸 수 있는 것들이 두 가지나 있었다. 맷돌 방식의 믹서는 무겁고, 한 번 사용하려면 장착하고 분리해야하는 도구들이 불편해서 버렸다. 핸드믹서도 쓸 때마다 노출된 칼날에 다칠 것 같아서 버렸다. 작지만 컵 대용으로도 바로 쓸 수 있는 간편한 두 가지 종류 중 더 깨끗한 새 제품 하나만 남겨 두었다. 주스를 만들거나 마늘을 가는 용도 외에는 거의 쓰지 않으므로 전혀 불편하지 않다.

버리는 일이란 때로는 살점을 깎아내는 느낌이 들어 거부감을 일으키기도 한다.

'버리고 후회하면 어떡하지?', '지금 필요한 건 아니지만 과거에 정말 유용했어.', '저걸 얼마에 샀는데 버려', '지금 쓰지 않아도 언젠가 필요할지도 몰라', '선물 받은 걸 버리다니 냉정해', '부모님이 주신 건데…', '버리는 건 낭비야.' 등등.

버리기를 시도할 때 드는 수많은 생각들은 발목을 계속 붙잡는다.

이러한 이유들은 마음을 힘들게 하여 버리기를 중단하게도 만든다. 그러나 삶에 대한 더 나은 통찰로 이러한 생각들의 방향을 바꾸어 가야한다.

　단순한 삶이 주는 편안함, 시간과 공간의 향유는 물건보다 훨씬 더 가치가 있다. 쓸데없는 것을 사느라 돈을 낭비하지 않게 되므로 오히려 절약이 된다. 물건을 보살피기위해 낭비하는 시간에 더 보람된 일을 할 수 있다. 앞으로 살펴보겠지만 미니멀 라이프가 주는 유익함은 엄청나다. 버리는 일이 당장은 힘들고 어려움이 있을 것이다. 고통 없이 얻는 것이 없다고 하듯, 버릴 때의 수고로움을 조금만 인내하고 견딘다면 상상이상의 결과를 얻을 것이다.

나는 비우며 살기로 했다

06 | 매번 정리해도 금방 지저분해지는 이유

**버리기만 잘해도 집안은
쉽게 지저분해지지 않는다**

많은 이들이 '정리를 해야 한다.'는 강박관념에 시달리면서도 섣불리 손을 대지 못하고 부담만 안은 채 차일피일 미루고 사는 일들이 허다하다. 어디서부터 손을 대야 하는지 알지도 못할 뿐 아니라 너무 많은 짐이 쌓여 있어서 엄두가 안 난다.

정리를 할 때 물건을 몽땅 끄집어내어 정리를 시작해야 한다고 생각하기 쉽지만 그보다 앞서 할 일이 있다. 누가 봐도 쓰레기인 물건과 사용하지 않은 채 자리만 차지하고 있는 물건을 버리는 일이다. '버리기'는 미니멀리스트로 가는 제일 중요한 관문이기도 하다.

정리수납 컨설턴트이자 강사로서 고객들과 수강생들을 대할 때 가장 어려워하는 일이 버리기의 문제라는 것을 실감한다. 나도 가끔은 버리는 문제가 아직도 쉽지 않을 때가 있다.

그러나 버리지 않고 정리만 하면 공간 부족의 문제가 생기고 정작 필요한 물건은 밖에서 굴러다니게 된다. 정리할 때마다 이쪽저쪽으로 옮겨 놓는 일을 반복하게 되어 일만 만든다. 버리지 못한 물건은 자리만 차지하고 있어 사람이 누려야할 공간을 빼앗는다. 매번 정리를 해도 금방 지저분해지는 이유는 이런 불필요한 물건들이 집안 곳곳에 자리를 잡고 있기 때문이다.

정리를 해야 한다고 생각하기 이전 반드시 버릴 것부터 버리자.
'05 버리는 게 힘이 드는 이유' 편을 참고해 버릴 것이 무엇인지를 점검하자. 버리기만 잘 해도 정리하는 일은 쉽다.

또 하나, 매번 정리해도 금세 어질러지는 이유는 물건의 자리가 없기 때문이다. 제자리가 없으면 물건은 쓰고 난 뒤 이곳저곳을 전전한다. 항상 물건의 위치가 정해져 있으면 물건을 잃어버리는 일이 없고 찾아 헤매는 일도 없다.

사람도 집이 있어 저녁에는 자신이 있어야 할 곳을 찾아가듯, 물건도 사용한 후 제자리로 돌려놓으면 집안이 어질러지는 것을 막을 수 있다. 물건에 제자리가 있으면 밖에서 나뒹굴어도 쏙 집어넣는 일이 편하다. 자리가 없으면 아무데나 얹어 두거나 밀어 놓게 되므로 치워도 매번 집안을 어지르는 원인이 된다. 이러므로 정리를 할 때는 반드시 물건의 제자리를 만들어 주는 것이 좋다.

정리는 즉시 한다 '하루에 10분 시간을 정하여 정리를 하라.' 이런 말을 많이 들었을 것이다. 그러나 나는 그 말을 별로 신뢰하지 않는다. 10분을 정해 매일 정리한다는 일이 숙제와 같은 부담이 되어 마음이 불편하다. 바쁜 일상에 시간을 정해서 정리하고 점검한다는 일이 말처럼 쉽지 않다.

물건이 줄어든 상태에서는 정리하는 일이 그리 어렵지 않다. 많은 물건을 버리고 나면 딱히 정리라고 할 것도 없다. 자리만 정해져있다면 물건 사용 후 즉각 제자리에 놓을 수 있기에 따로 시간을 낼 필요가 없다.

그러나 물건이 적어도 '사용한 즉시 정리 한다.'는 마음을 갖지 않으면 어느새 조금씩은 어질러지기 마련이다. 피곤하거나 귀찮아서 '나중에 하지 뭐.' 하고 아무데나 던져두면 일거리는 늘어난다. 미루어둔 물건이나 일거리를 한꺼번에 처리하는 일은 퍽 힘들다. 나중에 하는 일이 더 번거롭고 일이 많다. 무엇이든 바로 하는 것이 제일 좋은 방법이다.

외출 시에는 집에서 편하게 입는 옷을 벗고 외출복을 입게 된다. 이때 평상복을 의자에 쓱 올려두는 게 편해서 예전에는 책상의자가 옷걸이 역할을 하고 있었다. 그러나 뭐든지 '그때그때 제자리'라는 인식을 하고부터는 평상복을 벗으면 바로 옷걸이에 건다.

옷을 입으려고 꺼냈는데 별로 안 어울리면 다시 걸어두기보다는 행거나 옷 위에 올려두기 십상이다. 그러나 귀찮더라도 즉시 다시 걸어두는 것을 습관화 하면 나중에 따로 시간을 내어 정리하려고 애쓸 필요가 없어진다.

이와 같이 '바로 바로 제자리로'의 습관을 들이면 일부러 매일 정리 시간을 따로 낼 필요가 없다. 그래서 항상 깨끗하고 정돈된 집안을 보게 되므로 정리 스트레스에 시달리지 않게 된다.

청소도 마찬가지다. 지저분하다고 생각되면 바로 빗자루를 들거나 청소기를 돌린다. 가스레인지나 조리대도 조리 후나 설거지할 때 즉시 닦는다. 바로 닦아내면 물만으로도 쉽게 닦인다. 시간이 지나면 묵은 때가 되므로 나중에는 더 힘들고 번거로운 일이 된다. 청소를 위해 날을 잡아야 할 수도 있다.

우편물 정리도 가져오는 즉시 바로 한다. '나중에 해야지.' 하고 서랍이나 구석에 쌓아두면 우편물 더미가 마음만 무겁게 한다. '언젠가는 봐야지.' 하며 몇 년씩 쌓아두기도 하는데, 그러다 아예 뜯어보지도 않고 버리는 것도 많다.

정리를 다루는 책들에서는 우편물 상자를 만들어 두라고 권유하기도 한다. 그러나 보는 즉시 처리하는 것이 가장 효율적이고, 미루는 일을 방지할 수 있어 집안도 깨끗하다. 빠른 시일 내에 처리해야하는 내용의 문서를 읽어보지 않아서 문제가 생기는 일도 막을 수 있다.

이처럼 우리는 매번 정리해도 집안이 금세 지저분해지는 것을 막으려면 먼저 불필요한 물건들을 비워야 하고, 물건의 제자리를 만들어 주며, 사용한 직후 바로 제자리로 돌려놓는 습관, 일처리를 즉시하는 습관을 들여야 한다. 그러면 바로 정리한 것 같은 집안을 항상유지할 수 있으며, 가사노동이 훨씬 쉽고 간편해진다.

07 | 편하자고 산 물건들이 오히려 불편함을 준다

일을 부르는 　바쁘게 살아가는 현대인들을 위해 발명된 각종 전자
전자제품들 　제품은 생활을 편리하게 해 주고 일을 덜어주어 유용
한 것들이 많다. 그러나 이상하게도 우리는 쉬지 못하고 일에 쫓기
고 피곤한 삶을 살아간다. 왜 그럴까?

　생활의 편리를 위해 들여놓은 물건들이 오히려 시간을 빼앗고 삶
을 불편하게 만드는 일들이 많기 때문이다.

　요즘 사람들은 보통 냉장고를 두 대 이상 가지고 있을 것이다. 일
반냉장고와 김치냉장고, 필요에 따라 식품 보관용도로 3~4대 있는
집도 있다. 냉장고 크기도 기본 500L이상인 대형이다. 대형냉장고
가 여러 대 있어도 모든 냉장고 안은 항상 가득 차 있다. 많은 식품
들을 저장해둔 냉장고는 차라리 '냉창고' 라 해야 옳을 것이다.

　냉장고를 사용하는 목적은 식품을 신선하고 편리하게 보관하고
건강한 식단을 마련하고자 함이다. 그러나 너무 많은 식품들을 저
장하게 되므로 신선한 것을 먹기보다는 빨리 먹어치워야 하는 것들

위주로 요리를 하게 된다. 넣어두고 잊어버리거나 오래되어 상해서 버리는 일도 허다하다. 냉장고 안에서 몇 년씩 정체도 모를 식품들이 자리만 차지하고 있는 경우도 있다. 터질 듯이 보관한 많은 식품들로 인해 청소는 엄두도 못 낸다. 정리하고 청소해야 한다는 부담이 있지만 거대한 냉장고 안을 어떻게 비우고 청소해야할지 암담하다. 정리하려고 문을 열었다가 그냥 닫아버리고 마는 때가 많다. 매번 냉장고 문을 열 때마다 마음만 무겁고 답답하다. 거기다 그런 냉장고가 두 대 이상이라면 이것이 과연 편리한 물건이라 할 수 있겠는가?

아이들이 어릴 때 직장을 다니며 살림도 해야 했기 때문에 시간이 없고 바빠서 식기 세척기를 쓴 적이 있었다. 설거지를 대신해 주니 한결 편할 거라고 생각했으나 오히려 번거롭기만 했다. 그릇에 묻은 음식물을 털어내고 세척기 안에 넣어야 했고, 세척이 다 되면 다시 꺼내서 정리를 해야 해서 일이 더 많아지는 것 같았다. 때로는 음식 찌꺼기가 깨끗이 제거되지 않아 다시 헹궈야 하는 불편함도 있었다. 건조가 다 된 그릇을 매번 꺼내고 정리하기가 귀찮아 세척기 안에 그대로 두고 쓰기도 했다. 그러나 사용한 그릇을 다시 설거지를 해야 하므로, 세척기 안 그릇들을 정리하지 않으면 안 되는 상황이 되었고, 이런 과정은 여간 불편한 게 아니었다.

차라리 손으로 설거지를 하는 게 더 편해서 나중에는 세척기를 아예 쓰지 않게 되었다. 그 후 식기세척기는 단지 물건 올려두는 장소로 전락하고 말았다.

이렇듯 처음에는 잘 사용하게 될 것이라 기대하고 샀다가 구석에 방치되어 있는 물건이 집집마다 한두 개 이상씩은 있을 것이다. 빨래 건조대가 되어 거실과 안방을 차지하고 있는 러닝머신을 비롯한 각종 운동기구, 멋스럽고 맛있는 커피를 내려 마시겠다고 구입했지만 몇 번 사용하다 싱크대 선반에 보관해둔 커피머신, 신제품이 나올 때마다 구입했던 부엌용품들, 피부와 몸을 위한 마사지기와 안마기 등 이러한 물건들을 과연 얼마나 편리하게 잘 사용하고 있는지 점검해 볼 일이다.

전자제품이 줄면 편하다　　사용하지 않고 방치해 두는 데는 분명 이유가 있다. 불편하거나 귀찮거나 활용도가 떨어지기 때문이다. 그런 물건들을 그대로 두고 살게 되면 공간만 차지하고 있어서 거치적거리고 불편해진다. 먼지라도 닦아 주어야 하므로 일도 늘어난다. 그럼에도 불구하고 버리지 못하는 이유는 들인 돈이 아깝고 언젠가 쓰지 않을까 해서 버릴 용기를 내지 못하기 때문이다.

우리 집에는 냉장고가 세 대나 있었다. 김치냉장고와 일반 냉장고 두 대, 그러나 미니멀리즘을 실천하면서 냉장고 한 대만 남기고 모두 처분했다. 거기다 현재 쓰는 냉장고는 320L로 작은 냉장고다. 다섯 식구가 사용하는 데 전혀 불편함이 없다.

두 대의 냉장고를 버리니 공간이 넓어져서 좋고 전기세가 줄었다. 냉장고 청소하는 데 드는 시간과 에너지를 아낄 수 있어서 무엇보다 편하다. 냉장고 안에서 상하거나 오래도록 방치돼 있는 식품도 없다. 과하게 장을 보는 일도 없고 먹을 만큼만 사게 된다. 산 식품을 다 먹은 후 장을 보므로 낭비가 거의 없으며 신선한 식품을 먹게 되어 건강에도 좋다.

전자레인지도 없고 커피포트도 없다. 오븐이나 각종 요리를 편리하게 해 준다는 여러 가지 조리 기구나 도구도 없다.

전자레인지는 수십 년 동반자였고 전자레인지 없이 산다는 것은 꿈도 꿔 본 적이 없었다. 온갖 찬 음식을 데우고 금세 먹을 수 있게 해주는 이 편리한 도구가 고맙기까지 했다. 냉동식품들을 빠르게 해동했고, 달걀 프라이도 했으며 심지어 커피 물도 전자레인지에 끓였다. 그러나 전자파가 들어간 음식들이 과연 우리 몸에 좋을까를 고민해 보게 되었다. 아이들도 인스턴트식품을 비닐봉지 째 넣어서 돌려 먹곤 했으므로 환경호르몬 흡수에 대한 염려를 하지 않을 수 없었다.

과감히 버리고 나서 불편했을까? 그렇지 않았다. 데우거나 삶아야 하는 식품들은 간단한 찜기를 이용하고 커피는 작은 손잡이가 달린 냄비에 끓여 마신다. 아이들도 처음에는 불편하다고 투덜대더니 지금은 군소리가 없다. 오히려 봉지 째 데워 먹는 인스턴트식품들을 덜 먹게 되어서 좋았다.

중복되는 물건뿐만 아니라 오랜 세월동안 없으면 큰일 날 것처럼 생각했던 전자제품들까지 버렸지만 불편하지도 아쉽지도 않았다. 오히려 건강한 음식을 먹게 되었고, 그러한 물건들을 보관하고 관리하는 수고를 덜 수 있으며 공간을 얻을 수 있어서 좋았다.

유용할 것이라 생각하고 구입했던 물건들을 파악해 보자. 얼마나 자주 편리하게 잘 쓰고 있는지 점검해 보자. 편하자고 산 물건들이 오히려 불편하게 하고 우리가 누려야할 공간과 시간, 에너지를 빼앗아 간다. 오래도록 사용하지 않고 방치된 물건들이 있다면 과감하게 버리자. 없어도 결코 불편하지 않을 것이며 문제가 일어나지도 않을 것이다. 들인 비용을 아까워 말고 그 물건을 보관하고 관리하는데 드는 수고로움을 아까워하자.

08 | 나는 왜 버리는 것에 실패할까?

더 이상 버릴 수 없다   버리기에 실패하는 이유는 무엇일까?

막상 맘먹고 버리기를 시작해도 지속되지 않을 때가 있다.

물건 비우기를 시작하고 6개월 정도 지난 후 대략 5개월여의 기간 동안 버리기를 중단 한 적이 있었다. 많은 물건을 처분했지만 아직도 미니멀리스트라 자부할 수 없었다. 그런데 더 이상 진도가 나가지 않았다. 가장 큰 이유는 '더 이상 버릴 수 없다' 는 한계상황이었다. 특히 좋아하는 물건들은 종류와 양이 많아도 버릴 수가 없었다. 옷과 책, 그리고 일과 관련된 물건들이다.

비울 때 제일 먼저 손을 댄 것은 부엌물품이었다. 그릇이나 조리도구에 대한 욕심이 별로 없어서 비교적 고민 없이 과감히 버릴 수 있었다. 어느 정도 많은 물건들을 비우고 나니 더 이상 진도가 나가지 않았다. 버릴까 하다가도 마음이 허용하지 않는 물건들은 손을 댈 수가 없었다. 그렇게 버리는 일에 정체기를 맞으니 미니멀 라이프는 삶에서 점점 멀어지고 있었다.

'뭘 그렇게 까지 나를 다그치며 힘들게 할까, 스트레스를 받아가며 물건을 버리느니 가지고 있는 게 낫지.' 하며 합리화를 했다. 그러다 보니 물건은 하나 둘씩 더 늘어나기 시작했다. 가족들이 가지고 들어오는 물건을 방관하게 되고, 필요하다 싶은 물건도 별 고민 없이 사고 있었다. 특히 그림에 관련된 도구들이 그러했고 책이나 옷도 그랬다. 예전처럼 한 번에 많이 사들이지는 않았지만 '꼭 필요한가?'에 대한 질문 없이 쉽게 사고 있었다.

딸들이 내 놓는 옷들도 버리기 아까웠으므로 입어보고 어울리는 옷은 방에 걸어 놓곤 했다. '하나를 들이면 하나를 버리라.'는 미니멀리스트의 원칙 같은 항목이 있지만 절대 쉽지 않았다.

'부모나 형제, 지인들에게 주어야지' 하고 쌓아두고 있는 물건들도 문제였다. 다들 멀리 사는데다 바쁘게 살아가는 사람들이라 주고받는데 시간이 오래 걸렸다. 번거롭고 귀찮아 택배 부치는 일도 차일피일 미룰 때가 많아서 집안은 빨리 치워지지 않았다.

버리는데 어려움을 겪는 또 다른 문제는 가족의 물건으로 인한 스트레스다. 혼자 사는 이들에게는 없는 고민인데 이것은 상당히 힘들다. 가족을 설득시키기가 어렵기 때문이다.

미니멀 라이프 초기, 가족을 설득하기 위해 미니멀 라이프의 장점을 설명하고, 영상을 보내주며, 책 내용을 캡처 해 보내주는 등의 노력을 했다. 그러나 별 감동을 받지 않았다. 가족이 호응하지 않으니 물건은 더 이상 줄지 않게 되고 스스로도 지쳐서 그냥 내버려두게 되었다. 이래저래 미니멀 라이프의 실천은 중단이 되었다.

그러다 어느 순간, 또다시 불어난 짐들을 보며 답답함과 피곤함을 느꼈다. 신경 안 쓰면 매번 어질러지는 베란다를 치우다 다시 버리기를 결심했다. '정말 더 이상 버릴 수는 없는가?' 진지하게 질문을 했다.

정체기가 오면 스스로를 일으킬 동기를 만든다 미니멀 라이프를 향해 갈 때 정체기가 오는 때가 있을 것이다. 그럴 때 이렇게 해보면 도움이 된다.

무엇보다 먼저 미니멀 라이프를 추구하려는 의지를 굳게 세운다. 왜 미니멀 라이프를 원하는지 확실한 답을 얻고, 그 필요성을 마음에 계속해서 새기는 일이다. 이것은 미니멀 라이프를 지속할 동기를 제공하는 일이기에 당장 물건을 한 두 개 버리는 것 보다 앞서서 해야 할 일이다. 흔들리지 않는 근간을 만드는 일이기 때문이다.

그 방법으로는 미니멀 라이프 관련 책을 읽는 일, 유튜브 같은 동영상 시청하기, 미니멀 라이프를 실천하는 사람들과 함께하는 일이다. 주변에 미니멀 라이프를 실천하는 이들이 없을 때는 미니멀 라이프 카페나 블로그 등 인터넷 사이트를 자주 방문하여 다른 이들에게서 자극을 받는 것도 좋다. 나는 비우기가 정체되거나 물건에 대한 애착으로 마음이 힘들 때마다 이렇게 했고, 지금도 종종 이 방법을 이용한다. 미니멀리즘을 실천하는 일이 요원해지고 흐지부지 되는 것 같을 때, 이와 같은 시도는 다시 마음을 추스르고 지속할 수 있게 해 주는 큰 힘이 된다.

가족들이 협조하지 않는다고 실망하여 포기하지 않는다. 의지를 굳게 세우고 꾸준히 미니멀리즘을 실천해 가는 것이 중요하다. 포기하지 않고 가다보면 가족들을 설득할 방법도 생긴다. 가족들은 어느 사이엔가 달라진 집안을 경험하며, 조금씩 협력하기 시작한다. 이 부분에 대해서는 Part. 3 정리가 필요한 때는 바로 지금이다에서 다룰 것이다.

처음 버리기를 시작할 때는 과하지 않는 게 좋다. 무리하지 않는 선에서 차근차근 시작하기를 권한다. 누가 보아도 쓰레기인 물건들을 찾아보고 버리자. 물건을 포장한 박스, 안 쓰는 빈병류, 다 쓴 화장품케이스, 금이 가거나 이가 빠진 접시, 냉장고에 종류별로 붙여둔 음식점 메뉴, 낡고 보풀진 옷, 작아진 아이 옷 등 당장 버려도 아깝지 않은 것들을 버리는 것이다. 그 다음 조금 더 단계를 올려본다.

중복된 물건, 예쁘지만 작아서 못 입는 옷, 1년 내 한 번도 안 쓴 물건, 선물 받았는데 보관만 하고 있는 것, 과거에 잘 썼지만 지금은 사용하지 않는 것들….

큰 것부터 버리려고 하면 마음이 힘들어 얼마안가 포기할 수 있으니 자신의 페이스대로 진행하는 것이 좋다. 서둘지 마라. 처음부터 몽땅 버리고 미니멀리스트가 된 사람은 거의 없다. 버리는 시기와 단계를 거치는 일은 누구에게나 필요하다.

누군가에게 주려고 생각한 물건은 재빨리 처리하고 그렇지 못하면 버린다. 물건을 버릴 때는 냉큼 버리기가 아까워 '누구를 줘야지.' 하고 공연한 인정을 베풀지 말 일이다. 물건이 주인을 옮겨가서 잘 사용될 수 있는 확률도 적을뿐더러 가져간 그들에게도 짐이 될 수 있다. 누군가가 준 물건은 좋아서 즐겨 쓰는 일이 별로 없다.

필요하냐고 일부러 전화해서 물어보지 마라. 자신에게 중요하다고 상대도 귀하게 여길 거란 망상은 하지 않는 게 좋다. 공으로 얻은 물건을 과연 얼마나 귀히 쓰겠는가?

남 줄 물건을 하나 둘 쌓아두고 있으면 그 물건이 나가는 날까지 마음 한 구석이 무겁다. 그만큼 버리는 일은 더디게 된다.

비우기를 하다가 마음이 힘들거나 버리는 일이 어려워 중단하고 싶을 때는 위에서 말한 것처럼 미니멀리즘 관련 책읽기와 동영상 보기, 버리기를 실천하는 이들과 함께하여 에너지를 공급받기를 바란다. 이러한 노력은 흔들리는 마음을 잡아주고 버릴 힘을 만들어 주어 미니멀 라이프를 포기하지 않게 해 준다.

09 | 하루 중 버려지는 시간을 버려라

소모적인 시간을 점검하라　현대인들은 바쁘다는 말을 입에 달고 사는 사람들이 많다. 시간에 쫓겨 아침부터 잠자리에 들기까지 몸도 마음도 분주하게 움직인다. 그렇게 바쁘게 살면서 얼마나 많은 것들을 성취하고 사는지 의문이다. 또한 진심으로 하고 싶은 일들을 날마다 몇 가지나 하면서 살고 있는지 궁금하다. 매일 바쁘기는 한데 하루를 돌아보면 허탈하지 않은가? 빡빡한 스케줄대로 열심히 뛰어서 일은 많이 했는데, 몸은 너무나 피곤하고 마음은 엉망이 되지는 않았는가? 이렇게 사는 것이 맞는지, 잘 살고 있는지 문득 생각해 볼 때가 있을 것이다.

마음이 공허하고 삶이 피곤하며 욕구불만에 쌓여있다면 체크해 볼 것이 있다. 스케줄이다. 계획표가 있든 없든 사람들은 자신이 생각하고 있는 일들을 분주하게 해가면서 하루를 보낸다. 하루의 일과를 자세히 들여다보고 무슨 일을 하며 시간을 보내는지 짚어 볼 필요가 있다. 우리는 하루의 계획을 세우면서 너무 많은 일을 스케줄에 채워 넣는다. 그리고 하나하나 다 해내면 보람된 하루였다고 스스로를 칭찬한다. 그 많은 일들이 과연 얼마나 생산적이며 자신을 고무시키는 일이었는가? 많은 일을 해 냈지만 육체적으로나 정신적으로 완전히 다운된 상태라면 보람된 날이었다고 결코 말할 수 없을 것이다. 자신을 돌보지 않고 많은 일속에 파묻혀 매일을 산다면, 언젠가는 육체적으로 병이 들 것이고 정신도 피폐해 질 것이기 때문이다.

그렇다면 이제 쓸모없는 일에 시간을 낭비하는 일은 없는지 점검해 보아야 한다. 열심히 하는 것도 중요하지만, 군이 할 필요가 없는 일들을 하며 시간과 에너지를 쓰고 있는 건 아닌지 생각해 보아야 한다. '무엇을 할 것인가?' 가 중요한 것이 아니라 '무엇을 하지 않을 것인가?' 의 대답이 더 중요하다. 스케줄을 잡을 때 할 일을 빼곡히 적기에 앞서, 하지 말아야 될 일을 찾아서 없애는 것이 더 중요하다는 말이다. 아무 유익이 없는 일, 오히려 손해가 나는 일, 별로 중요하지도 않은데 자신의 힘을 소진시키는 일, 하루가 허탈하게 생각되는 일들이 무엇인지 자신의 활동을 생각해보며 골라내 보자. 그러한 일에는 어떤 것들이 있을까?

우리의 시간을 빼앗는 일에는 여러 가지가 있다. 쓸데없이 SNS를 하느라 두세 시간 씩 보내지는 않는가? 물론 자신을 알려야하는 직업이나 생업에 관계되는 것이라면 필요한 활동이다. 그러나 짬만 나면 열어보고 알림을 확인하고, 친구들의 소식에 귀와 눈을 쫑긋거리고 있다면 문제가 된다. 별 볼일 없는 소식을 읽어보고 댓글을 다느라 시간을 낭비한다. 정보가 중요하지만 걸러지지 않은 잡다한 정보들은 오히려 혼란을 일으키기도 한다. 정신만 사납다. 소란스러운 잡담과 일기 같은 자기 이야기들, 온갖 자랑과 욕설까지 난무하는 SNS에 목매고 있다면 당장 그러한 시간을 리스트에서 지우라!

텔레비전 드라마나 쇼 프로그램 등을 시청하느라 많은 시간을 빼앗기지는 않는가? 누군가와 통화를 시작하면 30분, 한 시간이 가는 것은 아닌가? 스트레스를 풀기위한 게임도 틈만 나면 하고 있지는 않은가? 이렇게 낭비되는 시간을 삭제하라.

생활에 필요한 잡다한 허드렛일도 우리의 시간을 빼앗고 바쁘게 하는 주범이다. 잡다한 일이지만 꼭 해야 하는 일들도 많다. 공과금 내기, 서류제출, 시장보기, 집안일 하기, 입금하기 등 안할 수는 없다. 이러한 일은 미루어 두면 마음에 부담이 되고 일이 쌓이므로 바로바로 해결해야 한다. 그러나 이런 일을 하다보면 시간이 훌쩍 가버린다. 자신이 꼭 하지 않아도 되는 일이라면 제 3자에게 맡기도록 하자. 여유가 되는 집안 식구일 수도 있고 외부에 맡길 수도 있다.

기업이 내부에서 일을 직접 처리하지 않고 외부에 위탁해서 하는 것을 '아웃소싱'이라고 한다. 경영 효과를 높이고 효율을 극대화하는 방법이다. 이런 아웃소싱의 방법을 이용해 보자. 맞벌이 부부라면 세탁이나 다림질, 청소 등을 위탁할 수 있다. 때로는 아이도 몇 시간 정도 맡기고 부부의 시간이나 혼자만의 여유 있는 시간을 갖는 것도 좋다. 에너지가 고갈된 상태로 아이를 대하면 공연히 아이에게 짜증을 내기도 하고 함부로 다룰 수 있기 때문이다. 충전이 있어야 아이나 집안 식구들에게도 관대해 질 수가 있다.

이 외에도 소모적인 일에는 '타인의 부탁한 일 하기', '가고 싶지 않은 자리에 참석하기' 등이 있다. 가까운 사람의 부탁이나 일과 관계된 것들처럼 거절이 어려운 일도 있어서 난처한 경우가 있다. 사람은 하고 싶은 일만 반드시 하고 살 수는 없다. 그러할지라도 그런 일은 최대한 줄이도록 힘을 써야 한다. 타인에 의해 끌려 다니는 생활은 내가 주인이 되지 못한 삶이므로 허탈하다. 자신에게 유익이 되지 못하고 에너지만 고갈시키는 활동을 멈추자.

이러한 활동 중 각자에게 의미가 있는 일들도 있다. 그러나 활동을 한 이후 피곤하고 허망하다면 그러한 일을 하지 않기로 결심해야 한다. 이런 소모적인 시간만 버려도 하루가 피로하지 않을 것이다.

세상에 자신만큼 소중한 존재는 없다

자신에게 쓸모없는 것들을 비우고 원하는 일을 하는데 집중하는 이들이 미니멀리스트다. 물건을 줄이고 더 나아가 생활의 모든 면과 정신적인 것에 이르기까지 비우고 줄여나가면 삶이 단순해진다. 생활이 무미건조해진다고 생각할 수 있으나 오히려 반대다. 물건이 줄면 할 일이 줄고 시간과 물질에 여유가 생기므로, 자신이 하고 싶었던 일이나 쓰고 싶었던 곳에 시간과 돈을 사용할 수 있다. 자신을 더 잘 돌보고 소중하게 대할 수 있기 때문에 삶이 촉촉해진다.

시간에 관한 부분도 마찬가지다. 쓸모없는 일에 쓰는 소모적인 시간들, 즉 시간의 잡동사니들을 처분하기만 해도 삶은 윤기가 흐르게 될 것이다. 말랑말랑해 진다. '버려지고 있는 시간' 만 버려도 여유시간은 그만큼 늘어난다. 그 말랑한 시간을 자신을 위해 선물하라. 하루에 꼭 해야 할 중요한 일 몇 가지만 집중해서 하고 나머지는 여유롭게 지내자. 자신을 위한 시간을 갖자. 음악을 듣고 조용하게 차를 마시는 시간, 책을 읽는 시간, 카페에서 글을 쓰거나 좋은 사람과의 만남, 영화보기 등 몸과 마음에 물을 주고 에너지를 공급하는 시간을 갖도록 하라. 혼자서 여행을 할 수도 있고 전시를 관람할 수도 있다. 조용히 하루를 계획하고 정돈하는 시간도 갖는다. 산책을 하거나 운동을 하며 자신에게 플러스가 되는 일들에 시간을 내라.

아무 것도 하지 않으며 조용히 쉬기만 해도 된다. 꼭 뭔가를 해야만 하는 것은 아니다. 날마다 너무 많은 일들로 지쳐버린 자신을 다독거리며 좋은 대우를 해 주라. 소모만 하고 공급이 없으면 몸도 정신도 황폐해진다.

누구에게나 공평하게 주어지는 하루 24시간이라는 선물이 있다. 이 시간을 우리는 얼마나 알차게 사용하고 있는가? '알차게 쓴다.'는 말이 계획표에 스케줄을 가득 채우고, 시간을 빈틈없이 사용한다는 말이 아니다. 오히려 쓸데없는 일에 사용하는 시간을 줄이고, 꼭 해야 할 일 몇 가지만 집중해서 하는 것이다. 나머지 여유 시간은 자신을 위해서 쓰도록 하라. 스스로를 보호하고 위로하며 영양을 공급하라. 자신이 채워지고 여유로워지면 가족에게도 관대해 질수 있다. 긍정의 에너지가 생겨 자신감을 갖게 되고 일에도 더 좋은 성과를 올릴 것이다.

너무 많은 일을 하려고 애쓰지 마라. 여유롭게 지내라. 세상에 자신만큼 소중한 존재는 없다.

10 | 집착을 버리면 미래가 바뀐다

집착하는 일이 없으면   '어떤 것에 늘 마음이 쏠려 잊지 못하고 매
자유롭다   달리는 것.'을 '집착'이라고 한다. 집착하
는 것들의 종류에는 일, 사람, 물건, 사건, 건강, 자녀, 자기신념 등
다양하다.

누구나 뭔가에 집착했던 경험이 한두 번씩은 있을 것이다. 소중한
이로부터 받은 선물이나 부모님이 주신 물건, 좋아하는 사람이나 소
유물, 일에 대한 집착 등 다양하다. 이뿐 아니라 건강검진 후 부정적
소견이 나오면 '혹시 심한 병으로 발전하는 것은 아닐까?' 집착하여
전전긍긍하기도 한다. '자동차 사고가 나면 어떻게 하나?' 염려하며
출타시마다 걱정하기도 하는 등의 집착적 증세를 보이는 이들도 있
다. 집착은 사람을 피곤하고 불안하게 하며 괴롭게 한다.《텅 빈 충
만》에서 법정스님은

"괴로움의 뿌리를 살펴보면 거기에는 대개 집착이 도사리고 있다.
집착이 없으면 괴로움도 없다."고 이야기하고 있다.

매이는 것이 없고 집착하는 일이 없으면 사람은 자유스러울 수 있

다. "우리가 안팎으로 자유롭다는 것은 집착의 얽힘에서 벗어났을 때만 가능하다."고 법정스님은 말한다.

집착하고 있는 문제가 있다면 그 일에 매일 수밖에 없다. 신경이 쓰이고 생각이 매여 헤어 나오지 못하니 어찌 자유가 있겠는가? 집착하고 있으면 더 중요한 것을 보지 못해서 발전할 수 없고, 집착으로 말미암아 삶은 구렁텅이로 빠질 수가 있다.

우리는 '미생지신(尾生之信)'의 어리석음을 범해서는 안 된다.

춘추시대 노(魯)나라에 미생(尾生)이라는 사람이 있었다. 그는 사랑하는 여자와 다리 아래에서 만나기로 약속하고 기다렸으나 여자는 오지 않았다. 소나기가 내려 물이 밀려와도 끝내 자리를 떠나지 않고 기다리다가 결국 교각을 끌어안고 죽었다. 이에 대해서 장자는 '도척편'에서

"이런 인간은 제사에 쓰려고 찢어발긴 개나 물에 떠내려가는 돼지, 아니면 쪽박을 들고 빌어먹는 거지와 다를 바 없다. 쓸데없는 명분에 빠져 소중한 목숨을 가벼이 여기는 인간은 진정한 삶의 길을 모르는 놈이다."

라고 미생의 융통성 없음과 어리석음을 신랄하게 비판했다.

자신이 무엇에 집착하고 있는지 살펴보라. 지혜롭게 판단하여 버릴 것은 버리고, 벗어버릴 것은 벗어버려 더 나은 길을 선택해야 할 것이다.

**집착을 버리면
진보를 이룬다**
집착하고 버리지 못하는 것 중에 '물건에 대한 집
착'은 삶을 무겁게 하고 정체시킨다. 별 효용가치
가 없음에도 버리지 못하는 물건들로 집안은 숨이 막힌다. 물건은
'버릴까?' 하고 다시 보면 버리지 못하는 이유를 다 하나씩 가지고
있다. 버리지 못하여 쌓아 두다 보면 어느새 집안은 온통 잡동사니
천국이 된다. 예전에는 필요했으나 지금은 사용하지 않는 과거의 물
건들과 '앞으로 쓸 일이 있을 거야.'라고 가지고 있는 미래의 물건들
에 집착하고 있으면 삶은 정체될 수밖에 없다. 쌓인 물건들로 인해
생활은 방해를 받기 때문이다. 수레가 무거우면 끌기 힘들 듯, 물건
이 가득 쌓인 집안은 그 안에 사는 사람들의 어깨를 무겁게 하여 나
아가기 힘들게 한다.

많이 가지고 있으면 마음이 뿌듯하고 행복한 것 같아서 한 때는 물
건을 끊임없이 들이던 시기가 있었다. 특히 책에 대한 집착은 커서
집안의 벽을 온통 책장으로 도배를 했다. 아이들도 책 속에 빠지기
를 바라서 책과 책장을 들이는 일에 열심을 냈다. 그러던 어느 날 집
안을 둘러보니 '너무 답답하다.'는 마음이 들었다. 방으로 들어가는
통로에도 책장을 두어 사람의 출입이 불편하고, 때로는 책장에 부딪
히기도 했다. 그러나 '책은 버리면 안 된다.'는 고정관념 때문에 한
동안 이러지도 저러지도 못하고 지냈다. 미니멀 라이프를 알지 못했

다면 책에 대한 집착으로 지금까지도 책장을 늘려가고 있을 것이다.

물건은 현재에 필요한 만큼만 있으면 된다. 낡은 것을 버려야 더 좋은 것을 얻을 수 있다. 낡고 묵은 것들, 불필요한 물건, 집착하고 있는 소유들을 비운다면 더 새롭고 좋은 것들이 들어설 자리가 생길 것이다. 현재 나에게 꼭 필요한 것만 남기고 모두 비워내 삶을 자유롭게 하자.

집중하는 삶을 살자 '일에 대한 집착'도 삶을 피곤하게 하고 진보할 수 있는 기회를 보지 못하게 한다. 우리는 끊임없이 뭔가를 하지 않으면 불안해하며 자신을 닦달한다. 목표 달성을 위해 조금 더 힘을 내자고 몰아 부친다. 조금이라도 여유가 생기면 이것저것 할 일을 추가한다. 뭔가를 하지 않으면 시간을 낭비하는 것 같고 뒤처지는 것 같아서 불안하다. 그러나 쉼이 없는 전진은 마침내 사람을 고갈시킨다. 성취해도 만족이 없고 끊임없이 또 전진해야 한다고 자신을 채찍질 한다. 그래서 결국 쓰러지는 날이 오고야 만다. 건강을 잃을 수도 있고 가족과의 소원함으로 가정에 문제가 생길 수도 있다. 일에 대한 욕망과 욕심으로 인한 집착은 가장 소중한 것들을 잃어버리는 쓰라린 아픔을 초래할 수가 있다.

우리는 집착이 아닌 집중의 삶을 살아야 한다. '집중'이란 '한곳을 중심으로 하여 모임, 또는 한 가지 일에 모든 힘을 쏟아 부음'이라는 뜻이 있다.

하는 일이 너무 많으면 어느 것 하나에도 집중하기가 힘들다. 좋은 성과를 내기도 어렵다. 멀티태스킹을 요구하는 시대지만 자신이 꼭 '집중해야 할 일'과 '그럴 필요가 없는 일'을 분류하고 꼭 해야 할 일에는 집중적으로 에너지를 쏟아야 한다. 모든 것을 다 잘하려고 한다면 아무것도 잘 할 수 없게 된다.

목표를 세우고 집중해야할 '한 가지 일'에 에너지와 정신을 쏟으라. 커다란 나무를 넘어뜨릴 때도 집중해서 한 곳을 찍어대면 결국 넘어가지 않는가? 짧은 목표든 긴 목표든 집중해서 한 곳을 공략하면 반드시 성취할 수 있다. 이런저런 일을 하며 힘을 분산시키면 시간만 더 지체될 뿐이다. 그러다 지치고 성과가 나타나지 않으면 포기하게 될 수도 있다.

스티브잡스는 1997년 애플, 전 세계 개발자 컨퍼런스에서 이렇게 말했다.

"집중이란 수백 가지의 좋은 생각에 대해서도 '노'라고 답하는 것이다. 조심스럽게 가려내야만 한다. 사실 나는 내가 한 일만큼이나 하지 않은 일을 자랑스럽게 여긴다. 혁신이란 1,000가지의 생각을 거절하는 것이다."

고여 있는 물은 썩기 마련이다. 버릴 것을 버리지 못하고 집착하고 있으면, 발전을 이룰 수 없다. 집착은 더 나은 것을 보지 못하게 하기 때문이다. 현재에 '필요한 것들을 남길 줄 아는 지혜'와 지금 '내가 무슨 일을 해야 할 줄을 아는 것'이 참으로 중요하다. 거기에 집중해야 한다.

어떠한 것이든 집착하고 있는 부분이 있다면 샅샅이 점검하여 도려내 버리라. 생각이든 일이든 물건이든 말이다. 소중한 에너지를 엉뚱한 곳에 집착하여 쏟아버리지 않도록 하라. 집착을 버리면 자유롭다. 집착을 버려야 삶에 혁신을 이룬다!

주변을
정리하면 인생도
정리 된다

01 | 쌓아둔다고 부자가 되는 것은 아니다

부자와　　　　옛 시대의 부자들은 고래 등 같은 큰 집을 소유
가난한 자의 구분　　했고, 곳간에는 사계절 넉넉히 먹을 식량이 가
득 쌓여 있었으며 온갖 세간이 풍부했다. 비단 옷에 금가락지를 끼
고 하인을 부리며 살았다. 누가 보아도 부자인지 아닌지는 금세 표
시가 났다.

그러나 지금의 시대는 겉으로만 보아서는 누가 부자이고 가난한
지 좀처럼 알기가 어렵다. 물질이 풍요로운 시대여서 거의 대부분의
사람들이 조금만 노력하면, 필요한 물품을 구입하는 데 어려움이 없
기 때문이다. 적절한 가격에 구입할 수 있는 질 좋은 물건들이 너무
나 많다. 이런 풍요를 누리고 사는 시대에 존재함은 어쩌면 복이라
할 수도 있을 것이다.

손가락 하나만 까딱여도 물건을 즉시 구입할 수 있으며 초고속 배
송서비스로 저녁에 주문한 물건이 아침이면 문 앞에 와 있기도 하
다. 집 가까운 거리에 마트와 24시간 편의점, 음식점이 넘친다. 편리
하고 손쉽게 원하는 것들을 얻을 수 있다. 그럼에도 불구하고 우리

는 아이러니하게도 자신의 집에 많은 물건과 먹을 것들을 잔뜩 쟁여 두고 산다. 대형 양문 냉장고가 미어터지게 장을 보고, 베란다에 더 이상 쌓을 곳이 없도록 쇼핑을 한다.

이렇게 많은 물건을 쌓고 먹을 것을 비축하는 이유가 도대체 무엇일까? 지금의 세대는 전쟁을 염려하지 않는다. 전쟁을 대비해 식량과 물품을 비축한다고 하면 오히려 빈축을 살 일이다. 그러면 무엇일까? 물건이나 식품이 떨어졌을 때 다시 사러가기가 귀찮아서인가? 일부는 동의 할 수 있는 말이다. 소량을 샀는데 얼마안가 다시 사려고 하면 귀찮기도 하다.

또 하나의 이유는 '두려움' 때문일 것이다. '세일을 하는데 지금 안사면 기회를 잃을 수도 있다, 남은 다 가졌는데 없으면 가난해 보인다, 그 물건이 없으면 일을 못할 거야.' 라는 생각들에 매인 두려움이다. 이런 '맞닥뜨리지도 않은 두려움' 이 사람에게 끼치는 영향은 적지 않다. 생각을 움츠리게 만들어 더 크고 넓은 시야를 갖지 못하게 하기 때문이다.

많은 물건을 소유하고 있어야만 안심이 되고, 물건에 둘러싸여 있어야 마음이 편안한 사람도 있다. 이들은 결핍이 주는 불편함과 괴로움을 경험했던 사람들 중에 많이 나타나는 현상이다.

전쟁과 가난했던 시대를 지나온 이들은 뭐든 버리면 안 되었고, 아끼고 절약하는 것이 습관이 되었다. 쓸 만한 것을 버린다거나, 음식을 남기는 행위를 무척 죄악시했다. 그러다가 세상이 발전해서 물건이 집에 넘쳐나게 되었어도, 이들은 도무지 물건을 집밖으로 내버릴 생각을 하지 않는다. 그러다보니 집안 구석구석 물건이 박히고 쌓여서 점점 창고가 돼가고 있다. 이들은 무엇이든 아끼고 버리지 말아야 하며 모아야 잘 산다고 생각한다.

그렇다고 정말 부자가 되는 것일까? 지금의 세상은 소유가 많다고 부자로 인정받는 것은 아니다. 대부분의 사람들이 마음만 먹으면 좋은 물건과 많은 물건들을 소유하는데 어려움이 없다. 집도 마찬가지다. 돈이 없어도 대출을 받아서 넓고 큰 집을 장만하기도 한다. 속으로는 허리가 휘고 대출금을 갚느라 전전긍긍해도 겉보기에는 부자처럼 보인다. 이처럼 누가 부자이고 가난한지 보통의 사람들 가운데는 눈으로 봐서는 잘 알 수가 없는 시대가 되었다. 그러므로 쌓아두고 사는 데서 만족을 누리고 부자행세를 하는 것은 별 소득이 없는 짓이다.

드라마나 영화 세트장을 만들 때 부자의 집은 단순하게 만든다. 소파나 가구 몇 가지를 단출하면서 깔끔하게 꾸민다. 그러나 가난한 집 연출에는 온갖 잡동사니를 구석구석 쑤셔 넣고 잡다한 물건을 여기저기 들여놓는다.

이러한 예만 보아도 물건이 많다는 것은 결코 부자임을 상징하는 것이 아님을 알 수 있다.

현실에서도 가난한 집은 복잡한데다 물건이 곳곳에 쌓여있고 먼지도 함께 덮여 있다. 집안으로 들어가는 입구까지 물건이 쌓여 있기도 하다. 빈 박스하나도 대문 앞에 쌓아두고 버리지 못한다. 가난한 이들은 뭔가에 집착하는 것이 그렇지 않은 이들에 비해 크다. 애정이 결핍되면 사랑을 갈구하고, 지식이 부족하면 배움과 학문을 탐하듯, 물질의 결핍 또한 물리적인 소유물을 탐하게 한다.

비우면 부유해 진다 부와 가난의 기준을 객관적으로 수치화하기는 어렵다. 그것은 보이는 부분뿐 아니라 주관적인 생각, 타인과의 비교의식에 의해 상당부분 좌우되는 문제이기도 하니까 말이다.

그렇다면 주관적이든 객관적이든 부자가 되면 소유에 대한 욕망이 끝이 날까? 부자가 되어도 결코 만족하지 못하는 게 인간이다. 인간의 욕심은 끝이 없어서 좋은 자동차를 가지고 있으면 더 좋은 외제차를, 고급아파트를, 빌딩을 소유하고 싶어 한다. 부에 대한 갈망은 한이 없다.

부자든 가난한 자든 현재의 자리에서 비울 때 부유해진다고 나는 자신한다. 비울 때는 쓸 만한 좋은 물건을 버리니 낭비라는 생각이 들 수 있다. 남은 다 가지고 있는데 없으면 가난해 보인다고 생각할 수도 있다. 물건이 없으면 허탈하지 않겠느냐고 할 수도 있다. 그러나 그것은 비워보지 않은 이들이 생각만으로 하는 발상일 뿐이다.

물건을 소유한 이들이 계산하지 못하는 것이 있는데 바로 '물건에 대한 관리비용'이다. 물건에는 반드시 보관과 수리비용 같은 물리적 비용이 들어가고, 가치가 떨어졌을 때 버릴까 말까, 누구에게 줄까, 아까워서 어쩌나 하는 심리적인 비용이 든다.

물건을 버리면 초기의 구입비용이 손해라는 생각이 들 수는 있어도, 버림으로써 이후 모든 추가 비용을 줄일 수 있다. 버리는 물건이 한두 개라면 감이 안 오겠지만, 집안의 물건 70~80%를 비우게 되면 비용절감의 효과는 실감이 난다. 거기다 공간이 비워져서 집안이 넓어지면 큰 집에서 살았던 이들은 적절한 작은 집으로 이사하게 되어 집세 부담을 확 줄일 수 있다. 실제로 미니멀리즘을 추구하는 이들은 작은 집으로 이사를 많이 하는 추세다. 그리고 더 이상 불필요한 물건들을 들이지 않으므로 생활이 안정되고 통장잔고가 쌓인다. 적게 벌어도 생활에 구멍이 나지 않고 많이 벌면 그만큼 남는 게 많다.

벌어도 밑 빠진 독에 물을 붓듯 늘 모자라는 생활, 채워지지 않는 물욕, 사람의 욕심이 끝이 없다는 걸 안다면 더 이상 채우려고 발버둥치지 않는다. 오히려 비워내면 채워진다는 사실을 알아야 할 것이다.

돈 많은 부자만 부자이겠는가? 아무리 부자라도 마음이 편치 않고 행복하지 않다면, 많은 돈이 그에게 과연 유익이 되겠는가?

성경 '전도서'에는 이런 내용이 있다. 다윗왕의 아들 솔로몬은 세상에서 가장 지혜로운 왕이었고, 평생 어마어마한 부를 쌓았다. 자신이 가진 부를 이용해 세상에서 하고 싶은 일을 다 해보았으며 갖고 싶은 것을 다 소유해 보았으나 '인생의 결국은 모든 것이 헛되다.'는 것을 깨달았다고 했다. 부자나 가난한 자, 지혜로운 자나 무지한 자, 그 마지막은 같다고 말했다. 그러면서 '자신이 하는 일 가운데 낙을 누리는 것.' 즉 '즐겁게 사는 것.' 이 신이 준 그의 분복이라고 했다.

이는 세상에서 가장 지혜로우며 누릴 것을 다 누려보았고, 가장 큰 부를 축적했던 이가 한 말이니 귀담아 들을 필요가 있다. 아무리 부자여도 마음이 즐겁지 못하고 괴로운 일이 많다면, 가난해도 마음 편하게 사는 사람보다 못한 인생일 것이다.

소유를 비우면 물질적인 부분에서도 돈이 채워지지만 시간에 있어서도 부자가 된다. 소유의 관리에 시간을 허비하지 않으니 당연히 시간은 여유롭다. '시간이 돈'이라 했던가? 시간을 번다는 것은 돈을 버는 일과도 같다. 지금은 '일을 덜 하고 돈을 덜 벌어도 시간여유가 있는 직장에 다니고 싶다.'는 사람들이 늘고 있다. 그만큼 직장과 일터에 시간을 빼앗겨 자신의 인생을 누리며 살지 못하기 때문이다. 보이는 돈만 돈이 아니다. 시간을 벌어 자신이 하고 싶은 일을 하고 산다면 훨씬 더 생산적인 결과를 내어 돈을 버는 것 이상의 유익을 얻을 것이다.

타인이 나를 부자로 인정하든 안하든 뭐가 그리 대수로운가? 돈과 소유가 많다고 부자는 아니다. 자신의 삶에 만족한다면 부자보다 나을 것이다.

부자가 되어도 더 많은 욕심을 부리는 게 사람이다. 채워질 수 없는 욕심과 욕망을 내려놓자.

돈보다 더 소중한 시간을 소유하고 인생을 여유롭게 살자. 자신이 하고 싶은 일을 하며 낙을 누리며 살자. 짧든 길든 인생의 결국을 안다면 행복한 일을 하며 즐겁게 사는 것이 가장 부러운 삶이 아니겠는가?

02 | 지금 사용하지 않는 것은 이후에도 사용하지 않는다

과거와 미래를 위한 물건을 버리라 물건을 비울 때는 '현재에 쓰는 물건을 기준으로 처분하라.'고 앞서 이야기 했다. 과거에 잘 사용했던 물건이라도 현재는 사용하고 있지 않다면 그것은 과거의 물건일 뿐이다. 아직은 쓸 만하고 고장 난 데가 없으면 버리기 아깝다. '언젠가 쓰겠지.'하며 보관하고 있어도 결코 다시 쓰지 않는다. 볼 때마다 '다시 사용해 봐야지.' 마음을 새롭게 하지만 역시나 쓰지 않고 시간은 흐른다. 한쪽 구석에 두었던 것을 잘 닦고 포장해서 아예 선반에 올리거나, 베란다에 자리를 만들어 보관한다. 이로써 물건은 시야에서 사라져 존재감이 없어졌다. 그러다 몇 년이 지난 뒤 날을 잡아 집안을 치울 때 다시 눈앞에 재등장한다. 기억도 안 나는 물건의 포장을 푼다. 새롭게 인지된 물건을 '어떻게 할까?' 고민하다 처분하든지 다시 사용을 고려하든지 한다. 그러나 대부분 버리기보다 잘 싸서 다시 그 자리에 두게 된다. 이런 과정을 여러 번 반복하면서 수년을 사용하지도 않고 쌓아만 놓은 물건들이 분명히 있다.

언어 공부에 대한 갖가지 방법이 등장할 때마다 구입해 둔 교재들도 책장에 빽빽하다. 우리나라 사람들은 영어에 대해서는 한이 맺혀 있다. 수십 년 공부를 해도 외국인을 만나면 말 한마디 못하니 어찌 안 그렇겠는가? 영어와 어순의 구조가 다른 언어를 쓰는 민족의 비애라 할 수 있을 것이다. '프리토킹 좀 잘해 보겠다.'고 교재를 마련하고, 학원을 다니며, 인터넷 강의까지 들으면서 열심을 내다가도 어느새 용두사미가 되고 마는 일이 허다하다. 그러다 뭔가에 자극을 받으면 또 다시 시작하자고 각오를 다진다. 결과는 매번 미끄럼틀에서 열심히 미끄럼 타다 바닥에 다다른 형국이 된다.

사실 나도 그랬다. 수많은 교재들을 구입해두고 열을 올렸지만 다른 일로 바쁘면 시들해지기 일쑤였다. 아이들을 직접 가르치기도 하면서 영어 교육환경을 만들기도 했다. 아이들과 영어로 대화 하며 아이들이 모국어처럼 영어를 사용할 수 있기를 꿈꾸었다. 두 살 때부터 영어를 접했던 막내는 발음이 원어민 같았다. 그런 결과에 흥분해서 더욱 열심히 시간과 돈과 노력을 쏟아 붓기도 했다. 아이들 영어동화책과 테이프, CD, 비디오테이프도 비싼 돈을 들여 많이 장만했고, 나를 위한 교재도 많이 샀다. 영어를 잘하면 세상을 보는 시각이 넓어진다고 생각하며, 온갖 좋다는 공부 방법들을 모색했다. 하지만 들인 시간과 돈에 비해 실력은 그리 탐탁지 않다.

이렇게 애지중지 했던 영어교재들을 미니멀 라이프를 시작하면서 몽땅 처분했다. 시간에 쫓기고 다른 할 일이 많아서 영어는 의욕이 솟을 때만 반짝하다 얼마안가 흐지부지 되었기 때문이다. 아까워서 여러 번 생각하고 망설였다. 그러나 '영어로 밥 먹고 살 것도 아닌데 이제 그만 편안해지자.' 라고 생각하니 마음이 비워졌다.

아이들을 향한 영어에 대한 기대와 원어민처럼 말을 잘 했으면 하는 무리한 욕심을 내려놓았다. 아이들의 인생은 내 것이 아니라 그들의 것임을 자각했다. 아이들이 배우고 싶은 것을 배우고, 하고 싶은 것을 하며 살 권리가 있음을 인정했다. 엄마의 원트(want)를 아이들이 이루어주기를 바라는 과욕을 부리지 않기로 했다. 이런 깨달음으로 마음을 비우게 되니 물리적인 것들은 수월하게 비울 수 있었다.

이렇게 사람마다 집착하고 있는 물건들이 있다. 오래전 열심히 했던 활동이나 취미를 위해 장만했지만 지금은 전혀 사용하지 않는 물건, 추억이 돼 버렸으나 들인 비용 때문에 버리지 못하고 한숨만 내쉬는 물건들 말이다.

과거에는 잘 사용했다 해도 지금 사용하지 않는 물건들은 과거의 유물일 뿐이다. 운동기구나 안마기, 얼굴마사지기 같은 도구도 각 가정마다 많을 것이다. 버리자니 아깝고 사용하지는 않아 볼 때마다 고민하게 만드는 물건들이다. 사실 운동은 집안에 기구를 들여놓는다 해도 좀처럼 꾸준히 하지 못한다. 운동기구가 있어서 운동하는 건 아니다. 운동의 중요성을 인지하고, '운동을 하겠다.'고 결심하며 실천하는 것이 훨씬 더 중요하다. 하고자 하는 마음이 있으면 기구가 없어도 얼마든지 운동을 할 수 있다.

안마기 같은 기구도 마찬가지다. 도구에만 의지하여 몸을 맡기기보다는 운동이나 음식, 수면 등 건강한 생활 습관을 통하여 몸을 건강하게 만드는 게 먼저다. 그러면 도구로 몸을 풀어야 하는 일도 없어진다. 뭐든 근원적인 부분을 깊이 성찰해서 원인을 찾으면 답을 얻기가 쉽다.

과거의 물건이 있는가 하면 미래를 위하여 예비해 둔 물건도 있다. 비슷한 용도의 물건이 많을 경우 보통은 깨끗하고 더 새것인 물건은 보관해 둔다. 주방조리기구와 도구들 중에도 칼이나 주걱, 국자, 양푼, 냄비, 접시 등 나중에 쓰려고 따로 보관해두는 물건들이 많다. 망가지거나 너무 더럽지 않으면 새 물건을 꺼내 쓰는 일이 별로 없다. 그러니 보관 물품들은 오랜 세월이 지나도 현역으로 진입을 못한다. 나이 든 부모님 집에서 흔히 볼 수 있는 현상이다. 좋은 것은 두고 허름한 그릇과 도구만 늘 쓰고 계신다. 미래의 물건은 그야말로 언제까지나 미래의 물건으로만 남아있다.

미래의 물건으로 보관하고 있는 것들 중 옷도 상위권을 차지한다.

살을 빼고 입으려고 미리 사둔 원피스, 가까운 사람이 사 주었지만 어쩐지 안 입게 되는 외투, 외출복의 자리에서 평상복으로 하락한 옷가지들, 보기에는 예쁜데 입으면 안 어울리는 옷, 보관하고 있지만 결코 안 입게 되는 옷, 한때 열심히 운동하겠다고 장만한 트레이닝 복 등 갖가지다. 옷장을 열어볼 때마다 한 번씩 입어보고, 다시 입기로 마음을 새롭게 다지지만 역시나 안 입게 된다.

취미를 위한 물품들도 나중을 위해 보관만 하고 있는 것들이 있다. 과거에 열심히 활용했지만 현재는 여러 가지 이유로 못하고 있어서 매번 손질만 하고 있다. 이런 물건들은 과거를 경유해 미래의 어느 날을 위한 물건들이다.

과거와 미래의 물건을 비우기 위한 조언 자리만 차지하고 있는 물건을 버리지 못하는 데는 다양한 심리적인 요인이 있다. '아깝다.'거나, '버리는 것은 낭비다.'라고 믿고 있거나, '버리고 나중에 다시 쓸 일이 생기면 어쩌나?' 하는 불안 심리, '타인에게 주어야지.' 하는 마음, '물건은 고장 나거나 망가지지 않는 한 버리지 못하는 습관' 등이다. 그러다 보면 버릴 물건은 많지 않다. 물건은 저마다 버려서는 안 되는 이유를 말하고 있지만, 거기에 매이면 애초에 비우자고 했던 마음이 희미해져버린다.

저렴한 가격에 주변에서 쉽게 구입 가능한 물건은 미련 없이 비운다.

물건을 보관하며 드는 비용과 수고가 더 아깝다. 이리저리 옮기고 청소하고 자리를 내 주느라 피곤하다. 나중에 필요하면 그때 다시 사도되지만, 그럴 일이 별로 없음을 버리고 나면 깨닫게 될 것이다.

과거에 잘 사용했어도 현재 필요 없는 물건은 비운다.

부피가 크거나 무거운 것이라면 더 빨리 비워야 한다. 그런 물건을 비우고 나면 공간이 트여서 정말 기분이 좋을 것이다.

사사키 후미오는 그의 책에서 '버릴 때는 창조적이 되지 말라.' 고 했다. 사람은 물건이 버리고 싶지 않아서 이 궁리 저 궁리를 한다. '이 상자는 예쁘고 튼튼해서 수납함으로 쓸까?', '이 병은 유리제품이라 건강에도 좋은 재질이니 양념을 담아야겠다.' 등 안 버릴 이유와 구실을 만들어내곤 한다. 그는 이어

"잊고 있던 물건도 버리라."고 조언한다.

가지고 있다는 사실조차 몰랐던 물건이라면 자신에게 필요하지 않은 것이다. 기억에서 사라진 물건을 어느 날 집안 정리를 대대적으로 하다가 발견한다면, 사용하겠다고 의지를 불태우지 말고 깨끗이 버리라. 어차피 오래전에 마음에서 떠난 물건이므로 다시 사용하게 될 확률은 지극히 낮다. 이제껏 그 물건 없이도 잘 살아오지 않았는가?

나는 비우며 살기로 했다

언젠가 사용하리라고 벼르고 있는 물건도 버리라.

유익을 따져보고 별 효용가치가 없다면 깨끗이 버리라. 그러면 마음이 편안해질 것이다. 언젠가가 1년이 될지, 5년, 10년이 될지 어떻게 알겠는가? 언젠가 쓰려고 둔 물건 중에 현재 사용하는 물건과 중복되는 물건이 있다. 이때는 낡은 현재의 것을 버리고 더 편리하고 새것인 물건을 쓰라. '아껴두면 뭐 된다.' 는 말도 있지 않던가?

과거와 미래의 물건을 정리하면 마음이 비워진다. 이루지 못할 욕심을 가득 품었던 시절의 물건을 비우고 나면 쓸데없는 욕망이 내려진다.

시기마다 취미와 관심사가 달라질 수 있어서 과거에는 즐겼던 일이라도 현재는 아닌 것들이 있다. 이러한 일에 연관된 물건이라면 깨끗이 비워 현재 관심이 있는 즐거운 일에 마음을 쓰라. 과거에 매여서는 결코 인생이 나아갈 수 없다.

앞으로 사용하겠다고 예비해둔 물건을 꺼내서 비우든지, 당장 사용하든지 하라. 지금 쓸 수 없는 물건이라면 아끼지 말고 비워서 집 안을 넓게 쓰라. 필요 없는 물건을 버리고 공간이 생기는 기쁨을 맛보라. 넓고 환해진 공간과 더불어 버리지 못했던 물건이 주는 압박에서 해방된 느낌이 들 것이다. 그리고 현재의 삶에 충실 하라!

03 | 안 보이는 공간은 물건을 쌓이게 만드는 주범이다

수납도구와 비개방형가구의 사용을 주의하라 수납도구를 이용하여 수납시스템을 갖추면 깔끔하고 보기가 좋다. 거기다 이름표까지 붙여두면 물건을 찾기가 쉬워진다. 이것은 정리수납에서 강조하는 방법이다.

그러나 이러한 정리시스템을 만들려면 개인이 정리에 관심이 많거나, 정리수납컨설팅을 의뢰해야 완벽하게 할 수 있다. 더 중요한 것은 이렇게 정리를 한 뒤에 꾸준히 관리하고 신경을 써야한다는 번거로움이 있다. 또한 신경을 쓴다 해도 가족이 정리개념이 없으면 여기 저기 흐트러지는 부분이 많아서 스트레스가 된다.

미니멀 라이프의 효율성과 이점은 정리수납에 비해 훨씬 탁월하다. 그러므로 수납도구의 사용을 적극 추천하지 않는다. 수납도구는 꼭 필요하지 않다면 굳이 사용하지 않는 것이 좋다. 수납함에 가지런히 정리해 두면 깨끗하고 정리 된 느낌이 들지만, 수납도구가 많으면 그만큼 물건을 처분하기가 어려워진다. 수납도구 안에 들어간 물건은 웬만해서는 나오기가 어렵고 아예 잊어버릴 수도 있다. 수납함이 있으면 뭔가를 채우고 싶어서 뭐라도 집어넣으려는 생각을 하게 된다. 수납도구가 애초에 없으면 '물건을 어떻게 처분할까?'를 고민하게 되지만 수납도구가 생기면 '수납함에 물건을 어떻게 잘 정리할까?'를 생각한다. 물건을 하나라도 더 비우고 싶다면 수납도구를 사용하지 말아야 한다.

비개방형 가구도 마찬가지다. 보기 싫은 물건을 모두 넣어버리고 문을 닫아버리면 되므로 손님이 온다거나 방을 치울 때 유용할 수도 있다. 하지만 수납도구와 마찬가지로 비개방형 가구도 물건을 비우기 어렵게 한다. 그렇다고 집안의 가구를 모두 개방형으로 바꾸라는 말은 아니다. 개방형과 비개방형을 조화롭게 사용하면 좋을 것이다.

개방형가구가 없다면 굳이 살 필요는 없다. 미니멀 라이프를 지향하는 이들이 범하는 오류 중 하나가 집안의 구색을 맞추기 위해 있는 가구나 물건을 비우고 새것을 들인다는 점이다. 보기 싫고 마음에 안 드는 물건 한두 가지를 비우고, 맘에 드는 색상과 디자인으로 들일 수는 있다. 그러나 집안의 물건 대부분을 그런 식으로 바꿔치기 하느라 돈을 쓴다면 미니멀 라이프를 한다고 결코 자랑할 수 없을 것이다.

개방형 가구가 없다면 비개방형 가구의 문을 자주 열어보고, 수납된 물건을 점검하는 일을 게을리 하지 말아야 한다.

물건을 빠른 기간 내에 비우고 싶다면 물건을 개방하는 쪽이 좋다. 옷을 버리고 싶다면 옷상자나 서랍에서 꺼내 걸어두도록 한다. 걸어두면 자주 눈에 띄므로 버릴 옷을 골라내기에 쉽다. 걸어두고 가짓수를 줄여가면서 한 계절을 지나보면, 자신이 어떻게 옷을 입는지 파악이 된다. 한 계절이 지나는 동안 많은 종류를 입지 않는다는 것을 깨닫게 될 것이다. 여름이라면 상의 서너 벌과 하의 서너 벌이면 충분히 잘 코디해서 입을 수 있다. 즐겨 입는 옷은 거의 일정해서 안 입는 옷은 매번 제 역할을 못하고 자리만 지킨다. 그러면 버릴 옷이 어떤 것인지 알게 된다.

봄 · 여름 · 가을 · 겨울에 입는 옷들을 모두 꺼내서 옷장에 걸어보자. 다 걸지 못한다면 눈에 띄는 곳에 대충 두고, 별 고민 없이 처분할 옷들을 먼저 골라내 모두 버린다. 그래도 옷이 많아서 다 걸지 못할 것이다. 그럼 다시 이러한 과정을 몇 번 반복한다. 전부 옷걸이에 걸게 되면, 옷장을 비우고 싶어질 때마다 열어보고 하나씩 비워나간다. 굳이 안 입어도 되는 옷, 코디를 했을 때 전체적인 옷들과 조화가 안 되는 옷은 버린다. 그 옷에 맞추느라 다른 옷을 사는 실수를 범하지 말아야 한다. 있는 옷 중에서 코디를 잘하면 옷을 멋지게 입을 수 있는 방법이 많다.

'꼭 이렇게만 입어야만 해.' 했던 옷을 전에 입던 방법과 다르게 입어보는 것이다. 예를 들어 전에는 '반드시 스웨터를 입어야 해.' 라고 했다면 스웨터 대신 얇은 티 위에 앞이 트인 니트를 입는 다든가 재킷을 입는 방식이다.

나는 스웨터나 두꺼운 후드 티는 대부분 버렸다. 두꺼운 옷은 자리를 많이 차지해서 불편하기 때문이다. 두꺼운 원통형 옷은 더운 장소에 가면 벗기가 불편해서 잘 안 입기도 한다. 대신 안에 티나 블라우스를 입고 외투를 걸치는 방식이 어디를 가든지 더 편하다.

옷을 걸어두면 자주 보게 되어 자신의 스타일을 잘 찾게 되는 이점이 있다. 옷의 개수가 적을수록 상하의 매치가 쉬워지는데, 즐겨 입는 옷만 남겨 두었기에 코디를 잘 할 수 있다.

나의 옷은 속옷과 양말 외엔 서랍이나 상자에 들어가 있는 것이 하나도 없다. 사계절 옷 모두 걸어두어 거의 모든 옷을 모든 계절에 잘 코디해 입는다. 계절 구분을 딱히 하지 않고 입는 방식이다. 이렇게 입으면 옷을 줄이는데 상당히 효과적이다. 몇 벌 안 되는 옷을 사계절 내내 자주 입게 되므로 옷이 빨리 낡거나 보풀이 생길 수 있다. 그런 옷은 새 옷으로 바꿀 수 있어서 '새 옷을 산다.' 는 기쁨도 있다.

생각의 폭을 조금만 넓혀도 물건을 사용하는데 얼마든지 효율적으로 활용할 수 있다. 그러면 많은 물건이 필요 없고, 몇 가지만 가지고도 다양하게 사용가능하므로 비우기가 쉬워진다. 옷이나 신발, 가방 같은 가짓수가 많은 물건을 줄이는데 이 같은 방법을 적용해보면 쉽게 버릴 수 있다.

보이는 곳에 두고 사용하고 활용해 보라. 처음에는 물건이 많이 노출되어 보기 싫겠지만, 바로 그 점이 물건을 더 빨리 비울 방법을 찾게 만든다.

비우고 싶지만 고민이 되는 물건이 있다면 모두 개방하여 두라. 그러면 얼마안가 모두 정리가 될 것이다. 버리지 못하고 내내 고민만 되는 물건도 있을 수 있다. 그럴 때는 보류함에 넣어 몇 주 혹은 몇 개월 뒤에 비우는 방법을 쓰라. 고민되는 물건일수록 결정을 속히 내리고 행동하는 것이 정신건강에 좋다. '버릴까?' 한두 번 생각했던 물건은 빨리 가지고 나가 처분하라. 손을 떠나면 더 이상 돌아올 수 없기 때문에 그 물건을 포기한다.

깔끔하게 정리된 상태가 보기 좋아서 매번 '정리해서 보관하려는 마음'을 버리고 물건을 개방하라. 꼭 필요할 때가 아니라면 수납도구를 사용하지 마라. 개방형가구를 이용하여 물건을 보이게 하라. 보기가 싫어서 처분 속도가 빨라질 것이며, 자신에게 꼭 필요한 물건만 남기는데 효과적일 것이다.

디지털화가
다 좋은 것은 아니다

나는 필요한 정보를 보관하는데 디지털과 아날로그적 보관 방법을 적절히 이용한다. 책을 읽고 정보를 기록해 둘 때는 되도록 노트를 사용한다. 책을 소장하지 않기 때문에 나중에 책의 정보가 필요할 때는 난감할 수 있다. 그러므로 책의 제목과 저자, 약간의 정보들은 남겨두어야 하는데, 디지털화 하는 방법은 과정이 번거로워서 사용을 지양한다. 문구를 사진으로 찍어 저장하는 과정이 여간 귀찮지 않다. 찾아 쓰는데도 불편하다. 블로그에 보관하면 검색으로 찾기가 용이하므로 블로그를 이용해 저장하려는 방법도 고려해 보았다. 하지만 블로그 보관 역시 사진을 찍고 저장해야 하므로 포기했다. 책을 읽다 매번 사진을 찍는 일도 흐름이 끊겨 불편하다. 노트와 펜만 옆에 두고 재빠르게 주요정보를 짧게 메모해 둔다. 나중에 필요할 때 책을 다시 빌려와 활용하면 되므로, 아날로그적 방법이 훨씬 빠르고 편리하다. 디지털이든 아날로그든 자신에게 편한 방법을 이용하면 될 것이다.

디지털화는 눈에 안보여서 깔끔하고 좋지만, 역시 물건과 같이 안보이는 곳에 들어가면 잘 사용하지 않아 실용가치가 떨어진다. 사진을 찍을 때는 열심히 저장해두지만 매번 꺼내 감상하지 않게 되듯이 말이다. 물건이 하나 더 늘어날지는 모르지만 효용가치가 크고 편리하다면 보고 만져지는 물리적인 것을 활용하라. 디지털과 전자기기의 활용이 모두 편리한 것만은 아니기 때문이다.

04 | 주변을 정리하면 인생도 정리 된다

**정리는 '버리기' 부터
시작 한다** "정리의 시작은 버리기부터다."

정리수납강의를 할 때 종종 하는 말이다.
수강생들은 '버리라.' 는 말을 별로 좋아하지 않는다. 대신 버리지 않
고도 잘 정리하는 방법과, 수납도구는 무엇을 쓰면 좋은지, 정리 팁
아이디어와 옷을 개는 방법과 같은 데에 관심을 가진다. 그러나 아
무리 좋은 정리의 방법을 동원해 정리를 해도 정작 버리지 않고 정
리를 하면 오래가지 못해 엉망이 되기 일쑤다. 정리를 아주 좋아해
서 허구한 날 정리에 매달려 있지 않고서야, 살림이란 게 처음에 정
리해둔 대로 유지 된다는 것이 좀처럼 쉬운 일이 아니기 때문이다.
혼자 사는 사람이야 신경을 쓰면 오래 갈 수도 있겠지만 식구가 많
으면 보통 어려운 일이 아니다.

나는 '정리하라.' 는 말보다 '버리라.' 는 말이 더 하고 싶은 정리강
사다. 그래서 정리강의 보다 미니멀 라이프 강의를 하고 싶은 마음
이 더 크다. 정리수납강의나 컨설팅을 할 때 잔뜩 물건을 쌓아두고
정리로 머리 아파하는 이들을 대하면 답답한 마음이 든다. 많은 물

건을 쌓아놓고 집안이 엉망인 채로 사는 것을 보면, 그 사람의 인생도 마치 그렇게 정리가 안 된 것처럼 보인다.

물건이 많아도 정리를 반듯하게 잘 해둔 사람들은 삶도 반듯하고 성실해 보인다. 이들은 부지런해서 늘 정리하고 쓸고 닦으며 집안을 보살핀다. 그런데 열심히 정리하며 집안을 가꾸는 이들을 보면 조금 안쓰러운 생각이 든다. 그토록 성실하고 부지런히 물건을 보살피고 청소하는데 정작 자신은 돌보지 못하는 것처럼 보이기 때문이다. 집안일을 하느라 허리도 펴지 못하고 종종걸음으로 산다. 이들은 일하는 것을 그리 힘들어하거나 어렵다고 생각하지 않는다. 손은 늘 물에 젖어있고 거칠어 있다. 몸은 일을 많이 해서 여기저기 쑤시고 아프다. 결국 약을 먹고 물리치료를 받으러 다닌다. 몸을 힘들게 하면서까지 왜 그렇게 사는지 답답할 뿐이다. 이들은 '많은 물건보다 자신이 훨씬 더 중요하다.'는 사실을 깨닫지 못한다.

이처럼 물건을 정리하지 못해서 엉망으로 사는 사람이나, 정리는 완벽하게 잘하지만 버리지 못하고 사는 사람이나, 정리되지 못한 인생을 사는 것은 매 한가지다. 어차피 많은 물건의 노예로 살고 있기 때문이다.

물건을 버리고 버리다 보면 어느새 집안이 뻥 뚫린 기분이 들 때가 온다. 그러다보면 버리기에 속도가 붙는다. 버리는데도 마음이 조금 담대해 진다. 이제껏 '이것만은 버릴 수 없다.'고 끌어안고 있었던 물건도 슬슬 버릴 수 있게 된다. 버리고 나면 기억조차도 나지 않는 물건들이 버리기 전까지는 얼마나 번민하게 만드는가?

어차피 한번 버리려는 마음을 먹은 물건이라면 빨리 눈앞에서 치우는 것이 좋다. 버리자고 했으나 마음을 확실히 정하지 않은 물건을 방구석에 놓아두고 있으면 볼 때마다 마음이 무겁다. 어린 날 아카시아 잎을 하나씩 따내면서 '싫어, 좋아, 싫어, 좋아'를 반복하던 일처럼, 매번 '버릴까, 말까, 버릴까, 말까'를 마음으로 반복질문하고 있다. 차라리 버리고 싶다는 마음이 들었을 때 속히 내다 버리는 것이 마음을 확정하는데 도움이 된다.

나는 버리고 싶다는 생각이 한두 번 드는 물건을 대하면 눈앞에서 즉시 없애버린다. 나중에 버려야지 하면 버릴 때까지 마음이 피곤하다. 그래서 다른 할 일에 앞서, 버리겠다는 생각이 드는 물건부터 처리한다. 재활용 수거함에 넣든, 쓰레기로 버리든 버리고 나면 더 이상 내 것이 아니며, 가져오지도 못하기 때문에 마음은 그 물건을 포기한다. 이 방법은 꽤 효과적이어서 버리고 싶지만 버리지 못하는 물건에 대한 마음의 고뇌에서 빨리 해방시켜 준다.

미니멀 라이프는
머릿속 정리를 쉽게 한다

미니멀 라이프가 어느 정도 안정단계가 되면 비우기는 더 수월해진다. 불필요한 물건을 빨리 파악할 수 있기 때문이다. 어떤 물건을 보살피는 데 얼마나 에너지를 낭비하고 있는지, 객관적으로 계산이 되므로 처분이 쉽다. 아끼는 물건이라도 굳이 수고스럽게 관리하지 않고도 사는데 지장이 없는 물건이면 처리한다.

나는 노동하는 것을 별로 좋아하지 않아서 일을 만드는 물건을 싫어한다. 조금이라도 더 빠르고 쉽게 하는 일을 좋아한다. 그리고 남는 시간을 쉬며 여유를 즐기고 싶다.

마트나 화장품가게를 가게 되면 포인트 적립을 물어보는데, 적립금 퍼센트가 커서 자주 적립금으로 물건을 구입할 수 있는 곳이라면 적립을 하고, 수십 만원어치 사도 적립금이 쥐꼬리만 해서 무엇 하나 구입하지도 못하는 곳은 적립하지 않는다. 적립하는 시간이 더 아깝다. 가끔 인터넷 서점이나 온라인 마트에서 적립금 만기일을 알려주고, 찾아 쓰라는 문자가 와도 신경 쓰지 않는다. 적립금 찾아 쓰느라 로그인을 하고 필요 없는 물건을 고르느라 낭비하는 시간이 아깝다. 적립금만으로는 모자라서 돈을 더 쓰게 된다. 뭐가 더 중요한지 계산이 되면 쓸데없는데 시간과 정신을 소비하지 않는다.

주변을 정리하다보면 단계적으로 모든 것이 정리된다. 무엇을 해야 하고, 하지 말아야 할지, 무엇이 유익이 되고, 손해가 되는지 머릿속 계산이 빨라진다. 그러므로 모든 일을 처리하는데 있어 효율성이 높다. 눈에 보이는 물리적인 것들만 말하는 게 아니다. 활동이나 일, 인간관계, 만남, 식습관과 건강, 심지어는 사고에 대한 불필요한 것들까지 모두 걷어낼 수 있게 된다. 그러다 보면 중요하지 않은 모든 것들이 차근차근 삶에서 빠져 나간다. 자신에게 중요한 것들은 무엇이며 별 볼일 없는 것들은 무엇인지 근원적으로 바라볼 수 있게 된다. 이제껏 하지 않으면 안 된다고 했던 일들에 대한 속박, 남의 기대에 부응하느라 자신을 채근했던 일들, 남에게 인정받으려고 안간힘을 쓰고 했던 많은 활동, 이 모든 일들이 얼마나 부질없는 것인지도 깨닫게 될 것이다. 물 위에서는 우아하고 여유 있게 폼을 잡고 있지만, 물밑에서는 치열하고 구차하게 버둥거리고 있는 백조처럼 우리는 얼마나 피곤한 삶을 살고 있는가? 그런 자신이 가엾지 아니한가!

스티브잡스는 스탠포드대학 졸업 연설에서 이런 말을 했다.

"여러분의 시간은 한정돼 있습니다. 다른 사람의 삶을 사느라 시간을 낭비하지 마십시오. 다른 사람의 생각에 따라 살거나 타인의 신조에 빠져들지 마십시오. 다른 사람들의 의견에서 비롯된 소음이 여러분 내면의 목소리를 방해하지 못하게 하십시오. 그리고 가장 중요한 것은 여러분의 마음과 직관을 따르는 용기를 갖는 것입니다. 이것들은 이미 여러분이 진정으로 되고 싶어 하는 것이 무엇인지 알고 있습니다. 나머지는 부차적인 것입니다."

스티브잡스가 2005년 이 말을 하기 훨씬 전인 1989년에 법정스님은 이런 언급을 한 적이 있다.

"남의 말에 갇히면 자기 자신의 삶을 잃어버린다. 다 큰 사람들이 자신의 소신과 판단대로 살아갈 것이지 어째서 남의 말에 정신이 팔려 남의 인생을 대신 살려 하는지 알 수 없다."

우리는 남의 말이나 생각, 남의 소신, 남의 기대와 칭찬 등 남을 의식하고 살 때가 얼마나 많은가? 잘하고 싶은 것도, 명예를 얻으려는 것도, 성공하고 싶은 것도 어찌 보면 남에게 인정받고 싶은 욕구 때문일 수 있다. 무인도에서 혼자 산다고 상상하면 과연 '그토록 치열하게 열심히 살아야 하는 이유가 도대체 무엇일까?' 하는 생각이 든다. 혼자 산다면 타인을 의식하여 잘 하려 하지도 않을 것이고, 돈을 많이 벌려고도, 성공을 위하여 밤낮 잠도 안자고 건강을 반납해 가며까지 애쓰지는 않을 것이다.

경쟁 구도가 당연시 된 사회 구조 속에서 우리는 타인과 나를 비교하면서 '왜 이토록 고생을 하며 살아야 하는지' 의문을 가져 보지도 않는다. 그저 거대한 사회의 테두리 안에서 같이 돌아가고 있을 뿐이다. 그러나 인생은 그리 길지 않다는 것을 기억해야 한다. 어떻게 살든 사람은 각자의 인생을 살아가고 있다. 그러므로 남과 다르게 살아도 되고, 꼭 성공하지 않아도 된다.

성공하기 위하여 자신을 불사르면 성공 때문에 자신의 건강도, 가정도 불사름을 당할 수가 있다. 물론 자신을 보살피며 가정과 소중한 것들을 지켜가며 성공을 이룰 수 있다면 그렇게 하면 된다. 그럴 능력이 안 된다면 너무 자신을 닦달하지 말고 할 만큼씩만 천천히 가는 것도 나쁘지 않다. 기간이 늦어지면 어떤가? 소중한 것을 희생시켜 가며까지 하고 싶은 일과 성공에 매이지 마라.

물건을 줄여가다 보면 생각도 정리 되고, 인생도 정리가 되는 것을 경험할 수 있다. 타인의 기대에 부응하지 않고 자신의 가치관에 따라 살 수 있게 된다. 남과 다른 나는 그 존재 자체가 독특하기 때문에 세상에서 제일 소중하다. 그러니 타인의 시선과 인정에 연연하여 자신의 삶을 잃어버려서는 안 되겠다. 자신을 중심으로 생각하고 자신을 위해 살라. 내가 나를 보살피는 일이 결국 나의 가정을 위하는 일이 될 것이며, 나아가 건강한 사회를 만드는 일이 될 것이다.

03 | 물건보다 소중한 가치를 발견하라

가치 있는 물건이란? 물건이 주는 행복이 분명히 있다. 편리하고 맘에 드는 물건은 삶을 편안하게 하고 만족감을 준다. 사용이 편하고, 디자인과 색상이 마음에 들면 쓸 때마다 기분이 좋다.

사용이 편리하다는 것은 가벼워야 하고 쉽게 조작이 가능해야 함을 의미하기도 한다. 물론 모든 물건이 다 가벼울 수는 없다. 컴퓨터나 세탁기 등이 가벼운 건 아니니까 말이다. 그런 물건은 한 자리에 고정하면 움직일 일이 거의 없으니 무거워도 상관이 없다. 그러나 수시로 이동해야 하고, 몸으로 들거나 끌어야 하는 물건은 일단 가벼워야 한다. 무겁고 이동이 불편하면 자주 사용하는 것이 부담스러워 집안 구석에 자리만 차지하게 된다.

우리 집 청소기는 스탠드 형 무선청소기였다. 요즘 제품은 가볍고 간단한 디자인도 많은데, 이 제품은 조금 무겁다. 흡입력도 약한 편이고 흡입구가 머리카락이 끼거나 하면 제대로 기능을 발휘하지도 못한다. 매번 버릴까 하면서도 아쉬워서 쓰고 있었다. 또 걸레질은 따로 해야 하므로 청소가 부담스러웠다. 닦는 일을 매일 하는 것은 아니지만 한 번씩 하려면 앉거나 엎드려야 하므로 여간 힘든 일이 아니었다. 그러다 밀대걸레를 사서 쓰게 되었다. 다*소에서 구입했는데 걸레를 끼우는 일이 번거롭고 잘 밀리지도 않아 청소가 제대로 되지 않았다. 몇 번 쓰다 버리고 다시 손수 걸레질을 했다. 앉아서 걸레질을 하는 일은 상당히 힘들다. 그러다 보니 청소기로만 청소하고 걸레질을 자주 하지 않게 된다. 물걸레질을 자주 못하니 실내가 끈적거리는 것 같아 기분이 나쁘고, 청소를 해야 한다는 부담에 마음만 무겁다. 그러다 인터넷으로 밀대걸레를 구입하게 됐다. 저렴하고 디자인도 맘에 들며, 상품 평도 비교적 좋은 제품을 구입하였다. 물건이 도착해 조립하고 사용해 보니 청소가 정말 잘 되었다. 가볍고 손쉽게 사용할 수 있었다. 디자인과 색상도 실내 인테리어와 어울렸다. 전기를 사용하지 않으니 충전할 일도 없다. 걸레는 리필용이라 물티슈처럼 쓰고 버리면 돼서 간편했다. 단돈 1~2만 원대의 밀대걸레 하나로 무척 행복해졌다. 청소가 즐겁고 신나서 하루에도 두어 번씩 청소를 한다. 밀대걸레 하나면 빗자루도 쓰레받기도, 청소기도 필요 없다. 매번 청소기 흡입구를 청소할 일도 없고, 먼지 주머니를 털어낼 일도 없어졌다. 먼지도 나지 않고 가벼워서 후딱 청소를 할 수 있다. 쓸고 닦는 일을 동시에 하고 마지막에 걸레를 빼서는 창틀이나 현관 입구를 닦은 후 버린다. 부피도 작아서 에어컨 뒤편에 세워두면 보이지도 않는다. 밀대걸레를 들인 후 청소기는 미련 없이 비웠다.

좋은 물건이란 비싸고 고급스러워야만 되는 것은 아니다. 자신에게 잘 맞고 편리하며 마음에 들면 된다. 나에게 밀대걸레는 비싼 청소기보다 가치 있는 물건이다. 이렇게 제 가치를 넘치게 해내는 물건은 삶에 즐거움을 주고 행복을 준다.

물건과 인생을 맞바꿀 수는 없다 반면 비싸고 고급스러운 물건이라 해도 도움을 주지 못하는 물건은 애물단지다. 거기다 부피가 크고 무겁기까지 하면 골칫덩이가 된다. 구입당시의 가격과 물건의 위용으로 버리지도 못하고 마음만 짓눌려 지낸다. 이러한 물건이 한두 가지면 생활에 크게 불편을 초래하지는 않겠지만, 쌓여 있는 양이 많으면 삶을 힘들게 한다. 사용하지 않고 자리만 차지하고 있는 물건일지라도 먼지는 닦아 주어야 하므로 일거리를 만든다. 사람이 사용해야 할 공간까지 점점 장악해서 주인행세를 하고 있다. 이런 물건들로 우리는 끊임없이 뭔가를 치우고 닦느라 쉴 틈이 없다. 그러면서 한편으로는 다른 물건들을 사재기 한다. 새로운 물건도 얼마 안가 무용지물이 되기도 하고, 관심에서 멀어져 집안 어딘가에서 방황하는 일이 반복 된다.

이렇듯 계속되는 물건들과의 플레이는 가정경제를 휘청거리게까지 한다. 물건을 사들이기 위해 쉴 새 없이 일을 해야 하고, 그로인해 파생되는 피곤한 삶의 원인도 모른 채 인생을 보낸다. 그렇게 세월은 가고 몸을 돌보지 못해 건강에 문제가 생기기도 하며, 정말 하고 싶었던 일은 요원한 일이 되고 만다. 아무리 좋은 물건이라 해도 자신의 건강과 바꿀 수 있는 것은 없을 것이다. 이러한 시점에서 인생에서 무엇이 가장 중요한지를 숙고해보아야 할 것이다.

좋은 물건을 얻기 위해 몇 달, 몇 년을 고생해서 물건을 획득한다. 하지만 그 대가는 자신의 인생의 시간과 맞바꾼 것이 된다. 인생의 시간과 바꿀 수 있을 만큼 잘 활용하는 물건이라면 가치 있는 물건이 될 것이다. 그러나 사용은커녕 창고에 처박혀 있거나 장식품만 되고 있다면, 영락없이 소중한 인생을 팔아 물건을 장만한 것이다. 이런 식으로 물건과 자신의 인생을 견주어 계산을 해본다면 물건에 대해 달리 생각이 들 것이다. 별거 아닌 물건 하나하나는 우습게 보일 수 있어도, 그러한 물건이 1년 2년 모이다보면 엄청난 양이 된다. '작은 시냇물이 모여 큰 강물이 되며 바다가 된다.'는 사실을 결코 잊어서는 안 된다.

저렴하다 해도 편리하고 좋은 물건이라면 비싼 물건이 주는 가치보다 더 많은 기쁨과 만족을 준다. 값비싼 물건과 남이 가진 물건,

타인이 쓰는 고급스러운 것에 마음을 빼앗기지 말고 자신의 기준으로 세상을 살아야 한다. 그러면 남과 비교할 일도 없어서 마음은 편해지고 행복은 배가 된다.

　꼭 필요한 물건이래도 사용할 때마다 부담스럽고 불편한 것이라면 더 유용하고 손쉽게 쓸 수 있는 물건으로 대체해야 한다. 사용 시마다 스트레스가 되고 일이 번거로워 피곤하면 몸과 마음이 피해를 입는다. 조작이 간편하고 쓰기 편리한 물건은 일을 해도 피곤함을 잊게 한다. 자신을 만족시키는 물건 하나가 주는 행복을 간과해서는 안 된다. 작은 행복이 모여 삶을 건강하고 풍요롭게 해주기 때문이다.

　물건을 살 때는 이유가 있어서 샀겠지만 쓰다보면 못마땅해서 사용하지 않는 물건들이 있게 마련이다. 아무리 가격이 비싸고 버리기 아까운 물건이라 해도 효용가치가 없다면 버려야 한다. 장기적으로 신경이 쓰이게 하고 일을 만들며 자리만 차지한다. 그로 인해 스트레스가 쌓이고 몸도 힘들며 공간을 빼앗겨 생활이 불편해 진다. 비워보면 얼마나 마음이 후련한지 알게 될 것이다. 정신적 · 육체적으로 가벼움을 느끼게 된다. 얼마 안가 그 물건의 자취까지도 기억에서 사라질 것이다.

불필요한 물건이라면 버려서 마음과 공간의 여유를 만들고, 반대로 없어서 불편하다면 구입하여 삶을 편하게 해야 한다. 그러면 시간도 얻고 고생도 덜 한다. 다만 물건을 구입할 때는 잘 따져보고 자신에게 잘 맞는 것, 마음에 드는 것으로 구입하여 오래 사용하라. 집 안에 물건을 들이는 일은 신중해야 한다. 그래야 어느 순간 물건이 슬슬 번식하는 것을 방지할 수 있다.

물건을 버릴 때나 구입할 때 우리는 물건 이면에 있는 가치를 항상 생각해 보아야 한다. 이 물건이 시간을 벌어주는지, 몸을 덜 쓰게 만드는지, 일을 쉽게 할 수 있도록 돕는 물건인지를 말이다. 자리만 차지해서 공간만 잠식하는지, 일을 만드는 물건인지, 돈만 가져가는 물건인지를 꼼꼼하게 따져보라. 물건이 가진 가치보다 나의 인생의 시간과 건강의 가치가 훨씬 더 중요하다는 사실을 깨달아야 한다. 인생과 물건을 맞바꾸는 어리석은 삶을 지속해서는 안 되겠다.

06 | 타인의 시선에 당당해져라

누구를 위한 삶인가? 링컨, 빌 게이츠, 워런 버핏, 에디슨, 처칠, 헬렌 켈러, 마거릿 대처 등 위인들의 삶은 동경의 대상, 닮고 싶은 롤 모델이 된다. 그들의 전기를 읽으며 감동을 받고, 그들처럼 꿈을 꾸고 이루는 사람이 되리라고 다짐한다. 삶이 어려움에 처했을 때 이런 책을 읽으면, 얼마나 힘이 솟아나고 열정이 타오르는가? 세상의 어떤 고난도 이길 수 있을 것 같은 의지와 인내가 생긴다. 시간을 쪼개가며 열심히 일하고 공부하며 노력한다. 꿈을 하나하나 이루어 가며 성취감을 느끼고, 뭔가 괜찮은 존재가 되었다는 사실에 흐뭇하다. 더 높은 성취, 더 멋진 스펙을 갖기 위해 다음 도전을 준비한다. 이러므로 인생은 도전과 성취의 연속이 된다.

성취에 도취 되어 질주하던 삶을, 어느 날 우연히 돌아보게 되는 때가 있다. 책을 통해서일 수도 있고 누군가의 말, 또는 어떤 사건을 만난 이후일 수도 있다. 무엇을 위해, 누구를 위해 자신을 채찍질해 가며 이토록 애를 쓰고 있는가? 성공을 위해서 건강을 돌보지 않고,

가족도 성공보다 2순위에 둔다. 성공하면 모든 것이 다 잘 될 것이라고 생각한다. 하지만 성공을 이루고 목표한 것을 달성한 후에 돌아보면 건강이 상해 있기도 하고, 돌보지 못한 가족들이 저마다 마음에 상처를 안고 흩어져있기도 하다. 회복하려 해도 돌이키기가 너무 어려운 지경에 이르는 경우도 있다. '성공해서 뭐든 다해주겠다.' 고 마음먹었던 것들이 물거품이 되기도 한다. 물론 이러한 이야기는 모두에게 해당되는 일은 아닐 것이다. 사람은 모두 상황이 다를 수 있으니까 말이다.

　나는 이제껏 일에 대해서는 하고 싶은 것을 하고 살아왔다. 경제적으로 어려웠을 때는 다른 일들을 잠깐씩 겸해서 했지만, 대부분 그림에 관련된 일을 하고 살았다. 만화와 일러스트, 그래픽 디자이너 등의 일을 했었고, 30대 후반에 접어들면서는 어릴 때의 꿈이었던 화가가 되고자 순수회화를 그리기 시작했다. 그리고 화가가 되었고, 간간이 시를 끄적거리는 것이 즐거워 '시인이 돼볼까?' 하여 공모전에 도전했다가 단번에 신인상을 받고 문단에 등단을 했다. 등단 후 잡지 등을 통해 시가 실리고, 에세이가 실렸다.

　그림과는 전혀 다른 분야지만 정리 분야에도 발을 들여놓게 되었다. 얼떨결에 '정리나 배워볼까?' 하다가 지인의 소개로 정리수납강의를 들었다. 비전이 있을 것 같아서 자격증을 따고, 정리수납 컨설턴트이자 강사가 되었다. '정말 열심히 살았다.'는 생각이 든다. 잠 안자며 노력도 했고, 가정의 어려움이 왔을 때는 견뎌가며 일도 했다. 아이들을 충분히 돌보지 못하기도 했고, 건강을 딱히 챙기지도 못했다. 물론 타고난 체질이 건강해서 큰 병 안 걸리고 앓아눕지 않고 살아온 것에 감사하고 있다. 아이들도 건강하고 바르게 잘 자라준 것에 감사한다.

그러나 미니멀리즘으로 점점 비워가는 삶을 살다보니, 무수히 많은 '하고 싶은 일들'에 대해 회의가 일었다.

'도대체 무엇을 위하여 이토록 열심히 사는가? 명예인가? 부인가? 인정받기 위함인가?'

끊임없는 질문이 속에서 쇄도했다. 항상 너무 많은 일을 하고 있는 삶은 숨 쉴 구멍조차 없는 경직된 생활이었다. 하고 싶은 일, 배우고 싶은 것들이 줄 서 있었고, 멈춤이란 게 없었다.

'인생의 종착지에 다다르면 이렇게 성취한 일들은 나에게 무슨 의미가 될까?' 고민해 보았다. '내가 세상에 없다면 훗날 아무리 위대한 사람으로 명성을 떨친다 한들, 그게 나와 무슨 상관이란 말인가!' 이런 자각이 들면서 '천천히 가자.'는 마음이 일었다.

'많이 성취하는 것보다 많이 행복하게 살자.' 나의 성취와 업적이 세상에는 이로움을 줄지 몰라도 성취를 위하여 포기한 무수한 것들로, 나는 얼마나 많은 손해를 보게 되는가? 타인과 후세를 위한 업적을 남기려고 '나와 가족을 위한 행복을 잃어서는 안 되겠다.'는 생각이 들었다.

나의 가치를 따라 나의 방식대로 산다

나는 행복을 위하여 살고 싶다. 성취를 위하여 치열한 삶을 살기보다는 여유롭고 평화로운 삶을 영위하고 싶다.

도전과 성취에는 자아의 만족도 분명히 있다. 그러나 그 이면에는 '인정받고 싶다.'는 인간의 욕구가 숨어 있음을 결코 부정할 수는 없을 것이다. 사람의 이목이 뭐가 그리 중요한가? "먹고 살기위해 하는 거예요!"라고 말을 한다 해도 그렇게까지 과도하게 해야 하는가? 생각의 지평을 넓히면 자신을 갉아먹으면서까지 갖은 고생은 하지 않아도 되는데 말이다. 지혜롭게 덜 벌고, 덜 고생하며, 잘 먹고 잘 살 수 있는 방법이 분명 있음에도, 남이 하는 대로 따라하려하기 때문에 힘든 것이다. 남의 신념과 남의 말에 따라 살려 하니 인생이 고되다.

남이 사는 곳에서 살아야 하고, 남이 하는 일이니 나도 해야 한다고 생각하며, 남이 소유한 것, 남이 먹고 입는 것 모두 있어야 한다고 생각하기에, 수입이 많아야 하는 것은 당연하다. 세상이 달려가는 대로 따라 가려하니 가랑이가 찢어진다. 피를 흘리면서도 쫓아가는 인생이 가련하지 않은가?

아무도 없는 혼자만의 세상에서 산다고 생각해 보라. 그러면 '어떻게 살아야 하는지, 어떻게 살고 싶은지' 근본적인 삶에 대한 답이 나온다.

'남처럼 살지 않아도 된다.'는 사실을 깨닫게 될 것이다. 덜 갖고 덜 쓰면 된다. 고급 아파트나 넓은 집에서 안 살면 되고, 남이 하는 것들을 안 하면 된다. 그렇다고 내가 하찮은 존재가 되는 것은 아니다. 나는 나대로, 내 방식대로, 내 삶의 가치를 따라 살면 된다.

'빗자루 하나로 산다.'고 했던 《궁극의 미니멀 라이프》 아즈마 가나코는 60년 된 허름한 일본 전통가옥을 싼 값에 사서 리모델링해 자기 방식대로 산다. 한 달 전기료는 500엔이다. 청소는 빗자루와 걸레 하나로 해결하고, 냉장고 세탁기도 없이 산다. 핸드폰도 없다. 그러면서도 네 식구가 행복하고 만족스러운 삶을 살아간다.

문명이 발달 할수록 그 사회와 시대에 맞는 삶을 살아야 한다고 생각하지만, 아즈마 가나코는 문명에 역행하며 사는 것 같다. 하지만 자신의 가치관에 따르는 삶은 부족함도, 불편함도, 부끄러움도 없다. 스스로 선택한 행복한 삶이다. 반드시 문명에 발맞춰 살아야 한다고 어느 누가 그런 법을 만들었단 말인가?

《조그맣게 살거야》의 진민영은 그의 책에서 이렇게 말한다.

"미니멀리즘이 내 마음에 심어준 희망의 싹은 무수히 많지만, 그 중 하나를 꼽으라면 단연 내 자신을 너무도 또렷하게 알게 됐다는 점이다. 나는 어떤 사람이고 무슨 취향을 가졌으며, 가치관과 궁극적으로 지향하는 점이 무엇인지, 나를 너무도 잘 알게 되었다. 그리고 그런 내 모습을 아주 많이 사랑하게 되었다."

미니멀리스트들은 단지 물건만을 버리고 사는 사람들이 아니라 물건보다 수십 배 가치 있는 '긍정적인 자아를 찾은 사람들' 이다. 자발적인 비움과 선택을 하고, 남과 비교하지 않으며 자신의 가치에 따라 행복한 삶을 살아가는 이들이다.

너무나 많은 일을 하고, 뭔가를 성취하고자 욕심을 내고 있다면 가만히 질문해 보라!

'나는 무엇을 위해, 누구를 위해 죽도록 노력하고 있는가?'

'단순히 먹고 살기 위해서' 라고 답한다면 덜 일하고도 먹고 살 방법을 지혜롭게 강구하면 된다. 넓은 집, 고급스러운 가구와 물건들을 구비해야 한다고 스스로를 조르고 있다면, 나와 가족을 위함인지, 타인의 시선 때문인지 숙고해 보라. 멋진 옷차림과 소품, 고급 자동차, 메이커 제품들을 소유해야 하다고 생각한다면, 남의 눈을 의식함 때문인지 나의 만족을 위함인지 생각해보자. 나의 만족을 위함이라고 답했다면 그 만족은 어디에서 비롯된 것인가? 아무도 보아주는 이가 없어도 과연 그런 것을 소유함이 '내 만족을 위한 일' 이라고 자신 있게 말할 수 있을까? 보는 이가 있으니 그런 물건에 스스로 행복하다고 느끼며 만족이 되는 것은 아닐까?

타인의 시선에서 자유로울 수 있는 사람은 흔치 않을 것이다. 그러나 매사에 타인을 의식하고 인정받고자 하여 산다면, 내 인생은 '나를 위한 삶'이라고 결코 말할 수 없다. 행복하기 위하여 '나의 가치를 따르는 삶'은 타인의 시선에 구애받지 않고 당당해질 수 있을 것이다.

누가 뭐래도 '나는 나의 삶을 사는 것'이고 타인은 '타인의 삶을 사는 것'이다. 끊임없이 사회가 요구하는 사람이 되고자 스스로를 조이지 말고, 타인이 갖고 잇는 것을 다 소유하고자 애간장을 끓이지 말자. 후대에 남을 위대한 사람이 되지 않고, 사회가 흠모할만한 대단한 성취를 하지 않으면 어떤가? 인생에 무엇이 가장 소중하고 가치 있는지 스스로에게 물어보라. 그런 다음 바라는 삶을 살고, 되고 싶은 사람이 되어라!

07 | 나는 쇼핑보다 비우는 게 좋다

쇼핑은 쇼핑을 부른다 일상에서의 나의 쇼핑은 생필품 구입이 대부분이다. 미니멀 라이프를 실천하면서부터는 꼭 필요한 물품 외에는 거의 사는 일이 없기 때문이다. 혼자 미니멀리즘의 삶을 사는 이들은 지출이 정말 간소할 듯싶다.

여행지에서도 거의 먹거리 외에는 사는 물건이 없다. 미니멀 라이프 이전에도 여행지에서 별로 물품을 구입하지는 않았다. 이동도 귀찮고 값이 비싼 반면, 물건의 질이 그리 좋지는 않아서이다. 여행을 다녀온 이들이 기념품이라고 갖다 주는 것도 있는데 대부분 얼마안가 버리게 된다.

집안에 장식품을 두는 일도 거의 없다. 원래 장식을 좋아하지 않아서 집안에 액자나 사진도 걸어두지 않는 편이다. 안방 벽에 남편과 찍은 작은 액자 하나와 거실 피아노 위의 핑크 판다가 장식의 전부다. 핑크 판다는 웃는 얼굴에 화사한 핑크색 몸을 하고 있어서 볼 때마다 기분이 좋다. 기분이 좋아지거나 설레는 장식품이 아니고는 버리는 게 좋다.

쇼핑은 순간의 기분을 끌어올려 스트레스를 풀어주거나 한동안 만족을 주기도 한다. 쇼핑으로 얻은 물건들을 보며 잠시 행복을 느끼기도 한다. 그러나 그것은 일시적인 즐거움이다. 물건이란 살 때는 욕구가 충족되는 듯해도, 시간이 흐르면 살 때와 같은 만족감은 사라지고 식상함이나 싫증이 난다. 이러므로 지속적인 즐거움을 위해서 쇼핑행위를 계속하게 된다. 그러나 우리는 물건 하나하나를 만들기 위해서 지구의 환경이 파괴되고 있음을 알아야 한다. 법정스님은 《텅 빈 충만》에서

"우리들이 사용하고 있는 모든 물건은 지구상에 한정된 자원의 일부이며, 공장에서 기계와 기름과 화학약품으로 생산되기 때문에 지나친 소비는 반드시 자연의 훼손과 환경의 오염을 가져온다. 신발한 켤레, 옷 한 벌, 가전제품 한 가지, 가구 한 개를 만들어 내는 데에 그만큼 매연과 산업 쓰레기와 더러운 물이 생긴다는 사실을 똑똑히 명심해야 한다."

고 말했다. 순간의 만족을 위한 쇼핑으로 말미암아 수많은 자원의 낭비와 환경이 훼손되고 있음을 기억해야 할 것이다.

쇼핑을 덜하고 살 수 있는 방법 한 가지 물건을 가지고도 여러 용도로 사용한다면 물건을 줄이는데 도움이 된다. 예전에는 카세트, 오디오, 컴퓨터, MP3플레이어, 핸드폰 등 각각의 기능들이 달라

서 따로 사용했으나 요즘은 핸드폰 하나면 거의 모든 기능이 들어 있어 많은 기기가 필요 없어졌다.

나는 이런 기능을 적극 활용하는 편이라서 통합적 시스템이 좋다. 스마트 폰을 사용하면서도 한동안 카세트나 오디오를 사용했었는 데, 굳이 그럴 필요가 없다고 생각하고 과감하게 버렸다. 텔레비전 은 보지 않지만 유튜브나 필요한 강의 동영상을 보기도 하고, 음악 도 듣고, 컴퓨터와 연동되는 저장매체도 사용하므로 핸드폰은 무척 유용하다. 그렇다고 핸드폰을 주구장창 들고 사는 것은 아니다. 일 을 하거나 집중할 일이 있을 경우에는 전원을 끄거나 무음으로 설정 해두고 일을 마칠 때에야 열어본다.

요즘은 CD의 활용도가 낮지만 그래도 종종 사용할 때가 있는데, 오디오 CD든 컴퓨터 CD든 모두 컴퓨터를 통해 이용한다. 글을 쓰 고 그림과 그래픽 작업을 해야 하므로 데스크톱 컴퓨터는 필수다. 노트북이 필요할 때는 딸의 것을 빌려 쓴다. 꼭 필요한 것 외에는 전 자제품을 많이 쓰지 않으려 한다. 관리와 보관 등 귀찮은 일이 싫기 때문이다.

책은 주로 도서관을 이용해 빌려 보고 있는데 도서관에 없는 책이 종종 있어서 사야하는 일도 있다. 특히 신간일 경우가 그렇다. 도서 관에 없지만 꼭 읽고 싶은 책은 e-Book이나 중고 서점을 뒤져본 뒤 있으면 우선적으로 구입하고, 없을 시에는 새 책을 산다. 다 읽은 후 소장가치를 따져보고 처분여부를 결정한다. 처분 시에는 다시 중고서점에 되팔기를 하거나 도서관에 기증한다. e-Book 활용을 좋아하는데 e-Book은 물리적인 자리를 차지하지 않으므로 좋고, 두고 두고 읽을 수 있으며 필요한 부분은 표시를 해 둘 수 있어서 유용하다.

옷은 무척 좋아하는 물건이지만 지금은 사계절 옷이 상 · 하의 합해 30여 벌 정도이다. 옷을 사지 않을 아이디어로는 계절 구분을 크게 나누지 않고 입는 방법이 있다. 여름이 지나면 여름 반팔 위에 카디건이나 코트 등을 걸쳐 입는다. 치마의 경우에는 여름에는 그냥입고 봄 · 가을로는 스타킹을 착용한다. 겨울에는 티와 니트를 껴입고 방한 외투를 입는다. 옷을 여러 계절용 따로 마련하지 않고 돌려 입으면 가짓수도 줄이고 쇼핑도 줄일 수 있다.

장보기를 할 때는 꼭 현금을 지참한다. 필요한 비용을 대략 계산한 후 그만큼만 들고 간다. 체크카드가 있지만 소비욕구가 앞서면 지출의 자제가 잘 되지 않기 때문이다. 당장 필요한 물건 위주로 사고 더 사고 싶은 것이 있어도 가진 돈 만큼만 산 후 장보기를 마친다. 생필품은 주로 집에서 가까운 마트를 이용하지만 재래시장을 갈 때도 있다. 재래시장의 물건은 그날그날 들어오기 때문에 싱싱하고 양도 많다. 생선은 재래시장 물건이 특히 맛있다. 집에서 시장이 조금 멀기 때문에 자전거를 이용한다. 가까운 거리는 걸어 다니고 조금 먼 거리는 자전거를 이용하는데 무척 편리하다. 교통비도 절약하고 운동도 된다. 거기다 자전거는 공해를 일으키지 않아 친환경적이다. 무거운 물건을 들고 다니지 않아도 되므로 자전거는 여러모로 도움이 된다. 도서관에서 책을 빌려올 때도 매우 유용하다.

홈쇼핑은 절대 하지 않지만 인터넷 쇼핑은 종종 이용한다. 홈쇼핑은 지나치게 쇼핑충동을 조장해서 당장 사지 않으면 큰 손해인 것처럼 광고를 한다. 때문에 거기에 넘어가지 않는 일이 더 어렵다. 그러나 인터넷 쇼핑은 직접 가격 비교를 하고, 자가 선택을 할 수 있어서 필요한 제품만 이성적으로 쇼핑할 수 있다. 마트보다 시간적, 경제적으로 이익이거나 마트에 필요한 물건이 없을 때만 이용한다. 꼭 사야겠다고 마음먹은 물건만 살펴보고 구입한 후 바로 창을 닫는다. 포인트 적립이나 행사 혜택 같은 것은 무시한다. 그런 것에 현혹되면 불필요한 구매를 하게 되어 제공되는 혜택보다 훨씬 더 많은 돈을 쓰게 된다. 혜택을 알아보느라 시간도 낭비한다. 오히려 배보다 배꼽이 더 커지는 격이다.

생필품 쇼핑은 싸다고 많이 사지 말고 대용량을 구입하지 말아야 한다. '어차피 소비할건데' 라고 생각할 수도 있지만 대량으로 구입해 놓은 물건이 쌓이다 보면 집안이 엉망이 된다. 무엇보다 식료품은 적은 양을 제때 구입해 빨리 소비하는 것이 건강에도 좋다.

사람이 살아가는데 있어서 쇼핑을 안 할 수는 없다. 그러나 지나친 쇼핑으로 인한 손해는 물질뿐 아니라 시간, 공간의 낭비까지 부른다.

당장의 자신만 생각하는 편협한 사고에서 모두를 볼 수 있는 눈으로 거듭나야 한다. 우리와 우리 자녀들의 미래, 나아가서는 지구전체의 이익을 생각해야 한다. 아무렇게나 자원을 쓰고 낭비하며 환경을 오염시키지 않으려면 물건에 대한 집착과 쇼핑의 유혹에서 벗어나야 한다.

사들이기보다는 있는 것으로 사용하고 필요가 없는 물건은 타인이 쓰도록 기부나 재활용의 방법을 생각하여 비운다. 물건이 적을수록 가진 것의 소중함을 알게 되고 귀하게 사용한다. 비우는 것이 오히려 충만함이 됨을 경험하게 될 것이다. 비우다보면 쇼핑욕구는 자연스럽게 잦아들게 된다. 현명한 소비가 무엇인지 눈을 뜨게 되는 것이다.

08 | 당신은 아직도 소비의 노예로 살아가고 있는가?

쇼핑의 습관 살펴보기 물건을 사들이는 데는 여러 가지 이유가 있
다. 필요하니까, 그냥 갖고 싶어서, 지나가
다 혹해서, 필요를 느끼지 못했는데 물건을 보니 갑자기 필요가 생
겨서, 세일기간을 놓치면 후회할까봐, 이보다 더 싼 가격은 없다 싶
어서, 메이커 제품이니까, 유명 연예인이 사용하는 것이라서….

이렇게 하나 둘 구입한 물건이 어느새 온 집안을 가득 메우고 있
다. 심지어는 홈쇼핑과 인터넷 쇼핑으로 질러놓은 물건들이 박스 채
개봉도 안 되어 베란다나 방구석에 첩첩이 쌓여 있는 경우도 있다.
날마다 택배 기사들이 들락거리고 여기저기 쇼핑 포장지가 굴러다
닌다. 지금은 손만 까딱여도 쇼핑을 손쉽게 할 수 있어서 사람들은
깊이 생각할 여유도 없이 '필요하다.' 싶으면 바로 클릭을 한다. 편
하고 좋은 세상에 살고 있지만 그만큼 사람들은 절제하지 못하고 충
동적인 행동들을 많이 한다. 쇼핑에 있어서 이러한 습관은 잠시 새
로운 물건으로 즐거울 수 있지만, 장기적으로 볼 때 인생에 많은 낭
비가 되기에 문제가 된다. 돈을 벌어도 밑 빠진 독에 물붓기가 되고

돈 관리가 제대로 되지 않는다. 쇼핑으로 인한 물건들은 집안을 잠식하고 결국 물건으로 인해 더 넓은 집으로 이사를 한다. 그러느라 대출을 받고 대출금을 갚느라 평생 뼈 빠지게 일하게 되는 현상이 발생한다.

쇼핑하는 시간의 낭비 또한 무시할 수 없다. 물건을 비교하고 고르다 보면 한두 시간 훌쩍 간다. 매장에서도 그렇고 인터넷 쇼핑도 마찬가지다. 홈쇼핑을 시청하느라 낭비하는 시간은 또 얼마인가? 그러다 보면 육체적으로 피곤하고 정신적으로도 스트레스를 받는다.

"스트레스를 풀려고 쇼핑을 한다."고 하는 이들도 있다. 또한 강박적으로 소비를 하는 사람들도 있는데, 이들은 정신적으로 공허하거나 삶이 만족이 안 되면 물건을 사들인다. 물건을 통해 자신감을 얻고 존재감을 확인한다. 좋은 물건이 있으면 형편이 안 되도 극구 구입해야 직성이 풀리는 이들도 있다. 다른 사람들이 사니까 이에 편승해 사재기를 하는 이들도 있는데, 일명 밴드왜건(band wagon) 효과에 한 몫 하는 사람들이다.

쇼핑을 하게 되는 습관과 태도는 어떠한가? 살 것도 없으면서 아이쇼핑을 즐기지 않는가? 오며가며 진열된 상품들을 모두 스캔하지는 않나? 하나를 사려고 들렀다가 한가득 사들고 오지는 않는가? 할부 구입을 습관적으로 하고 있지는 않나? 메이커라면 사족을 못 쓰는가? 특별한 물건에 애착이 있어서 수십 개 사들이지는 않나? 스트레스를 풀기위한 쇼핑을 하지는 않는가? 남이 좋다고 하면 혹해서 구입하지는 않는가? 남이 있는 물건이 없으면 가난해 보인다는 생각이 들어서 사는가?

예전의 나는 쇼핑에 사족을 못 쓰는 사람은 아니었지만 좋지 않은 습관이 있었다. 특별히 좋아하는 분야의 물건은 한 번 쇼핑할 때 대량으로 구입하는 버릇이었다. 옷이나 책을 살 때 발동이 걸리는데, 한두 개만 사야지 하고 들렀다가 왕창 구입해 버리곤 한다. 평소에는 쇼핑에 시큰둥하다가도 애착 있는 물건 앞에서는 여지없이 지름신이 강림한다. 물론 좋아하는 물건들이기에 산 이후 후회하는 일은 별로 없지만 - 후회하지 않기 위해 합리화한 것일 수도 있다. - 한 달 단위로 생활을 해 나가야 하는 평범한 주부로서는 타격이 컸다. 이런 습관을 알기에 옷을 사러 가거나 책을 사야할 때는 걱정이 되기도 했다. 왜 절제가 안 되는 것일까?

이 습관이 고쳐진 것은 미니멀 라이프를 실천하면서부터였다. 물건을 대하는 자세가 180도 달라졌기 때문이다. 사고의 패러다임이 바뀐 것이다.

**사고의 패러다임을
바꾸라**
위에서 열거한 것처럼 쇼핑에 있어서 우리는
대부분 이러한 습관들을 하나씩 가지고 있다.
잘 절제하는 사람도 특별이 약한 부분이 있어서 평정심을 잃는 때가
있는데, 그러한 습관은 웬만해서는 고쳐지지 않는다. 여러 가지 방
법들을 생각해보고 노력을 해 보기도 한다. 그러나 매번 물건 앞에
서 패배하는 자신의 모습을 보면서 비참해질 것이다. 어쩌면 '필요
하니까 샀다.'고 스스로를 위로하고 합리화할 수도 있다.

　이러한 습관을 고치고 현명하게 소비를 할 수 있는 가장 좋은 방법
이 바로 '미니멀리즘의 사고방식'이다. 미니멀 라이프를 지향하며
실천하다 보면 물건에 대한 생각이 바뀐다.

　사람이 살아가는데 그리 많은 물건이 필요치 않다. 불필요한 물건
은 모두 비운다. 물건은 현재 사용하는 것만 남긴다. 가지고 있는 물
건을 소중하게 사용한다. 남은 물건 중에 너무 낡거나 쓸모가 없어
지면 비로소 새로운 것을 구입한다. 하나를 들이면 하나를 버린다.
여러 개의 싸구려 물건보다 하나의 제대로 된 물건을 구입한다. 미
니멀리스트는 이러한 사고가 형성되므로 쇼핑유혹에서 많은 부분
자유로워질 수 있다. 또한 물건을 들이는데 있어서 신중해진다. 쇼
핑으로 물건이 늘어나는 것을 싫어할 뿐 아니라 사은품을 좋아하지
않으며, 소모할 수 있는 것들 외엔 누군가로부터 선물을 받는 것도
즐거워하지 않는다. 그러므로 미니멀리스트에게 선물을 하려면 먹

는 것이든지 닳아 없어질 수 있는 물건으로 해야 한다. 이것이 바로 '미니멀리즘의 사고방식'인 것이다.

　물건이 줄면 자신에게 필요한 물건이 무엇인지 점점 자세히 보인다. 물건이 많이 줄어든 이후에도 불필요한 것들을 정리해 두고 있는 경우가 있다. 잘 쓰지 않는 것은 정리돼 있는데 정작 자주 사용하는 물건은 아무데나 나뒹구는 일이 있다. 이런 실상을 알아채면 안 쓰는 물건을 빼어내고 현재 사용하는 물건과 자리를 교체한다. 그러면 자리를 잃은 물건들은 비울 수 있게 된다.

　미니멈 화 되어가는 과정에서 어느 정도 물건이 줄면 '이만하면 됐어!' 하고 멈추어 버리는 때가 있다. 그러면 다시 물건을 사고 생각 없이 쇼핑을 하고 있는 자신을 발견할 수 있을 것이다. 어정쩡하게 미니멀 한 상태는 이도 저도 아니다. 하려면 확실하게 하고 아니면 마는 것이 낫다. 중간에 멈추어 버리면 미니멀리스트로서의 진정한 자유와 만족을 맛보기가 어렵다. '줄일 때까지 줄이고 갈 때까지 가 본다.'는 마음으로 시도하라. 그러면 그 많던 물욕들이 사라지고 쇼핑에 대한 욕구가 비워진다. 또한 진정으로 자신이 원하고 좋아하는 물건들을 발견하게 된다. '애정이 깃든 최소의 물건으로 단순하게 산다.'는 일이 얼마나 행복할 수 있는지는 경험으로만 알 수 있다. 자질구레한 수많은 물건 더미 속에서 누리는 행복과는 비교할 수 없다. 쇼핑을 줄이기 위해 수많은 방법을 시도하는 것보다 사고의 패러다임을 바꾸는 것이 쇼핑으로 인한 문제를 근본적으로 해결할 수 있다.

　쇼핑이 주는 만족과 기쁨은 잠시다. 물건은 금세 낡아지고 빛을 잃으며 흥미를 계속 자극해주지 못한다. 물건으로 인해 끊임없는 만족을 얻으려면 쇼핑의 무한 반복을 해야 한다. 그러한 삶은 돈과 시간과 에너지를 앗아간다. 얼마간 쓰고 버려질 물건들을 사기 위해 쉬지도 못하고 일만 하는 삶이 피곤하지 않은가? 평생을 그렇게 살터인가?

　물건보다 가치 있는 일에 투자할 시간과 젊음을 낭비하지 않으려면 쇼핑의 늪에서 빠져나와야 한다. 쇼핑은 근본적으로 나를 채워주지 못한다. 소유가 많고 좋은 것을 가지고 있다고 해서 자신이 그럴듯한 사람이 되는 것은 아니다. 적은 소유로 진정한 삶의 가치를 찾고 생활을 풍요롭게 가꾸어 가는 미니멀 라이프를 지향하라. 소비의 노예로 살지 말고 소비를 제어하는 미니멀 라이프를 실천하라. 미니멀리스트의 사고방식으로 패러다임을 바꾸라. 그러면 쇼핑고민에서 탈출할 것이다.

09 | 당장 필요한 물건 vs 필요할 것 같은 물건

'필요'를 일으키는 눈과　아무 생각 없이 텔레비전을 켰다가 홈쇼
뇌의 합작 시스템　핑 채널을 보게 되는 일이 있을 것이다.
필요하다는 생각을 해 본적도 없었던 물건인데, 광고를 보면서 갑자
기 필요가 생겨 구입했던 물건은 없는가? 구입하고 처음 얼마간은
열심히 사용하다 구석에 처박아 두고 '저걸 왜 샀을까?' 후회했던
경험이 아마 대부분 한두 번씩은 있을 것이다.

　우리는 당장 필요한 물건과 필요할 것 같은 물건을 자주 혼동한다.
당장 필요한 물건은 '지금 써야 하고 없으면 곤란한 물품'이다. 한마
디로 현재의 물건인 것이다. 필요할 것 같은 물건은 '지금 없어도 별
상관이 없는 물건'으로 '앞으로 필요해질 것 같은 생각이 드는 물
품'이다. 미래의 물건인 셈이다.

　쇼핑을 할 때 당장 필요한 물건과 필요할 것 같은 물품을 구분하는
데 참고할 만한 방법이 있다.
　다양하고 새로운 것들을 보면 우리의 눈과 두뇌는 매우 창의적으

로 필요를 일으킨다는 사실이다. 그날 쇼핑을 위해 '기록한 물품목록이나 꼭 사야겠다고 마음먹었던 물품' 이외에는 대부분 '필요할 것 같은 미래의 물건' 임을 알아야 한다. 시장이나 마트의 호화롭고 다양한 물건들은 우리의 눈과 뇌를 자극해서 온갖 필요를 만들어낸다.

미술 작품을 할 때 아무리 머리를 굴려도 창의적인 생각이 떠오르지 않을 경우, 타인의 작품을 본다거나 많은 미술 작품들을 감상하면 저절로 창의성이 춤추듯 피어오르는 경험을 한다.

그런 것처럼 평소에 아무런 필요를 느끼지 못했다가도 시장이나 쇼핑몰의 여러 가지 물건들을 보게 되면 두뇌는 저절로 필요 모드로 전환한다. 이렇게 우리의 뇌는 창의성이 뛰어나다.

'어, 저 컵은 아이한테 딱 좋은 아이템이네', '우리 세면실에 놓으면 어울리는 향이야' , '화장지 세일하네! 지금 사두면 이익이야, 어차피 얼마 안 있으면 필요할 거니까.' 등 머릿속에 스치는 생각들은 손에 잡히는 물리적인 것들로 전환돼 카트 안으로 들어간다. 몇 가지만 사러왔던 결심은 이내 무너지고 어느새 물건은 한 아름이 되어 지갑은 가벼워진다. 집에 와서 생각해보면 '이런 걸 꼭 사야했나?' 후회가 들지만 매번 반복하는 행동이다.

그러므로 왜 이러한 현상이 발생하는지 깨달으면 실수를 방지할 수 있다. 위에서 말한 바와 같이 우리 눈과 두뇌의 협업시스템이 어떻게 작동하는지를 깨닫고, 속지 않겠다고 결심하는 것이다. 매번 필요한 물건만 사오겠다는 결심을 확고하게 지키려면 우리 눈과 두뇌의 합작으로 만들어지는 창의적인 발상을 무시해야 한다.

아무런 계획 없이 쇼핑프로를 보게 되거나 아이쇼핑을 하게 될 때에도 '상품이 눈에 보이면 두뇌는 창의적으로 변하여 온갖 필요를 만들어 낸다.'는 사실을 반드시 기억해야 한다. 실제로 어떤 장소에 가서야 필요성을 느끼는 물건들은 당장 필요한 물건은 아니다. 그 장소를 벗어나 시간이 경과하면 물건에 대한 욕구는 대부분 사라진다. 시간이 지나서 잊어버린다거나 더 이상 구매욕구가 일지 않는 물건이라면, 당장 필요한 물건이 아닐뿐더러 앞으로도 그리 쓸 일이 없는 물건이다.

물건 권태감을 줄이는 방법 사람은 늘 '새로운 물건'에 혹할 때가 많아서 사고 싶은 욕구가 생긴다. 가지고 있는 물건은 쉽게 식상해지고 신제품이나 새것에 관심을 갖는다. 소유한 물건이 빨리 질리거나 별 볼일 없는 것처럼 느껴진다면 아마도 그 물건이 애초부터 만족을 주지 못했을지도 모른다. 단지 새 제품이고, 눈에 익지 않은 디자인과 기능에 대한 매력으로 구입했을 수 있다. 그랬기에 시간이 지날수록 익숙해져서 그저 그런 물건, 볼 때마다 아무런 감정이 일지 않는 물건으로 전락해버린 것이다. 새 옷, 새 신발, 새 자동차, 새 책 등 처음 새로 산 물건에 대한 만족은 대부분 오래 가지 못한다. 물건에 대해 식상해지는 마음 때문에, 쇼핑을 가면 새 제품들에 눈길이 가고 구매욕구가 생기는 것이다. 이러한 '물건에 대한 권태감'을 최대한 줄여야 꼭 필요한 물건이 아닌 것들을 쇼핑하는 일을 방지할 수 있다.

물건의 권태감을 줄이는 일로 가장 좋은 방법은 처음 구매 시 디자인이나 품질에서 매우 만족하는 제품을 구입하는 일이다. 조금 가격은 더 있더라도 애초에 맘에 드는 좋은 제품을 장만하면 그 물건을 쓸 때마다 기분이 좋다. 그러므로 다른 것들로 마음이 요동치지 않는다.

나는 남편과 함께 반지와 목걸이를 금14K 제품 세트로 구입한 적이 있다. 고급스럽고 맘에 드는 디자인의 제품이라 늘 애용한다. 액세서리를 좋아해서 종종 액세서리 가게에서 저렴한 것들을 구입해서 1~2년 사용하고 버리곤 했는데, 이 제품 몇 가지를 구입하고 나서는 일절 다른 것들에 눈길을 주지 않는다. 다른 종류를 사고 싶은 생각도 들지 않는다. 착용할 때마다 만족스럽고 행복하다.

물론 모든 물품을 고급스럽고 비싼 것으로 사야한다고 말하는 것은 아니다. 가격이 저렴해도 마음에 드는 물건들은 많다.

부엌 세제 통을 다이소에서 오천 원으로 구입한 사기제품을 쓰는

데, 쓸 때마다 마음에 들어 기분이 좋다. 연한 파스텔 톤의 민트색이다. 화장실 칫솔 꽂이도 역시 다이소에서 천 원씩에 구입한 사기제품들이다. 깔끔하고 부드러운 외양에 야무지게 제 역할을 잘해서 무척 마음에 든다. 살 때 조금 심사숙고해서 만족스럽고 좋은 제품으로 구입하면, 다시 사고 싶은 욕구가 생기지 않는다. 마음에 들지 않아서 여러 번 제품을 바꾸는 일이 더 번거롭고, 경제적으로도 손해가 될 수 있다.

열 번 찍어 안 넘어가는 나무는 없다

한 가지 더 언급하고 싶은 것이 있다. 꼭 필요한 물건이 없을 때는 쓸데없이 시장이나 마트, 인터넷 쇼핑몰 등을 기웃거리지 않아야 한다. 아무리 자제심이 강한 사람이라도 갖고 싶거나 탐나는 물건이 눈에 들어오면 유혹을 떨쳐버리기가 쉽지 않다. 필요한 물품이 있어서 자발적 의지로 물건을 구입할 의사가 없다면, 괜히 불필요하게 쇼핑센터를 견학하지 말아야 한다. 노인들은 건강센터에 다니면서 듣고, 보고, 체험하면 약을 사고, 매트를 사며 온갖 물품들을 구입한다. 그 이유는, 사람이란 원래 오감의 유혹에 약한데다 두뇌의 창의적 발상이 한 몫 하기 때문이다. 이러한 유혹에 쉽게 넘어가는 것은 비단 노인뿐 아니다. 노인이나 젊은이나 혜택이 많은 지속적인 광고에 노출되면 누구나 넘어가지 않고는 못 배긴다. 그러기에 딱히 필요한 물건이 없으면 쇼핑방송을 끄고 인터넷 쇼핑몰을 뒤적이지 말 것이며, 아이쇼핑을 즐기지 말아야 한다. 열 번 찍어 안 넘어가는 나무는 없기 때문이다.

당장 필요한 물건은 바로 구입을 해야 한다. 가령 아침에 요리를 하는데 식초나 소금이 떨어질 듯 말 듯 조금 남았다면 오늘 내일로 구입을 해야 한다. 오늘 요리할 찬거리도 마찬가지다. 화장지나 물티슈 등 자신이 쓰는 물품이 떨어지기 직전이라면 구입해야 하는 것이 맞다. 그러나 아직 쓸 양이 충분한데도 1+1이나 사은품에 혹해서 대량으로 구입하는 것은 '필요할 것 같다는 뇌의 창의력'에 넘어간 것이다. 공연히 쇼핑을 가서 어슬렁거리고 이것저것 기웃거리다 사고를 치지 말자.

늘 반성해도 사재기 습관이 고쳐지지 않는다면 근본적인 문제점을 파악하여 해결하는 것이 중요하다. 자신의 쇼핑 시의 취약점을 알고 개선하려는 의지를 가져야 돈을 헛되게 쓰고 후회하는 일을 반복하지 않는다. 위에서 언급한 조언들을 기억하고 참고할만한 사항들을 자신의 방법으로 만들어 두면 도움이 될 것이다.

PART

3

정리가 필요한 때는
바로 지금이다

01 | 미니멀 라이프로 시간부자가 되다

시간을 앗아가는 물건들 사람에게 없어서는 안 되는 것일수록 값을 지불하지 않는다. 물, 공기, 햇볕, 바람… 같은 자연이다. 너무 귀하고 소중해서 값을 지불하기에는 인간의 능력이 미치지 못하기 때문에 자연이 거저 주는 혜택일 수도 있다. '물은 사 먹는데?' 라고 할 수도 있겠지만, 결국 그 물도 비가 와야 사먹든 거저먹든 할 수 있는 것이기에, 근본적으로는 거저 얻는 것이라 함이 옳을 것이다. 또 거저 얻는 것 중 하나가 '시간' 이다. 살아있는 사람은 누구나 값없이 하루 24시간을 공짜로 얻는다. 그럼에도 우리는 보수없이 받는 시간에 대한 감사나 소중함에 대하여 별 감동이 없다. 오늘이 가면 내일이 올 것이고, 시간은 계속되는 것이라고 착각하며 살아간다. 그러나 한번 지나간 시간은 다시 돌아오지 않는다.

인생에게 주어진 시간은 한정적이다. 사람은 돈을 잃어버리는 것은 아까워하고 안타까워하지만, 시간을 잃어버리는 것에 대해서는 무덤덤할 때가 많다. 시간은 눈에 보이지 않는 무형의 것이고, '또 있다.' 는 생각을 하기 때문일 것이다. 값을 지불하지 않았으므로 손해를 입지 않았다고 치부해버리는 이유도 있다.

그러나 우리는 이 보이지 않는 시간, 값없이 받은 시간이, **값을 지불할 수 없을 만큼 비싸기 때문에 자연이 준 선물임을 알아야 한다.** 그러기에 하루하루, 한 시간 한 시간을 소중히 여기고 쓸데없는 곳에 시간을 낭비하며 인생을 보내서는 안 된다. 시간을 낭비하지 말아야 한다는 것은 빈틈없이 스케줄을 짜고, 쉴 새 없이 일을 하라는 말이 아니다. 놀이를 하거나 잠을 자거나 쉬거나 하는 일들은 시간을 낭비하는 것이라 할 수 없다. 이러한 활동은 오히려 사람에게 꼭 필요한 것들이다.

시간의 낭비란 하지 말아야 할 일들, 굳이 할 필요가 없는 일에 시간을 허비하는 것을 의미한다. 그러한 일에는 여러 가지가 있겠지만 소유에 투자하는 시간이 그 중 하나이다. 물건이 많으면 그만큼 시간을 물건에 빼앗긴다. 소유가 늘면 그것들을 관리하기 위한 수고로움이 꽤 크다. 물건의 자리를 만들어 주고 먼지를 닦으며, 정리하고 고장 나면 수리도 해야 한다. 사느라 돈 들이고 일하느라 힘들며, 신경 쓰고, 거기다 많은 시간까지 투자를 한다. 없으면 하지 않을 일을 사서 한다.

우리 집에는 그릇 건조대 아래 물받이가 있었는데, 그릇에서 떨어지는 물로 얼룩지기도 하고 쉽게 지저분해져서 늘 신경이 쓰였다. 설거지를 한 후 자주 꺼내서 씻곤 했었는데 귀찮은 일이었다. 어느 날 물받이를 떼어내고 그릇을 올려 보았다. 그릇에서 흐르는 물은 개수대 주변으로 떨어졌는데 설거지 후 바로 닦아내면 아무 문제가 없었다. 이렇게 쉬운 일을 그동안 힘들게 물받이를 닦느라 애썼다는 생각에 한심했다. 물받이를 치울 생각보다 그것을 닦고 관리하는 데 만 신경을 쓰고 있었다니 어리석기 그지없다.

쓰레기통에 관한 부분도 마찬가지다. 방마다 있었던 쓰레기통을 관리하느라 매번 신경이 쓰였다. 쓰레기를 비우고 쓰레기통을 닦으 며 비닐을 씌우고 하는 일은 청소 때마다 여간 번거로운 일이 아니 었다. 그래서 쓰레기통을 집안에 단 한 개만 남기고 모두 버렸다. 아 니 한 개도 없다. 부엌 귀퉁이에 둔 쓰레기통은 그냥 종량제 봉투만 벽에 걸어두었으므로 쓰레기통 자체는 없는 것이다. 쓰레기통이 사 라지니 예전에 했었던 몇 가지 일들이 동시에 줄었다. 쓰레기통을 닦을 일도, 비닐을 씌울 일도, 각 방마다 쓰레기를 비울 일도 없어진 것이다. 이렇게 좋을 수가!

생각을 조금만 확장하면 편하게 살 수 있다. 일하느라 힘든 것은 차치하고 시간을 허비하지 않아도 된다. 물건을 버린 만큼 시간은 되찾는다. 시간을 벌기 원한다면 소유한 물건들에 대하여 다시 생각해 보아야 한다. 그 물건을 소유함으로써 크게 유익한 것이 없다면 자신의 공간에 두고 매번 신경 쓰며 관리하느라 시간을 낭비할 일이 아니다. 버릴까 말까 고민이 되는 것은 당연한 일이겠지만, 무엇이 더 귀한 지 냉정하게 따져보라. 나의 에너지와 시간인가 아니면 물건인가?

전자제품에 관하여 긍정적이지는 않지만 전자제품이 주는 편리함은 좋아한다. 그러나 전자제품은 관리의 문제가 귀찮은 것이 많다. 특히 부엌에서 사용하는 것들은 더욱 그렇다. 청소가 불편한 것들이 많은데 전기를 이용하니 조심스러워서 더 힘들다. 매번 전기의 사용과 고장이 나면 수리해야 하는 번거로움이 있어서 마냥 편리한 물건만은 아니다. 그래서 꼭 필요한 것 외에는 전자제품 가짓수를 최소한으로 줄였다. 부엌에서 사용하는 전자제품은 냉장고, 밥솥, 믹서가 전부다. 물은 자연 정화시스템을 이용한 정수기를 사용하므로 전기를 사용하지 않는다. 웬만해서는 전자제품을 들이고 싶지 않다. 손으로 해도 크게 어려움이 없는 것은 전자제품을 이용하는 것보다 오히려 여러 가지 면에서 더 편리하다. 구입비도 안 들고 공간도 차지하지 않으며 고장수리비도 안 든다. 고장이 나면 맡기러 가든지 수리기사를 불러야 하는 일들도 피곤한 일이다. 전자제품을 쓰지 않으면 이런 고장으로 인한 스트레스가 없고, 씻고 청소하는 에너지와 시간의 낭비를 줄일 수 있다.

자신이 관리할 수 있을 만큼만 소유하라

시간을 앗아가는 물건들은 우리의 공간속에 잔뜩 있다. 종이 한 장도 시간을 가져간다. 물건의 가짓수가 많을수록 소중한 시간은 줄어든다.

스티브 잡스는 옷 고르는 시간조차 아까워서 사복을 제복화 했다고 한다.

옷이 많으면 골라 입는데 고민하느라 시간이 지체된다. 자신의 스타일과 개성을 살려줄 옷으로 몇 벌만 있으면 손쉽게 외출을 준비할 수 있다. 적을수록 선택은 빠르고 시간은 여유로워진다.

시간을 벌기 원한다면 물건을 버려야 한다. 물건을 비움으로 시간은 만들 수 있다. 매일 바쁘고 마음이 분주하다면 소유한 물건을 헤아려 보라. 자신을 힘들게 하고 시간을 빼앗는 물건인 줄 알면서도 아까워서 버리지 못하는가? 구매 당시의 가격을 생각하면 도저히 버릴 용기가 나지 않는 물건도 있다. 그럴 때는 구매 시의 가격을 무시하는 것이 좋다. 어차피 돈은 사라진 것이고 회수할 수 없다. 현재는 자신의 에너지와 시간을 빼앗아 가는 애물단지다. 그렇다면 버려야 하지 않겠는가? 그 물건이 현재 도움이 되는지 안 되는지만 생각하는 것이 판단을 빠르게 한다. 물건이 없으므로 얻을 수 있는 이점에 주목하자. 넓어진 공간, 관리하지 않아도 되는 편안함, 그리고 시간!

물건은 자신이 관리할 수 있을 만큼만 소유하는 것이 가장 현명하다. 정리나 청소를 싫어하는 사람이 물건을 잔뜩 사서 쟁여 두고, 집을 난장판으로 만들고 사는 것은 어리석은 일이다. 시간이 없다고 하면서 물건을 잔뜩 사들이는 사람도 마찬가지다. 일이 많아서 피곤하다고 하면서도 물건을 버리지 못하고, 청소하고 정리하는데 열심인 사람도 똑같은 사람이다. 사서 고생을 하고 시간을 빼앗기면서도 무엇이 자신을 힘들게 하고, 왜 여유가 없는지 고민하지 않는 것이다.

시간이 없다는 말을 하기 전에 주변을 둘러보라. 시간을 앗아가는 물건들을 얼마나 가지고 있는지 따져보라. 물건과 맞바꾼 시간을 되찾으라. 피곤하면 돌아보아야 한다. 너무 많은 물건을 관리하느라 지쳐있는 것은 아닌지….

쉴 수 있는 시간이 없다면 소유를 줄여라. 소유를 줄이면 할 일이 줄고 할 일이 줄면 시간은 늘어난다.

자연이 준 선물, 시간! 거저 받는다고 함부로 낭비하지 마라. 쓸데없는 일에 시간을 허비하지 마라. 사람도 아닌 물건에 시간을 투자하고 에너지를 낭비하지 말아야 한다.

미니멀 라이프로 시간부자가 되라. 필요한 만큼 일하고 쉬며 여유를 가지라. 물건보다 더 소중한 사람들을 위하여 시간을 쓰라. 자신에게 에너지를 주고 즐거움을 주는 일을 하라. 이것이 시간을 가치 있게 쓰는 일이다. 보수 없이 받는 시간을 감사하며 소중히 여기자!

나는 비우며 살기로 했다

02 | 넘치는 SNS를 정리하라

SNS 피해의 심각성 우리는 지금 SNS의 홍수시대에 살고 있다.
SNS는 소셜 네트워킹 서비스(Social Network Service)를 일컫는 말로 온라인상에서 이용자들이 인적 네트워크를 형성할 수 있게 해주는 서비스를 말한다. 이러한 서비스에는 트위터, 페이스북, 인스타그램, 카카오스토리, 핀터레스트, 각종 블로그, 유튜브 등이 있고, 모바일 메신저로는 카카오톡, 라인, 스카이프, 텔레그램 등이 있다. 우리는 대부분 SNS를 한두 개 이상씩은 하고 있을 것이다.

SNS를 이용하여 스스로를 상품화해 알리기도 하고, 혹은 자신이 소유한 가치를 팔기도하며, 물건을 판매하기도 한다. SNS를 통해 인기스타가 되기도 하고 유명세를 타기도 하며 사업이 번영하기도 한다. 잘만 활용하면 부가가치를 창출할 수 있는 매체가 된다. 그러나 이에 반해 SNS로 인한 불편함과 피해도 많다. SNS를 이용하여 '어떤 목적을 달성할 것인지' 확실하게 목표를 정하고 효율적으로 운영을 하지 않으면, 어느 사이엔가 거추장스러운 물건 하나를 몸에 장착하는 것과 같은 불편함을 초래 한다. SNS는 시간을 빼앗고 정신을 산만하게 하며 중요한 일에 집중하는데도 방해가 된다. 또한 개인정보의 유출로 인한 피해도 생긴다.

이미 SNS를 하고 있다면 SNS를 하는 이유를 자신에게 진지하게 물어봐야 한다. 어떤 목적을 두고 하는지, 아니면 그저 재미로 하는지, 혹은 생활과 외모를 자랑하기 위해서인지, '좋아요' 에 중독되어서인지 등 말이다. 자신을 알려서 부가가치를 창출하고자 함이거나 상품을 광고하여 사업에 이윤을 남기고자 하는 일이 아니라면, 가입한 SNS를 탈퇴하는 것을 고려해보는 것이 좋다.

SNS는 앞서 이야기 한 것처럼 많은 시간을 낭비하게 한다. 알림이 오면 열어보고 싶은 유혹에 빠지고, 알림을 확인하다보면 친구들의 소식을 접하게 되어 여기저기 들여다본다. '댓글' 이나 '좋아요' 숫자를 수시로 확인하며, 개수가 적으면 더 받기위해 친구의 페이지에 들러 댓글을 달고 '좋아요' 를 눌러댄다. 댓글로 맞대답을 하느라 신경을 쓰게 되며, 칭찬을 받으면 기분이 업 되어 더 좋은 게시물을 올리느라 사진과 글을 다듬는데 시간을 보낸다. 조금이라도 나은 사진을 올리려고 이런저런 효과를 적용하거나 수정하면서 피곤해 한다. 친구가 늘어갈수록 관리할 일은 많아지고, 맘에 들거나 들지 않은 친구들 때문에 신경을 쓰며 스트레스를 받는다. 누군가가 자신의 클로즈업 사진만 주구장창 올리거나 잘난 체를 하면, 얄미워서 친구를 끊기도 하고 흉을 보기도 한다. 게시물을 올린 날은 종일 신경이 쓰여 들락거린다. 자주 와서 댓글을 달아주는 친구가 안 오면 왜 오지 않는지 혼자 상상을 한다. 이렇듯 SNS를 하며 낭비하는 시간을 계산해 볼 때 하루 2시간씩만 잡아도 일주일이면 14시간이다. 한 달이면 60시간이 된다.

관리로 인한 스트레스와 정신적인 피해는 시간의 낭비보다 더 심각하다.

《20대 페이스북 CEO, 7억 제국의 대통령 마크 주크버그》에서 마샤 아미든 루스티드는 페이스북 피해 사례를 이렇게 말한 적이 있다.

"페이스북 중독 때문에 병원에서 검사를 받던 한 젊은 여성은 매일 페이스북 페이지를 확인하는데 5시간 이상을 썼고, 계속해서 일손을 놓은 채 인터넷 카페에 들르고 페이스북을 확인하다 결국 실직까지 하게 되었다. 인터넷을 하느라 외부활동도 그만두고, 심지어 병원에서 검사를 받는 동안에도 웹에 접속하여 페이스북을 확인하려 했다."

이와 같은 일은 극단적인 사례겠지만 우리도 자칫 몇 시간씩 SNS에 빠질 때가 있고, 중독처럼 신경을 쓰고 드나들 때가 있다. 그러다 어느 날 '내가 왜 SNS에 빠져 있을까?' 문득 정신을 차리기도 한다.

악성 댓글로 인해 피해를 입는 경우도 많다. 심각할 경우 법정까지 갈 정도로 문제가 확대될 수도 있다. 악성 댓글은 개인을 죽음에 이르게까지도 하며 피해 당사자에게 심각한 정신적 고통을 준다. 무고한 회사를 악덕기업으로 내몰아 수많은 물질적 피해를 입히기도 한다.

〈방송통신위원회〉와 〈한국정보화진흥원〉이 실시한 2018년 사이버폭력 실태조사 결과, 사이버폭력을 경험한 확률이 32.8%로 인터넷이용자 10명 중 3명은 사이버폭력 가해(21.6%) 또는 피해(24.7%)를 경험한 것으로 나타났다. 피해 유형으로는 언어폭력, 명예훼손, 스토킹, 성폭력, 신상정보유출, 따돌림, 갈취, 강요 등이 있었다. 가해수단으로써는 채팅과 메신저, 온라인게임, SNS, 이메일, 문자메시지, 커뮤니티, 개인 홈페이지 등이 있었다. SNS는 채팅과 메신저, 온라인 게임에 이어 세 번째로 많은 피해를 입히는 것으로 드러났다.

유익한 점도 있지만 삶에 여러 가지 피해를 입히는 인터넷과 SNS의 사용에 있어서 신중해 질 필요가 있다.

불필요한 SNS를 탈퇴하여 정신을 맑게 하라   이익이 별로 되지 못한다면 SNS는 하지 않는 게 낫다. SNS를 하지 않을 때의 유익함은 많다. 시간의 낭비를 막고, 친구관리나 게시물관리, 타인의 소식을 접할 필요가 없으므로 정신적으로 피곤하지 않다. 불필요한 에너지를 낭비하지 않는다. SNS를 하는 시간에 독서를 한다든가 여유를 즐긴다면 훨씬 더 건설적인 일이 될 것이다.

SNS 계정이 여러 개가 있다면 쏟는 에너지가 많을 것이다. '필요 없다.'는 판단이 서면 모두 탈퇴 할 수도 있고, 꼭 남길 이유가 있는 계정이라면 1~2개 정도로 축소하는 것이 좋다. 들인 시간과 게시물이 아깝다는 생각이 들 때는 '장기적인 관점에서 이익이 될 것인가?'를 생각해 보고 판단한다. 매몰비용이 아깝다는 생각에 남겨두면 지속적으로 정신을 혼란하게 하고, 시간을 빼앗아 갈 것이다.

정보를 얻기 위해 SNS를 이용하는 사람도 있다. 그럴 때는 계정만 두고 게시물을 올리거나 관리하지는 말아야 한다. 필요할 때 정보만 찾아보는 도구로 활용한다.

카카오톡이나 스카이프, 라인, 텔레그램 등 모바일 메신저를 사용할 경우에는 꼭 필요한 앱만 설치하도록 한다. 필요한 앱을 이용할 때도 단체 톡 개설이 많으면 피곤하다. 중요한 단체거나, 본인이 자주 개입하는 모임이 아닐 경우 '나가기' 하는 게 낫다. 알림 소리 설정을 해지하더라도 귀찮을 때가 많다. 알림숫자를 삭제하느라 한 번씩 톡을 열어주어야 하는 일이 번거롭기 때문이다. 말이 많은 단체톡은 시끄러워서 정신이 사납기까지 하다.

개인 톡의 경우에도 매번 영상이나, 좋은 글이라고 보내는 이들이 있다. 필요하면 언제라도 정보를 찾아볼 수 있는 시대에 그런 일은 민폐가 된다. 가까운 이라면 정중하게 사양의 글을 보내는 것이 좋고, 친분이 별로 없거나 잘 모르는 경우에는 몰인정한 것 같더라도 차단하는 방법을 쓸 수 있다. 사람과 상황에 맞춰 적절히 적용할 일이다.

마음만 먹으면 각종 SNS를 손쉽게 개설할 수 있는 시대에 살기 때문에 무분별하게 계정을 만들고, 여기저기 개인정보를 올려놓는 일이 많다. 보이지 않는 사이버 공간이지만 자신의 계정이 있는 한 사용하지 않아도 마음은 늘 쓰인다. 불필요한 SNS는 그대로 두지 말고 탈퇴하여 깨끗하게 신상정보를 지우는 것이 좋다. SNS를 탈퇴하면 탈퇴한 개수만큼 마음이 가벼워진다.

쓰지 않는 물건을 보관만 하고 있어도 부담이 되듯이 SNS도 마찬가지다. 불필요한 물건 같은 계정들을 탈퇴하여 삭제하고, 사이버 공간을 청소하자. 열심히 들락거리는 계정이라도 굳이 유익하지 않은 것이라면 탈퇴하여 마음을 가볍게 하자. 계정하나만 탈퇴해도 중요하지도 않은 사람들의 시끄러운 소식을 다 끊을 수 있다. 정신이 개운해질 것이다. 시간이 지나면 사이버공간의 사람들과의 관계가 그리 중요하지 않음을 깨닫게 될 것이다. 그런 시간에 주위에 있는 소중한 사람들을 위하여 시간을 내고 관심을 갖는 것이 훨씬 유익하지 않겠는가?

03 | 집을 도서관으로 만들지 마라

책을 순환시켜 많은 이들이 읽게 하라 집안을 둘러보자. 책장은 몇 개나 되는가? 가정마다 책이 없는 집은 없다. 책장은 기본적으로 한 개 이상씩은 가지고 있을 것이다.

〈문화체육관광부〉의 '2017년 국민 독서 실태조사' 결과 우리나라 19세 이상 성인의 연간 독서량은 종이책 기준 평균 8.3권으로 나타났다. OECD 국가 중 꼴찌에 가깝다.

독서에 대해 논하려는 것은 아니지만 우리나라 장래를 생각하면 염려스러운 부분이다. 그런데 독서 수준이 낮은 것에 비해 집집마다 책 보유량은 엄청나다. 수십 권에서 수백 권 이상씩 가지고 있다. 왜 그럴까? 여러 이유가 있겠지만 그 중 하나가 책에 대한 인식의 문제 때문이다. '책은 신성하다.'는 생각으로 함부로 버리거나 다루면 안 된다는 의식을 가지고 있다. 책을 버리면 마치 지식이 버려지는 것 같은 안타까운 마음이 들기도 한다. 책을 많이 가지고 있으면 유식하고 교양 있어 보인다고 생각하기 때문에, 되도록 더 많이 소유하려고도 한다. 읽지는 않아도 언젠가 읽을 것이라고 예약만하고 있는 책도 여러 권 책장에 꽂혀있다. 그래서 책을 한 번 사거나 소유하게 되면 그 책은 평생 동거자가 된다.

책은 읽고 활용하는 데에 그 가치가 있다. 읽지도 않으면서 아끼고 보관만 하면 무슨 의미가 있겠는가? 짐만 될 뿐이다. 집안의 공간을 차지하고 먼지만 쌓여서 식구들의 건강을 위협하기도 한다. 이사 시에는 비용이 많이 들고 정리를 다시 해야 하는 번거로움도 꽤 크다.

책을 읽지 않고 집안에 전시만 해 두고 있다면 과감하게 정리를 해 보자. 막상 맘먹고 처분하려고 해도 책을 버린다는 것이 썩 내키지 않는 일이다. 어깨에 스트레스가 쌓이고 거부반응이 올 것이다.

천천히 시작하도록 하자. 가장 버리기 쉬운 것들부터 꺼내자. 오래된 잡지책, 다시는 보지 않을 책, 한 번 읽고 수년 씩 꽂아만 둔 책, 선물 받았는데 손이 가지 않는 책, 전공서, 안 쓰는 수첩과 노트, 학년지난 아이들 교과서나 문제집, 유아기의 책 등 책장을 둘러보며 한 권 한 권 뽑아내다 보면 의외로 용기가 생기게 된다. '이 책만은 절대 못 버려!' 하는 것들도 어느 사이에 책장에서 내려지고 있다.

책은 종이 재활용으로 버리기 아까운 마음이 드는 게 사실이다. 여러 가지 방법으로 버리기를 시도해 봐야한다. 줄이 많이 그어져 지저분하거나 낡은 책은 그냥 버린다. 깨끗한 책은 중고로 팔 수 있다. 알라딘 중고서점에 직접 가지고 가서 팔든지 택배로 보내는 방법이 있다. 알라딘 사이트에 들어가 원 클릭 판매를 신청하면 1~2일 만에 가지러 온다. 거리가 멀거나 양이 많을 경우 이용하면 편리하다. 중고서점이나 원 클릭 판매 시 미리 사이트 내의 바코드 검색에 찍어보고 판매 가능성 여부를 확인해야 한다. 그렇지 않으면 쓸데없는 수고를 할 수가 있다.

도서관에 기증하는 방법도 있다. 출간된 지 5년 이하의 책이어야 하고 기증서 작성을 해 주어야 한다. 주변에 책을 필요로 하는 사람이 있다면 물어보고 주면 좋을 것이다. 특히 아이들 책은 그냥 버리기보다 돌려볼 수 있도록 주위에 나눠주면 좋다.

돈이 돌아야 경제가 활성화 되듯 책도 돌아야 한다. 한 번 보고 누군가의 책장에 꽂혀 다시는 책장 밖으로 나오지 못하거나, 한 번도 읽혀지지도 않은 채 영원히 잠자고 있다면 책의 일생은 끝난 것이다. 책은 자주 읽히고 사랑을 받아야 책으로써의 역할을 다한다. 책을 쓴 작가도 책이 순환되어 많은 이들에게 읽히기를 바랄 것이다.

책이 비워지면 책장도 비워지는데 넓어진 공간을 보게 되면 더 비울 수 있다는 힘이 생긴다.

책을 비우는 문제는 정신적으로 상당히 힘들다.

독서가 취미인 나의 경우 예전에는 책을 거의 다 사서 보았다. '나만의 것'이라는 만족감으로 배가 부른 느낌이었고, 책에 줄을 긋고 마음껏 접고 활용할 수 있어서 좋았다. 또한 필요시에 언제든 다시 꺼내볼 수도 있으니 안심이 되었다. 여러 번 다시 보는 책들도 많았기 때문에 사서 보는 것을 당연시 했다. 온라인 서점 이용 시에나 오프라인 서점에 가면 한 번에 십여 권씩 사들이곤 했다. 책장이 채워지는 것을 보면 뿌듯했고, 책이 많다는 것이 자랑스러웠다. 집안이 온통 책으로 가득해서 점점 삶의 공간이 줄어들고 있었지만 집이 좁다고만 생각했지, '책을 처분하자.'는 생각은 해 본적이 없었다.

미니멀 라이프를 시작하고 제일 문제가 되고 걱정이 되는 것이 책을 버리는 일이었다. 책을 한 권 한 권 버리기가 어찌나 힘이 드는지 한 쪽에 쌓아놓고, 몇 달씩 고민하며 비우기를 지체하기도 했다. 버리자고 해놓고 다시 펼쳐보면 '버릴 수 없다.'는 마음이 들어 다시 책장에 꽂는 일을 반복하기도 했다. 아끼고 좋아하는 것을 버리는 일이 눈물 나도록 고통스럽기도 했다. 그러나 '미니멀리즘이 주는 희열이 더 크다.'는 것을 매번 인지하고 마음을 가다듬었다. 모든 책을 다 비우고 현재는 자주 보는 전문 서적 류 만 책장 두 칸에 남겨두었다.

책은 도서관을 이용해 빌려보고 있으며 서점에 가면 아예 신간을 읽고 오기도 한다. 그리고 전자 도서를 이용하여 독서를 한다. 처음에는 눈이 피로하다는 생각을 했으나 적응이 되니 괜찮았다. 전자책

이용의 좋은 점은 종이책보다 가격이 저렴하고 공간을 차지하지 않는다는 점이다.

  비우기 힘든 책들은 굳이 무리해서 버리지 말고 천천히 하도록 하라. 시간은 걸리겠지만 비우는 과정에서 스트레스를 덜 받을 것이다. 사람마다 달라서 어떤 이는 결심하고 즉각 실행할 수 있는 반면 시간이 필요한 사람도 있다. 어떤 물건이냐에 따라 다를 수도 있다. 중요하게 생각하는 가치관이 담긴 물건일수록 비우는데 애를 먹을 수 있다. 각자의 입장에 맞춰 할 일이다.

  두기는 그렇고 버리기는 아까운 책들은 비우기 상자에 넣었다가 버리는 방법을 선택하자. 비우기 상자가 차 있으면 마음이 무거워서 불편하다. 어느 날엔가 결심이 설 때가 오고 행동으로 옮길 날이 온다.

  오래전의 메모들이나 노트는 펼쳐본 적이 없다면 버리도록 하자. 학창시절의 상장이나 수료증들도 스캔하거나 사진을 찍어 잘 보관해 두고 비울 용기가 생기면 비우자. 디지털 화 하여 보관하는 것들 중, 중요한 것은 실수로 날아가지 않도록 컴퓨터나 핸드폰에만 두지 말고, 영구 보관할 수 있는 인터넷 저장 공간을 이용하도록 하자.

  프린트 용지도 박스 채 구입하지 말고 조금씩 사서 쓰자. 사무실이 아닌 곳에서는 그리 많이 쓸 일이 없다. 대량구입을 해 두면 수년을 써야 하니 집안에 내내 자리를 차지하게 된다. 너무 많아서 마음이 무겁다면 주변에 나누어 주자. 필요한 사람이 많을 테니.

이면지도 모아두면 너무 많아진다. 적당히 남겨두고 버리도록 하자.

도서관을 이용하면 아이의 독서시각이 넓어진다

아이들 책은 시기가 지나거나 너무 낡은 것들은 처분하자. 자주 점검하여 교체해 주어 아이의 독서 수준을 향상시키고 독서에 대한 흥미를 북돋아주자. 그러나 아이들은 좋아하는 책을 자주, 오래도록 보는 면이 있으므로, 아이가 좋아하는 책은 함부로 버리지 않도록 주의해야 한다.

아이를 데리고 도서관에 자주 가라. 도서관을 이용하면 아이가 **평생 책과 가까이 지낼 수 있는 습관이 형성된다.** 또한 편협한 독서를 하지 않게 된다. 미처 사서 읽히지 못하는 수많은 종류의 책들을 접하면서 아이의 독서 시각이 넓어진다.

독서는 우리가 평생 해야 할 중요한 습관 중 하나이다. 책을 정리하고 비운다는 일은 책과 작가에 대한 예의가 아닌 것 같아 마음이 불편할 것이다. 그러나 한 번 읽고 다시 보지 않는 책이 누군가에게로 가서 읽혀진다면 책의 가치는 더욱 올라간다. 책장에서 사장될 뻔한 책이 누군가의 인생을 바꿀 수도 있다. 생각을 바꾸면 마음이 한결 편해질 것이다. 비우기가 쉬워진다.

'책으로 둘러싸인 집을 만들고 싶다.', '늘 책과 가까이하는 습관을 아이에게 가르치고 싶다.', '책이 가득한 서재를 갖고 싶다.' 는 소망이 있는 사람이 많을 것이다. 그러나 내 집에만 만들어 두면 나와 나의 식구들만 이용하게 된다. 아니면 식구들은 거의 읽지 않는데 혼자서만 이용하는 개인 도서관으로 전락할 수 있다. 그러기에는 경제적인 손해와 공간적인 낭비가 많다. 책을 안 읽는 식구들에게 피해가 될 수도 있다. '책이 많으면 언젠가 읽겠지.' 하는 기대는 기대로만 끝날 확률이 많다.

꼭 내 집이 아니어도 책을 읽을 수 있는 공간은 많다. 요즘처럼 책이 넘쳐나는 시대에 집을 도서관으로 만들지 말고 책을 읽을 수 있는 다양한 방법을 생각해 보라.

필요하면 사라. 사서 읽고 활용하라. 그리고 타인이 다시 볼 수 있는 기회를 주자. 책은 순환되어야 한다.

04 | 현금 사용을 습관화 하라

돈의 액수를 정하여 생활한다 돈이란 확실하게 잡아두지 않으면 어느 사이엔가 소리 없이 빠져나간다. 아무리 많이 벌어도 생각 없이 되는 대로 돈을 쓰다가는 빈주머니가 된다. 세월이 가도 돈은 모이지 않고 그날그날 사는 형편이라면 삶이 불안해질 수 밖에 없다. 얼마를 벌든지 자신의 형편에 맞게 쓰고 모으기 위해서는 돈을 손에 잡을 수 있어야 한다. 잡히지 않는 돈은 결국 쉽게 사라지게 된다.

돈을 손에 잡으려면 얼마만큼 쓰고 저축할 것인지를 미리 정해두어야 한다.

예를 들어 한 달 수입이 생기면 저축, 생활비, 문화와 여가활동비, 교육비, 교통비 등의 항목에 얼마를 쓸 것인지 액수를 정한다. 정한 액수를 초과하지 않도록 운영을 하고 절제를 하여 생활해야 한다. 삶이라는 게 갑자기 예상치 못한 일이 생길 수 있어서 정한대로 운영이 안 될 수도 있다. 그럴 일을 대비해 예비비를 매달 조금 설정해

두면 좋다. 정한 액수대로 산다는 일이 쉬운 일은 아니다. 쓰고 싶은 욕구가 일어나거나 기분이 들뜨면 절제가 힘들기 때문이다. 그렇기 때문에 반드시 정한액수 대로만 생활한다는 마음을 다지는 것이 좋다. 마음을 지키지 않으면 어느새 돈은 순식간에 손아귀에서 스르륵 빠져버리고 만다.

미니멀리스트로 살면 좋은 점이 이러한 욕구를 잘 절제할 수 있다는 것이다. 소유에 대한 욕심이 많지 않고, '꼭 필요한 일에 돈을 쓴다.'는 개념이 정립돼 있으므로 순간의 욕망에 쉽게 휘둘리지 않는다. 그러므로 돈이 손에 잘 잡히고 안정적인 생활을 할 수 있다.

수입이 많지 않아도 부족해서 쩔쩔매는 상황은 거의 없다. 수입에 따라 분수에 맞는 생활을 하므로 빚이 쌓이는 일은 없다.

한 달이 가기도 전에 쓸 돈이 부족해 전전긍긍한다면 자신의 생활을 돌아보라. 어디에 낭비가 있는지를 점검하라. 생활이 안 된다고 하면서도 핸드폰비가 너무 많이 나온 다던가 자동차를 굴릴 형편이 아닌데도 차를 소유하고 있다던가, 화장품비용이 너무 많지는 않은가 등 어떠한 곳에 돈이 새고 있는지 따져보아야 할 것이다. 이럴 때는 생활의 규모를 축소해야 한다. 형편에 맞도록 낭비가 많은 곳의 지출을 줄이든지 아예 없애버려야 한다. 누구든지 잘 살펴보면 이런 필요이상의 낭비가 있다. 불필요한 낭비만 찾아내어 해결을 해도 생활은 안정이 될 것이다.

타인의 눈을 의식하여 과한 생활을 하지 마라. 체면유지를 위하여 불필요한 것들을 소유하고 비틀거릴 이유가 무엇이 있겠는가? 자신과 맞지 않는 소유물을 버려서 돈이 새지 않도록 하라. 분수에 넘치는 씀씀이가 있다면 잘라버리라.

미니멀리스트는 물건을 줄이고 불필요한 것들을 없애면서 자연스럽게 자신의 경제상황도 파악을 한다. 필요 없는 곳에 지출되는 돈을 잡는다. 형편에 맞지 않는 물건을 소유하며 체면을 유지하려들지 않는다. 타인의 행동과 말에 휩쓸리지 않는다. 소신에 맞게 삶을 운영해 간다.

현금생활을 습관화 한다 생활하다보면 스스로 정한 액수가 있어도 아차하면 초과할 수가 있다. 이러한 불상사를 막기에 좋은 방법은 **현금생활을 습관화** 하는 것이다. 카드사용의 편리함 때문에 대부분 카드로 생활하는 것이 일상화 되어 있다.

물론 모든 지출을 현금으로 한다는 것은 무리가 있다. 액수가 큰돈의 이동과 납입금 등을 매번 어떻게 현금으로 하겠는가?

그러나 잘 살펴보면 일상에서 현금을 사용할 수 있는 부분들이 많다. 큰돈 들지 않는 시장보기나 생활필수품, 소비재 등의 구입은 얼마든지 현금으로 사용할 수 있다.

시장을 보는 일에 현금사용을 습관화 해 두면 욕구를 절제하는데 무척 도움이 된다. 장보기는 매번 해야 하는 일이라서 절제하지 않으면 금세 정한액수를 초과해 버린다. '필요한 것만 사야지.' 하고 적어가도 순식간에 사고 싶은 물건 앞에서 마음은 무너진다. 지금 안사면 손해 볼 것 같은 물건들, 1+1과 세일의 유혹을 이길 수 있는 사람이 과연 얼마나 되겠는가? 이러한 유혹들 앞에서 마음을 굳게 지키기가 어렵다는 것을 사람들은 경험적으로 잘 알고 있다.

그러므로 소비유혹을 뿌리칠 수 있는 장치가 필요하다. 바로 현금의 사용이다. 장보기를 하러 갈 때는 카드를 아예 두고 가는 것이다. 장보기에 쓸 현금을 준비해 두고 마트에 갈 때는 항상 현금을 지참해 간다. 매일 혹은 일주일에 두세 번 장을 볼 액수를 미리 정해 둔다. 정한 액수만 가지고 마트에 간다. 그날 장을 볼 돈의 한계 안에서 식료품을 구입한다. 꼭 필요한데 돈이 부족할 것 같으면 크기가 작거나 양이 적은 것을 구입하면 된다.

정한 만큼의 현금으로만 장을 보면 구매 욕구를 불러일으키는 물건의 유혹을 쉽게 이길 수 있다. 쓸 돈에 한계가 있으므로 포기하게 되는 것이다.

돈이 들어오는 시기에는 반드시 저축을 한다   살다 보면 돈이 많이 들어오는 시기가 있다. 사업이 잘 된다던가 생각지 않은 프리미엄을 받는다던가, 유산을 상속받게 된다던가 하는 일들 말이다. 그러한 행운은 항상 있는 일도 아니고 영원히 지속되는 일이 아니기 때문에 돈이 들어올 때는 저축을 하도록 해야 한다. 인생이 늘 잘 풀리기만 하는 것은 아니므로 어려울 시기를 대비해 저축해두는 지혜가 필요하다.

흔히 돈이 많이 들어오면 소비에 대한 마음도 같이 커지기 마련이다. 마냥 계속 돈이 생길 것 같은 착각을 한다. 공으로 얻은 돈일 경우 씀씀이가 더 헤퍼지기 쉽다.

자동차를 바꾸고 메이커 제품을 사고 아이들 사교육비 지출을 늘린다. 크고 비싼 가전제품을 들이고 고급 음식점을 들락거린다. 수입이 많아졌어도 별로 남는 것이 없다. 욕구를 절제하지 않고 마구 쓰다가 어느 날부터 수입이 줄면 그때서야 후회를 한다. 또한 소비를 확장해 둔 것들에 대해 감당이 어려워진다.

자신이 수고해서 얻은 수입이든 남이 준 것이든 돈이 잘 들어오는 시기에는 나중을 위하여 반드시 비축하도록 하자. 쓸데없이 지출을 늘려서 낭비하지 않는다. 수입이 늘어 날 때에도 정한 생활의 규모를 벗어나지 않도록 균형을 잡고 생활하라.

생활이 힘들면 자신과 가족의 씀씀이를 점검한다. 분수에 맞지 않는 소비를 하는 것이 없는지 짚어보자. 돈이 새고 있는데도 별로 신경 쓰지 않는 지출의 사각지대가 있는지도 찾아보고, 제거하든지 줄이든지 하라. 손안에 돈을 잡아두라. 불필요한 곳에 물질이 새지 않도록 해야 한다.

필요 없는 지출을 줄이고 형편과 분수에 맞는 생활을 함으로 경제적인 압박에서 벗어나라. 정한 액수를 넘지 않는 범위에서 생활하고 현금생활을 습관화하여 생활이 흔들리지 않도록 조절하라. 그러면 돈과 미래에 대해 불안하지 않으며 어떠한 형편에도 적응하여 자족하는 삶을 살 수 있을 것이다.

05 | 화려한 광고에 현혹되지 마라

광고의 허와 실 　어떤 화장품을 바르면 주름이 펴지고 흔히 말하는 물광 피부가 된다고 광고하여 관심이 확 쏠릴 때가 있다. 클릭해서 들어가 보면 정말로 그럴 듯한 사용 전후의 이미지가 설명과 함께 게재돼 있다. 거기다 가격까지 저렴하다 싶으면 여지없이 돈을 쓰게 된다. 제품을 사용해 보면 웬걸? 물광 피부는 고사하고 싸구려 크림이나 별반 다를 바 없다. 며칠 발라 보아도 주름 개선은커녕 광고 사진 같은 물광 피부는 결코 되지 않는다. 그제야 또 광고에 속았다는 생각에 열이 받는다.

　여자들은 대부분 한두 번씩 이런 경험이 있을 것이다. 비싸든 싸든 화장품은 의약품이 아니므로 하루아침에 광고모델처럼 피부가 화사하게 돌변하는 일은 거의 없다. 비싼 제품이 좋을지는 몰라도 수 십 만원씩 하는 제품을 지속적으로 쓰기에는 가계에 부담이 되어 보통의 주부들은 잘 사지 못한다. 그러다 가끔 한 번씩 광고나 화장품 판매원의 설득에 속아 사보기는 하지만 피부가 엄청나게 달라지거나 하는 일은 없다.

광고에서 선전하는 것보다 물건이 그리 좋지 못함을 우리는 매번 물건을 산 이후에 깨닫는다. 광고를 접하면 혹시나 하는 기대를 잔뜩 품었다가 실망만 계속하게 된다.

요즘 사람들은 광고의 홍수 속에 산다. 이제는 많은 이들이 광고를 온전히 믿지는 않지만 그래도 여전히 광고에 속아 가슴을 치는 일이 있다. 충동적으로 광고에 휩쓸려 물건을 구입하고 후회 막심할 때는 자제 못한 자신을 탓한다.

어차피 제품을 만들어 내는 사람들 입장에서 보면 물건을 팔아야 하므로 제품을 어느 정도 과대 포장하여 광고하기 마련이다. 이미지를 보정하여 선명하고 질이 좋아 보이게 하며, 카피하나라도 어떻게 써야 소비자를 설득할 수 있을까 계산해 치밀하게 연구한다. 어느 시간대에 어떤 지면이나 미디어매체를 이용해 광고를 내 보낼 것인지 심사숙고한다. 어떤 타깃 층을 목표로 할 것인지 방향을 설정하여 그들이 잘 드나드는 장소, 자주 보는 인터넷 사이트나 미디어매체를 동원한다.

요즘의 광고들을 보면 특정한 콘텐츠와 연계해 광고를 싣는다. 인터넷에서 다이어트에 관한 지식을 얻고자 관련 내용을 검색해 들어가 보면, 글 하단에 다이어트 관련 제품이나 광고들이 있는 것을 본적이 있을 것이다. 유튜브 같은 영상채널에서도 영어에 관한 영상을 보는 중간 중간 영어 교재나 공부법에 관한 광고가 뜬다. 이렇게 콘텐츠와 연계시켜서 광고를 하는 이유는 효과가 좋기 때문이다. 기사나 콘텐츠, 검색어등과 연계한 광고는 사람들이 궁금해 하는 내용에 관심을 증폭시켜 제품판매로 이어진다.

광고 메시지를 개인화하는 광고를 전술적으로 활용하기도 하는데, 이것은 개인의 욕구에 맞춘 광고다.

《광고 효과의 심리학》에서 우석봉은 광고 메시지의 개인화를 설명하며 코카콜라의 광고 전략을 예로 들었다. 코카콜라가 한동안 감소하는 매출로 애를 먹을 때 '함께해요 코크(Share a Coke with)' 캠페인을 전개했다. 코카콜라의 병이나 캔에 이름이나 가족, 친구, 또는 개인화 가능한 문구를 넣는 것이다. 이러한 아이디어는 개인적인 유대감을 유발하였고, 그로 인해 다른 음료들과의 치열한 경쟁 속에서도 판매가 증가하였다.

정서를 자극하는 광고 전략도 많이 사용하는데, 캔 커피 광고를 할 때 두 연인의 사랑을 주제로 스토리텔링 하여, 마치 그 커피를 마시면 달콤한 사랑을 할 수 있을 것 같은 착각을 불러일으킨다. 배고플 때 라면을 맛있게 먹는 장면이 포착되면 그 라면이 대단히 맛있을 것처럼 느껴진다. 카메라 광고 시 소중한 것들을 사진으로 남기는 것에 대한 영상을 보여주면, 그 카메라가 있어야 마치 소중한 장면을 찍을 수 있을 것만 같은 기분에 젖게 만든다.

상품을 제조하는 이들과 판매자, 광고 제작자들은 제품을 팔고 광고를 잘 해야 생존할 수 있으므로 제품을 보다 좋아보이도록 멋지게 광고한다. 어떻게 광고해야 잘 팔릴 수 있을지 끊임없이 연구한다. 그래야 치열한 경쟁 속에서 살아남을 수 있기 때문이다. 그러한 생존방법을 탓할 수는 없다.

필요에 따른 소비습관 만들기 그렇다면 소비자 입장에서는 어떻게 해야 현명한 소비를 하게 될까? 가장 중요한 것은 자신의 **필요에 따른 소비**일 것이다. 그런데 말처럼 쉽지는 않다. 각종 광고에 노출 되고 거리마다 화려한 물건들이 즐비한 세상에서 자신의 의지와 필요를 따라 얼마만큼 현명하게 소비를 할 수 있을까? 우리는 주변의 수많은 광고들에 무방비로 노출되어 자신도 모르게 수시로 설득 당한다.

스스로의 필요에 따라 구매를 했다 하더라도 따져 보면, 가랑비에 서서히 옷이 젖듯 설득당해 구매하게 되는 일도 많다. 광고는 알게 모르게 생활의 곳곳에 스며들어 있기 때문이다. 끊임없이 단순 반복적으로 노출하는 광고들을 보라! 눈과 귀로 반복해서 들어오는 광고들은 우리의 잠재의식 속에 들어와 있다가 어느 순간 그 물건이 필요하다고 생각되면 불쑥 눈앞에 튀어나온다. 필요해서이기도 하겠지만 무의식적으로 입력된 광고들에 설득당해 있는 것이다. 그래도 이런 경우는 자신의 의지와 판단이 개입되었으므로 비교적 긍정적인 소비인 셈이다.

그러나 확실하게 소비를 자신의 의지로 조절할 수 있으려면 역시 미니멀리즘의 생활화가 중요하다. 인식과 가치관의 변화가 일어나면 소비를 대하는 태도가 근본적으로 달라지기 때문이다. 인식의 변화 없이 단순히 소비로부터 스스로를 컨트롤 한다는 것은 어쩌면 불가능한 일일 수도 있다. 때로는 화려한 광고나 충동구매를 잘 피해 다니다가도 갑자기 뭔가에 feel을 받으면 '지르기'를 하지 않던가?

물건을 보는 가치관이 달라지면 필요에 따른 소비를 잘 조절할 수 있다. 그렇다 하더라도 때로는 컨트롤이 안 되는 상황이 발생할 수가 있다.

나의 경우에는 마트나 시장에 갈 때이다. 구매목록을 적어서 '꼭 이것만 사야지' 하고 가지만 물건과 식재료를 보면 갑자기 필요목록이 대폭 늘어난다. 아마도 주부이고 엄마이기에 어쩔 수 없이 가족을 위해 요리를 하고 생활품목들을 구입해야 하는 입장이기 때문이리라.

그래서 반드시 마트나 시장을 볼 때는 정한 액수의 현금 외에는 일체 아무것도 소지하지 않는다.

이렇듯 각자에게는 소비에 취약한 부분들이 반드시 있다. 그럴 때를 대비해 방책을 미리 마련하는 것도 좋을 것이다. 거기에 도움이 될 만한 조언 몇 가지를 덧붙인다.

물건을 구입할 때는 이 물건이 정말 필요한가? 반드시 자문할 것, 구입계획이 없었는데 갑자기 필요할 것 같은 물건이 눈에 들어오면 **사지 말고 일단 나올 것**, 집에 와서 며칠을 지내보면 그 물건에 대한 생각은 가물가물해 진다. 대부분 순간적인 구매욕구가 차오른 경우이다.

그 자리에서 당장 안사면 세일 가격에 못산다는 둥 떠드는 **판매자의 말을 무시할 것**, 판매자들은 항상 당장 안사거나 안하면 큰 손해가 날것처럼 과장하는 일이 사명처럼 보인다. 안사고 지나보면 아무 일도 일어나지 않는다.

포인트나 1+1같은 **온갖 혜택을 무시할 것**, 핸드폰이나 이메일 등 각종 메시지로 이런 문자가 날아오는 경우가 많다. 일단 클릭하여 들어가면 혜택을 받기위해 거쳐야 하는 과정들이 즐비하다. 물건을 얼마만큼 구매해야 포인트 혜택을 준다든가, 폰에 뭘 설치하라든가 귀찮은 요구사항이 많다. 이런 것을 하고 있다가 문득 짜증이 나서 '내가 지금 뭘 하고 있나, 시간이 아깝네.' 하는 후회가 든다. 이런 혜택은 아예 무시하고 사는 게 편하다. 차라리 다른 것을 덜 소비하여 절약하는 것이 그깟 별 볼일 없는 혜택보다 훨씬 낫다.

무방비 상태로 광고의 소나기를 맞지 마라

우리가 광고를 접하는 곳과 광고 시간을 정할 수는 없다. 눈만 뜨면 사방에서 광고가 나타나니 말이다. 그렇다고 광고의 소나기를 대책 없이 맞게 되면 가정과 개인의 생활은 일명 '지르기 병'에 걸려 큰 해를 입게 된다. 이럴 때는 광고에 대한 생각을 정립할 필요가 있다. 대부분의 광고는 사실보다 과장이 많고, 때로는 거짓된 광고도 있음을 인지할 필요가 있다. 되도록 매체들을 가까이하지 않는 삶을 살아야 한다. 핸드폰을 꺼 놓는 시간 갖기, TV 안 보기, 할 일 없다고 인터넷 서핑하지 않기 등이다. 정보를 찾는 일이나 인터넷을 이용하는 일, 핸드폰 사용하기에 있어 능동적인 자세가 필요하다. 필요할 때만 매체를 켜서 이용한다면 광고에 쉽게 빠지지 않는다. 광고를 보기 위해 매체를 연결한 것이 아니기 때문이다. 할 일이 있을 때만 들어가고 볼일이 끝났으면 공연히 매체를 어슬렁거리지 말고 속히 나오는 것이다. 이런 방법은 광고로부터 삶이 격침당하지 않게 할뿐 아니라 마음도 편안하게 해준다.

중요한 일에 집중해야 할 때 나는 핸드폰 전원을 꺼둔다. 반나절 혹은 하루 온종일이 될 때도 있다. 컴퓨터는 글을 쓰거나 일과 관련된 작업을 해야 할 때와 같은 분명한 목적이 있을 시에만 켠다. 인터넷 검색도 필요한 정보만 얻으면 다른 것을 클릭하여 정신을 팔지 않는다. 특히 핸드폰을 꺼 놓으면 세상이 고요하다. 굳이 세상과 연결될 일이 없으면 아예 차단의 시간을 갖는 것도 삶을 여유롭고 편안하게 한다. 세상의 모든 요구를 다 들어 주기에는 시간과 정신적 에너지가 그리 넉넉하지 않다.

우리의 오감으로 들어오는 모든 정보와 광고에 휩쓸리지 말고, 물건을 대하는 자신의 의지와 주관을 굳게 세우자. 미니멀리즘의 실천으로 물건에 대한 가치관을 근본적으로 바꿔보자. 스스로가 필요로하는 자발적 쇼핑으로 후회 없는 소비생활을 하도록 하자. 자신의 쇼핑습관에 있어 취약한 부분을 점검하여 보완할 대책을 마련하자.

나는 비우며 살기로 했다

06 | 정리가 필요한 때는 바로 지금이다

'정리한다.' 는 말에는 '버린다.' 는 '정리' 와 '정돈' 이라는 단어가
개념이 포함된다 있다. 사전적 의미를 살펴보면
'정리' 란 첫째, 흐트러지거나 혼란스러운 상태에 있는 것을 한데 모
으거나 치워서 질서 있는 상태가 되게 함. 둘째, 체계적으로 분류하
고 종합함. 셋째, 문제가 되거나 불필요한 것을 줄이거나 없애서 말
끔하게 바로잡는다는 뜻이 있다.

'정돈' 이란 어지럽게 흩어진 것을 규모 있게 고쳐 놓거나 가지런
히 바로잡아 정리함을 의미한다. 우리가 방을 '정리한다.' 는 개념에
는 치우고 정돈한다는 뜻이 있지만 엄밀하게 말하면 '불필요한 것을
없애고 줄인다.' 는 의미를 포함하고 있다. '정돈' 보다 상위의 개념
이 '정리' 인 것이다. 그러므로 정돈하기 이전에 정리를 먼저 필요로
한다.

정리를 하라고 하면 대부분 어지러운 공간을 치우고, 물건을 보기
좋은 상태로 두는 것만 생각한다. 버리고 줄이는 것에 대한 일을 먼

저 생각하는 사람이 거의 없다. 그러다 보니 정리를 해도 크게 달라진 것이 없고, 복잡한 상태는 여전하다. 얼마안가 원상복귀 되는 일은 불을 보듯 뻔하다. 그렇기에 아예 대충 치우고 매번 늘어놓고 사는 사람들도 있다. 이들은 아무렇게나 흩어놓고 살아도 뭐가 어디에 있는지 안다고 한다. 그런 상태가 편하다고 손대지 못하게 하기도 한다. 이런 행동은 습관으로 굳어져 불편하다거나 스트레스를 받지도 않는다. 그러나 대부분의 사람들은 그런 상태가 지속되는 일을 힘들어하고 치우고 싶어 한다. 엄청난 물건더미 속에서 어찌해야 할지 속수무책일 때가 많아 스트레스만 잔뜩 받는다.

컨설팅을 하기위해 고객의 집을 방문해보면 물건이 많은 것은 놀랍지도 않다. 대부분 포화 상태에서 감당이 안 되니 컨설팅을 요청하기 때문이다. 정리의 방법을 모를 뿐 아니라 물건을 버린다는 것에 대해 대단히 예민하다. 마트에서 가져온 작은 일회용 스푼들 하나까지 소중하게 보관하고 있다. '버리라.'는 말이 목구멍까지 나와도 함부로 버리라는 말을 하지 않는다. 버리는 문제는 각기 취향과 가치관이 다르기 때문에 이래라저래라 할 수 없다. 그런데 버리지 않고 정리를 해 두면 웬만큼 잘 관리하지 않고서는 유지가 어렵다. 분류를 세세히 하고 자리를 정해 주어도 가족 모두가 사용하는 경우에는 엉망이 되기 쉽다. 물론 전문가의 도움을 받아 정리를 하면 체계적으로 정리가 되고 보기도 좋으며, 무엇이 어디에 있는지 알기에 잘 찾을 수 있다. 거기다 정리의 방법까지 배울 수 있어서 유익한 점이 많다. 물건이 많아도 정리를 하고 나면 공간의 여유가 생기기도 하고, 넘치는 물건들이 제 위치를 찾아들어가기 때문에 깔끔해 진다.

휠씬 더 좋은 방법은 정돈하기 전에 불필요한 물건을 비워내는 것이다. 그러면 정리가 편할 뿐 아니라, 공간을 확보하며 유지도 잘 할 수 있다. 정리 후 유지를 얼마나 잘 하느냐가 정리에 있어서 핵심이기 때문이다.

미니멀 라이프는 정리를 쉽게 한다　우리는 어릴 때부터 정리에 대한 것을 배우지 않고 자랐으므로, 성인이 되어서도 엉망으로 사는 것은 어릴 때와 별반 다르지 않다. 정리는 단순히 물건을 똑바로 놓고 가지런히 하는 정도로만 생각한다. 정리를 하고 나서도 며칠 후 또 해야 하는 일이라고 여기며 당연하게 살아간다. 그러기에 대부분의 사람들에게 정리란 번거로운 일인 것이다.

그러면 정리하지 않고 살 때에 손해 보는 것들에 대해 살펴보자. 우선 물건이 있는 위치를 몰라 찾느라 시간을 허비하고, 찾지 못한 물건을 두고 또 사게 되므로 물질을 낭비하게 된다. 공간이 좁아져서 생활이 불편해 지고, 갑자기 손님이 오면 부끄럽다. 한꺼번에 치워야하니 부담스럽고 정리해야 한다고 느끼면서도 못하므로 스트레스가 쌓인다. 이러한 일들이 장기적으로 누적되면 결국 인생의 여러 부분에서 손실이 많아지게 된다.

안 할 수도 없고 하자니 어디서부터, 어떻게 해야 할 지도 모르는 정리, 매번 남에게 맡길 수는 없는 일 아닌가? 그렇다면 정리를 쉽고 편하게 할 수 있어야 부담이 되지 않을 것이고 유지 또한 잘 될 것이다.

이렇게 정리에 대한 고민으로 머리가 아픈 사람들에게 미니멀 라이프는 청량제와 같다. 물건이 적으면 정리는 별로 어렵지 않다. 거기에 정리의 지식이 더해지면 훨씬 보기 좋은 공간이 된다. 몇 가지만 기억하면 정리는 쉬워진다. 버리기, 종류별로 분류하기, 자리정하기, 정돈하기이다. 우선 앞서 얘기한 바와 같이 가장 먼저 할 일은 필요 없는 물건을 가려내고 버리는 일이다. 미니멀 라이프를 지향한다면 많은 물건들을 비우게 될 것이다. 그러므로 남은 물건들이 그리 많지 않기에 분류가 쉽고, 여유 공간이 많아서 자리를 정해 주는 일도 수월하다. 물건의 위치 즉, 제자리만 잘 정해 주어도 유지는 어렵지 않다. 그리고 항상 습관처럼 해야 할 일은, 쓰고 난 후 바로 제자리에 두는 일이다. 그러면 한 번 정리하고 난 후 크게 뒤집어엎고 다시 정리해야 할 필요가 없어진다. 정리는 매번 하는 것이 아니다.

버릴 것이 생기면 그때그때 버리고 상황에 따라 물건의 위치가 달라질 수도 있으므로 그럴 경우에만 손을 보면 된다.

물건 정리가 안 된 사람은 다른 부분에도 정리가 안 되어있다

집안을 어지르고 사는 사람들 중에는 자신을 꾸미고 멋을 내는 데는 열심인 이들이 꽤 있다. 겉은 화려하고 깨끗해 보이지만 속은 엉망인 것이다. 물건을 사재기 하고 남 보기에 좋아보이도록 치장을 하지만 욕구불만이 많은 사람들이다. 그러나 물건을 사는 일이나 겉을 치장하는 것으로는 결코 텅 빈 마음을 채우지 못한다. 그러한 결핍의 문제는 정신적인 부분에 원인이 있는 경우가 많다. 사랑이 부족하거나 관계의 소홀함, 관심 받지 못한 부분들, 혹은 물질적 궁핍, 하고 싶은 일들을 하지 못했던 것들 말이다. 무엇이 자신으로 하여금 부족함을 느끼게 하는지 곰곰이 생각해보라.

정리가 되지 않는 생활은 주변 사람들에게까지 피해를 주어서 관계를 악화시킨다. 함께 사는 가족은 가장 많은 고통을 받는다. 매번 말을 해도 치우지 않고, 한 번씩 청소를 해 주어도 하루를 못 넘기고 난장판을 만든다. 그러한 일이 반복되면 다툼이 잦고 지친 상대는 더 이상 방법이 없음에 낙담하게 될 것이다. 자신이 이런 문제를 가진 사람이라면 더 이상 식구들과 관계가 힘들어지지 않도록 정리를 시작하라. 혼자 생활하는 것이 아니라면 주변 사람을 돌아보아야 한다. 자신만 편해서 좋다고 안이하게 생각하다가는 사랑하는 이들이 떠날 수도 있다.

삶이 어지럽고 답답하며 정체된 느낌이 든다면 지금 정리를 시작해 보라. 물건의 정리가 안 된 사람들은 대개는 다른 부분에도 정리가 안 되어 있을 확률이 많다. 물질적인 부분이나 사람과의 관계의 문제, 머릿속까지 복잡하게 얽혀 있을 수 있다. 눈에 보이는 것도 정리가 안 되는데 보이지 않는 것들이야 오죽하겠는가?

미니멀 라이프와 함께하는 정리를 시도해 보라. 생활환경이 개선될 뿐 아니라 여러 가지 복잡한 다른 문제들까지도 정리 되는 신기한 일들을 차례로 경험할 것이다.

정리는 지금 바로 시작하는 것이 좋다. 필요를 느꼈을 때 더 이상 미루지 말고 시작하라. 나이가 많으면 많은 대로 이르면 이른 대로 현재의 자리에서 시작하라. 나이가 많다면 이제라도 단순한 삶이 주는 행복과 가치에 대해 감사하고 지금부터 시작하면 된다. 이십대의 이른 나이에 미니멀 라이프의 장점을 알았다면 행운인 것이다. 인생의 많은 시간과 물질, 에너지를 낭비하지 않고 살 수 있기 때문이다. 진정으로 자신이 원하는 삶을 일찍부터 추구해 갈 수 있으니 얼마나 복 받은 삶인가!

07 | 가족의 협력을 이끌어내라

가족의 협력을　미니멀 라이프를 실천할 때 버리기에 대한 스트
이끌어내는 방법　레스도 크지만 더 힘든 문제가 가족과의 마찰이
다. 혼자 사는 사람이라면 그런 갈등이 없으므로 훨씬 수월하게 미
니멀 라이프를 할 수 있다. 스스로에 대한 동기부여만 확실하다면
실천하는 데에 걸림이 되는 사람이 없기 때문이다. 그래서 빠르게
버리기를 실천할 수가 있다.

　가족이 있을 경우에는 여러 어려움에 부딪히게 되는데, 가족의 물
건을 마음대로 처분하다가는 다툼과 갈등을 일으킬 수 있다. 큰 문
제없이 효과적으로 미니멀 라이프를 지속해 가기 위해서는 반드시
가족의 협력이 필요하다. 협력을 위해 그들을 설득할 수 있어야 하
는데 설득이 효과적이지 못하면 오히려 반감만 사고 분쟁만 일으킨
다. 다툼이나 분쟁 없이 미니멀 라이프를 실천하려면 우리가 하려는
일이 그들의 눈에 얼마만큼 긍정적으로 보이느냐 하는데 달려있다.
결과를 성과로 보여주고 인지시켜주는 것이 협력을 이끌어낼 수 있

는 자장 좋은 방법이다.

물건을 버리게 하려고 "이런 쓸데없는 물건은 버려!"라고 말해서
는 안 된다. 타인이 볼 때는 별 볼일 없는 물건 같아도 소유한 사람
에게는 소중한 물건일 경우가 많다. 물건에 대한 기준은 사람마다
다르므로 함부로 쓰레기취급을 하거나 버리기를 강요해서는 안 된
다. 강요를 당하면 반발심이 생겨 더 고집을 부리거나 물건에 대한
애착을 갖게 된다.

긍정적 효과를 보여주기 위해 가장 먼저 할 일은 자신의 물건을 버
리는 것이다. 자신의 물건부터 시작하여 가족이 터치하지 않는 물
건, 가족의 허락 없이 버려도 아무 문제가 되지 않을 것, 가족 공동
의 물건들 가운데 쓰임이 낮은 것들 순으로 버린다. 공동의 물건 중
쓰임새가 낮더라도 버릴 때는 반드시 의견을 물어보고 버린다.

부엌의 물품들은 대개가 살림하는 사람 위주의 물건이다. 그러므
로 자신이 부엌을 통제하는 사람이라면 개인 물품 다음으로 버리기
가 수월한 곳은 부엌이 될 것이다.

다음은 베란다인데 베란다에는 화분을 비롯하여 빈 박스류, 쇼핑
물품 등과 정체불명의 물건들이 많이 쌓여 있다. 수년간 사용하지
않고 기억에서 잊힌 물건부터 처분을 한다. 버려도 큰 문제가 되지
않을 물건들을 버리고 나면 눈에 띄게 공간이 훤해 졌을 것이다. 가

족의 물건보다 자신의 물건이 많을 경우에는 공간이 상당히 비워졌을 것이므로 움직임이 편해졌을 것이다. 이쯤 되면 가족들이 반응하기 시작한다. 처음에는 "쓸 만한 물건을 왜 버려? 낭비 아냐?" 하며 부정적인 반응을 보이다가 서서히 변해가는 집안의 모습을 보며 긍정적으로 돌아서게 된다. 가족은 자신의 물건은 버리기 싫지만 타인의 물건을 버림으로 드러난 공간의 편리함 때문에 좋아한다. 아주 적은 양의 물건을 가지고도 충분히 할 일을 하고, 편리하게 생활하는 것을 보면서 "불편하겠네, 힘들겠어."라는 말을 전혀 하지 않는다.

버리라고 잔소리하고 반복해서 닦달하는 것은 전혀 효과가 없다. 아이들의 경우 몰래 물건을 버린다거나 물어보지도 않고 버리게 되면, 엄마가 방에 들어오는 것에 대해 경계심을 일으킨다. 조금 더디고 느릴지라도 스스로 버리게 될 때까지 기다려 주어야 한다. 물론 한없이 기다리기만 하면 지치기 때문에 물건을 버릴 수 있도록 지속적으로 동기를 부여해야 한다. 불필요한 것들을 버리는 모습, 개선된 환경의 편리함과 깨끗함, 적은 물건을 가지고 효율적으로 쓰는 모습 등을 보여 주어야 한다.

남편의 경우에는 물건이 줄어들고 일이 줄므로 아내가 덜 피곤해 하고 삶에 활기가 있어진 모습을 보면 긍정적인 반응을 보인다. 거기에 생활을 규모 있게 하고, 쓸데없는 곳에 돈을 쓰지 않으며 사재기를 하지 않아 경제적으로 여유로움이 느껴지면 미니멀 라이프에 동참하기까지 한다. 스스로 물건을 정리하며 버리기를 시작하고, 절대 버리지 말라고 했던 물건들도 가치를 따져본 후 "저거 버려도 돼."라고 말한다. 그리고 "어디 좀 정리해 주면 안 될까?"라고 부탁하면 스스로 정리하며 불필요한 물건들을 알아서 모두 버리기도 한다. 이렇게 서서히 협력이 이루어지면 가끔씩 기분 좋을 때 미니멀 라이프 영상을 보여주거나 책의 문구를 읽어 주기도 한다. 그러면 조금씩 생각이 변해간다.

아이들을 설득하는 방법　　아이들이 아주 어리다면 부모의 생각대로 물건을 처분하는 일이 쉽다. 미니멀 라이프를 지향하는 어린아이를 둔 부모들 중에는 장난감을 거의 다 버리는 이들도 있다. 장난감을 버리는 대신 아이들과 더 자주 소통하며 함께 보내는 시간을 소중히 여긴다. 부모는 장난감이 있는 것보다 더 피곤할 수도 있는 일이지만, 아이들의 정서와 창의성, 가족의 유대감 등 여러 면에서 유익함이 많다.

　그러나 어느 정도 성장한 아이들은 설득이 쉽지 않다. 아이들은 환경이 쾌적해지거나 넓어져도 크게 감동하지 않는다. 자신의 공간을 중시 여기므로 거실이나 부엌 등 다른 공간에 대해서 그리 관심을 두지 않는다. 그러므로 아이들은 다른 접근법을 시도해야 한다. 아무 거나 함부로 버려서도 안 되지만 아무 때나 "이거 버릴래? 저거 버릴래?" 하고 물어보는 것도 아이들을 예민하게 만든다.

아이들은 어릴 때부터 물건이나 장난감을 사용한 후 정리하는 것을 습관화 하도록 하면 좋다. 스스로 방을 정리하고 청소하는 습관을 길러주기 위해서는 부모가 놀이처럼 함께 하며 가르치는 것이 효과적이다.

이와 마찬가지로 미니멀 라이프를 실천하도록 하는 좋은 방법이 바로 함께하며 가르치는 것이다. "스스로 해라!" 하고 아무리 잔소리를 해도 결코 자진해서 잘 하지 않는다. 용돈을 제한하는 것과 같은 불이익을 주면 잠시 하기는 해도 습관화 시키지는 못한다. 아이들을 데리고 정리할 몇 군데만 목표하여 함께 정리를 한다. 한꺼번에 방을 몽땅 정리하자고 하면 도망가 버리고 말 것이다. 정리를 같이 하며 너무 낡거나 더러운 물건, 잘 안 쓰는 것들에 대해 물어본다. 물건을 버리게 하려면 이해할 수 있도록 말을 해 주어야 한다.

때가 타고 더러운 물건은 세균도 많아 건강에도 좋지 않음을, 안 쓰는 물건을 두면 공간이 부족해서 현재 사용하는 물건들이 들어갈 자리가 없다는 점, 그러다 보면 소중한 물건이 아무데나 굴러다녀서 잃어버리거나 망가질 수 있다는 점, 물건이 많으면 필요한 것을 찾기가 쉽지 않다는 점 등 정리를 할 때마다 조근 조근 이야기를 들려주는 것이다. 가랑비에 옷이 젖듯 기분이 나쁘지 않은 상태에서 자주 듣는 말은 서서히 마음에 새겨지게 된다. 물건이 줄고 자리가 생겨 사용이 편리함을 깨달으면 때론 "엄마 이거 버려줘." 하고 자랑스럽게 버릴 물건을 내놓기도 한다. 우리가 생각하고 기대하는 것만큼 물건을 빨리 비우거나 방을 치우지는 못해도 조금씩 변화는 생긴다.

아이들은 급하게 해서는 안 된다. 시간이 지나 성장하게 되면 부모의 모습을 보고 닮아가게 되므로 미니멀 라이프의 긍정적 효과를 분명 깨닫게 된다.

마찬가지로 미니멀 라이프 영상이나 책의 문구들을 통해 의식을 바꾸어주는 방법도 조금씩 활용한다. 그렇다고 귀찮게 매번 보여주면 짜증을 내게 되니, 시간이 나고 아이들이 즐거울 때 활용하도록 한다. 아이마다 성향이 조금씩 달라서 물건에 대해 애착이 집요한 아이도 있는가 하면 쉽게 버리는 아이도 있다. 아이의 성향을 잘 파악하고 설득하는 방법을 달리해야 할 것이다.

자기물건에 대한 애착이 많은 아이들에게는 버리라는 말을 아무 때나 밥 먹듯이 하면 안 된다. 아이들은 정말로 천천히 해도 된다. 스스로 깨닫고 미니멀 라이프를 실천하게 된다면 인생의 가장 큰 재산 중 하나를 남겨 주는 것이다. 그러므로 반감이 생기지 않도록 시간의 여유를 두고 가도록 하자.

가족의 협력 없이 미니멀 라이프를 성공적으로 하기에는 어려움이 있다. 하다가 중단하는 이유 중 하나이기도 하다. 너무 급하게 서둘지 말 것을 당부한다. 사람은 저마다 다양한 가치관을 가지고 있으므로 자신의 생각만을 강요해서는 안 된다. 나처럼 되게 만들려고 가족의 물건을 마구 버린 다던가, 매번 "쓸데없는 것 좀 버리라."고 잔소리만 하게 된다면, 협력은커녕 분란만 일어날 것이다. 삶을 보여주고 간간이 미니멀 라이프의 장점을 얘기해 주다보면 주위의 가족들은 서서히 변화가 일어난다. 가족뿐 아니라 가까운 지인들에게도 영향을 미치게 되어 그들의 삶도 바뀌게 하는 효과를 경험하게 될 것이다.

혼자 사는 사람이 아니라면 여러 명의 가족을 설득해야 하는 어려움이 있다. 그러나 포기하지 않고 지속해 간다면 분명히 나를 통하여 가족의 인생이 변화된다는 사실이다. 그들에게 삶의 짐을 가볍게 해 주고 여유롭고 쉬운 인생을 선물하는 것이다. 아이들에게는 어떤 보물보다 가치 있는 유산이 될 것이다.

08 | 생각도 정리가 필요하다

네 가지 마음속 평소에 하는 생각에 따라 사람은 만들어진다. 늘
잡동사니 하는 생각이 그 사람을 지배하고 그로 인한 행동
이 겉으로 드러나기 때문이다. 세월이 흐르면 그러한 행동이 쌓여
구체적인 형상으로 나타나게 된다. 뭔가를 성취하고 성과를 만들어
내는 것도 처음에는 아주 작은 생각으로부터 비롯된다. 생각이라는
불씨가 자라서 커다란 결과물을 만들어내는 것이다. 그러므로 우리
는 평소에 자신이 하는 생각이 무엇인지 점검하고 생각의 방향을 바
로 잡아야 한다.

가장 먼저 해야 할 일은 머릿속 잡동사니를 비우는 일이다. 사람은
하루에도 오만가지 생각을 한다고 하는데 그 많은 생각들이 머릿속
을 들락거리는 것을 그냥 방치하는 일이 태반이다. 그러다 보면 쓸
모없는 잡동사니가 머릿속에 가득 쌓일 수밖에 없다. 물건이 많으면
삶이 정체되고 진보에 방해가 되듯, 생각도 너무 많으면 나아갈 수
없다. 쓸데없는 생각들에 얽매이고 지배당하게 되면 올바르고 발전
가능성 있는 생각들이 발목을 잡힌다. 현재 자신이 생각하고 있는

것들 중에 잡동사니가 되는 것은 무엇인지 판단하고 과감하게 버려야 한다.

머릿속 잡동사니에는 무엇이 있을까?

첫째 '부정적인 생각'이 있다. 흔히들 긍정적인 생각을 해야 한다는 것을 잘 알고 있다. 그러나 자신도 모르게 스미는 부정적인 생각들을 하루에도 수십 번씩 경험하기도 한다. 부정적인 생각을 하고 있다는 것을 의식도 못한 채 살기도 한다. 부정적인 생각들이 일어나는 것을 민감하게 알아차리는 일이 중요하다. '안 돼!', '할 수 없어!', '힘들어.', '불가능해.' 등 어떤 일을 보면 순식간에 자동적으로 일어나기도 한다. 그럴 때는 이러한 생각을 즉시 알아차리고 몰아내야 한다. 부정적인 생각을 무방비 상태로 그대로 두면 그것은 점점 더 자라게 되어 스스로는 할 수 없는 사람이라고 단정해 버리게 된다.

이러한 생각이 들어오면 'STOP!'을 외치자. 그리고 '가능한 방법이 무엇인지'에 대한 생각으로 자신을 이끌어 가야 한다. 그리고 될 수 있는 방법만 생각해야 한다. 극복할 방법은 반드시 있다고 믿는 것이 중요하다! 그러면 결국 길은 보일 것이다.

두 번째 머릿속 잡동사니는 '과거에 붙잡혀 있다거나 미래에 대한 불안으로 전전긍긍하는 것' 이다. 과거에 잘나갔던 것, 혹은 괴로웠던 일, 누군가에게 억울함을 당했던 사건, 실수했던 일들… 또는 미래에 병들면 어떡하나, 돈이 없으면 어찌될까, 사업이 망하거나 전쟁이 나면 어쩌나 등 온갖 망상에 시달리며 걱정하는 일들이다. 지나간 일들은 다시 돌이킬 수 없으며 후회하거나 원망해도 어찌할 수 없는 일들이다. 그러나 걱정이나 후회, 억울함으로 힘들어한다고 해서 있었던 일이 없어지는 것은 아니며 지금의 자신을 좋아지게 만들어 줄 수 없다. 괴로웠던 일이나 슬펐던 일들은 속히 잊고 현실로 돌아와야 한다. 억울한 일이 있었다면 상대를 만나 해결을 하든지, 용서를 하든지, 그도 안 되면 잊어버리는 일이 자신을 가장 편하게 하는 일이다.

과거에 잘나갔던 것에 대한 집착 또한 현실로부터 도피하는 일이다. 역시 다시 돌아올 수 없는 과거의 영광이므로 마음에서 내려놓는다. 미래에 대한 불안과 염려도 비우자.

'기우' 라는 말이 있다. 앞일에 대해 쓸데없이 걱정하는 것을 말하는데 옛날 중국 기(杞)나라에 살던 한 사람이 '만일 하늘이 무너지면 어디로 피해야 할까?' 라고 침식을 잊고 걱정하였다는 데서 유래된 말이다.

실제로 걱정하는 일이 일어날 확률은 지극히 적다. 그렇다고 미래에 대한 아무런 준비 없이 그날그날 되는대로 살라는 말은 아니다.

미래가 걱정되면 조금씩 준비하고 현재를 충실하게 살면 된다. 현재에 충실하게 사는 것이 미래를 예비하는 일이기 때문이다. 지금 이 순간에 집중하고 '오늘과 현재에 최선을 다한다.'는 생각으로 살아간다면 그 사람의 미래는 분명 밝을 것이다. 나머지 우리의 힘이 미치지 못하는 일에 대해서는 염려하는 것을 멈추자. '나는 현재를 산다.'고 날마다 되새김질 한다.

세 번째로 버려야할 잡동사니는 '용서하지 못하는 마음'이다. 살면서 억울한 일을 당하지 않고 살면 좋겠지만 그렇지 못할 때도 있다. 그럴 때마다 억울한 감정에 사로잡혀 있게 된다면 자신만 손해를 본다. 스스로를 괴롭혀 오래가면 병이 된다. 억울하게 만든 장본인은 근심 없이 사는데, 정작 피해자인 자신은 아프며 삶이 피폐해진다. 지나간 일은 빨리 해결을 하고 현재를 잘 사는 것이 중요하다. 대놓고 결판을 짓든지 아니면 용서하기로 마음을 먹으라. 그를 위해서가 아니라 자신을 위해서다. 아프고 힘들고 슬픈 나를 위해 '용서라는 처방'을 내리는 것이다. 하지만 그것이 말처럼 쉬울 수는 없다. 수시로 올라오는 감정의 소용돌이가 자신을 휘감아버리기 때문이다.

그럴 때는 이렇게 해 보라. 감정을 억누르는 것은 몸과 마음에 상처를 입히는 일이니 터뜨려야 한다. 당사자에게 못한다면 신에게 하

라. 종교를 가지고 있다면 좋을 것이다. 기도도 좋고 하소연이어도 좋다. 눈물이 나면 나는 대로 울고 외치고 말하라. 혹 주변에 진심으로 들어줄 사람이 있다면 역시 그에게 이렇게 해 보라. 들어만 주어도 위로를 받을 것이다. 누군가에게 마음속 깊은 것까지 다 말할 수 있다면, 용서라는 마음에 점점 다가갈 것이다. 그러한 행위를 통해 상처받은 것들이 치유가 된다. 치유됨이 없이 어찌 용서의 관용을 베풀 수 있겠는가?

버려야할 네 번째 잡동사니는 '나는 타인에게 어떻게 보일까' 라는 생각에 스스로를 묶어 두는 일이다. 인생은 남을 위해 사는 것이 아니라 자신을 위해 사는 것이다. 남만 의식하는 삶은 부자연스러울 수밖에 없다. 그렇다고 제멋대로 살라는 말은 아니다. 사람의 도리와 기본, 예의는 지키고 살되 지나치게 남을 의식하여 불편하게 살지 말라는 얘기다. 남을 배려하느라 할 말을 못해 손해를 보고 가슴을 치기도 하고 지나친 친절을 베푸느라 자신을 힘들게 하기도 한다. 남의 입장을 생각하느라 공연히 내 식구들 마음을 상하게 하는 일도 있다.

남이 이상하게 볼까봐 하고 싶은 일을 못하기도 하고, 타인의 눈을 의식하느라 용기를 내지 못하는 일들도 많다. 남은 아무 생각이 없는데 혼자서 부끄러워하기도 하고 전전긍긍하기도 한다.

인생은 한 번밖에 없기에 자신을 위해 살도록 하자. 할 말이 있다면 하기로 하자. 남을 배려하다가 자신이 병이 든다. '저 사람이 어떻게 생각할까?'에 집착하면 너무 신중해진다. 그러다 보면 제때에 할 말을 못해서 손해를 보거나 후회하는 일이 생긴다. 남을 배려하느라 자신을 돌보지 못해 힘들 때도 있다. 혼자서 다 하려고 하지 말고, 너무 잘하는 척도 하지 마라. 자신만 힘들게 할 뿐이다. 나서서 하겠다고 공연히 짐도 지지 마라. 스트레스 받을 일을 자처하지 마라. 적당히 이기적이게 행동하라. 매번 미꾸라지처럼 눈치만 보며 빠져나가는 사람이 되라는 얘기는 아니다. 상황을 보고 지혜롭게 판단하여 감당하기 힘들 일을 만들지 말라는 것이다.

지나친 배려와 타인에 대한 의식으로 상대가 잘못한 일임에도 가족에게 화를 내며 '네가 이렇게 했으니 그 사람이 그렇게 했겠지' 하며 사랑하는 사람에게 상처를 주는 경우도 있다. 남은 지나고 나면 다시 안 볼 수도 있고, 어차피 매일 매시간 나와 마주하지 않는다. 타인의 입장 챙기는 일에 앞서 가족의 마음을 헤아리는 사람이 되도록 하자. 타인은 스쳐 지나갈 것이므로 지나고 나면 나와 가족만 남는다. 이 사실을 기억하라!

사람은 모두 자신에게만 관심이 있다. 타인에 대해서는 잠시만 흥미를 둘 뿐, 지나고 나면 오래도록 기억하지 않는다. 실수이건 부끄러움이건 자신에게만 중요하다. 남은 그 일에 대해 나처럼 신경을 쓰지 않는다. 실수를 하고 어리석은 일을 저질렀다 해도 잠시 자책하고 교훈을 삼은 후 속히 잊어버리라. 내일까지 그 일을 마음에 쌓아두지 마라. 마음속 와이퍼를 가동시켜라. '삭제'라고 외치는 것이다.

머릿속의 잡동사니를 비우고 마음을 가볍게 하라. 쓸모없는 잡동사니로 스스로를 침몰시키지 마라.

《시크릿》의 저자 론다 번은 "사람은 마음에 주파수가 있어서 자신이 원하는 것을 끌어당긴다."고 말한다. 무엇인가를 생각하고 있으면 갑자기 그것이 눈에 보이는 일을 경험했을 것이다. 이는 내가 그것을 끌어당겼기 때문이다. 좋은 것을 머릿속에 두지 않고 늘 잡동사니만 가득안고 산다면 괴롭고 흉한 일들을 끌어당겨 인생을 망하게 할 수도 있다. 비울 것들을 비우고 생각을 정리하여 마음을 다스리라. 지금 이순간과 나 자신, 함께하는 사람들을 소중히 여기고 현재에 충실 하라! 무엇을 어떻게 할지 뚜렷이 보일 것이다.

09 | 새벽을 깨워 하루를 먼저 디자인하라

건강한 하루는　　　　　　　　'일찍 자고 일찍 일어나라.' 는 말
건강한 수면으로부터 시작 된다　　을 어릴 때 무수히 들었다. 어릴

때는 일찍 일어나서 학교에 가는 일이 왜 그렇게 힘이 드는지 개학

하자마자 방학을 기다렸다. 그러나 부지런한 부모님 때문에 방학에

도 일찍 일어나야 하니 짜증이 났다. 단지 방학은 '공부로부터 해방

되었다.' 는 기쁨으로 한 달을 보낼 수 있다는 것, 그게 행복한 일이

었다.

　일찍 자고 일찍 일어나는 일이 건강한 삶을 위한 이상적인 생활습

관이라고는 하지만 많은 사람들이 아침에 일찍 일어나기를 힘들어

한다. 옛날 사람들은 해가 지면 잠자리에 들고 날이 새면 일어나서

들에 나갔다. 자연스럽게 자연에 순화되어 살았기 때문에, 건강하고

스트레스 없는 삶을 살 수 있었다. 그러나 요즘 사람들은 밤이 되어

도 쉽게 잠들지 못한다. 불야성을 이룬 밤의 문화와 생활환경으로

24시간 환한 세상에 살고 있어서다.

뇌 호르몬 중 멜라토닌은 수면에 관계하는 호르몬으로 주위가 어두워지면 분비가 된다. 멜라토닌이 분비되면 잠이 온다. 멜라토닌은 아침 햇살을 받은 후 14~16시간이 지나면 왕성하게 분비되기 시작한다. 그러므로 아침에 6~7시 경에 일어나면 8시 이후부터는 멜라토닌의 분비로 서서히 잠이 오기 시작한다.

《기적의 수면법》의 저자 오타니 노리오 · 가타히라 겐이치로는 멜라토닌에 대해서 "수면촉진, 노화방지, 항암작용, 콜레스테롤 감소, 생식샘억제, 면역력증가, 치매와 골다공증예방, 방사선장애 완화 등의 많은 효과로 그야말로 만병을 예방하는 호르몬" 이라고 힘주어 말한다. 멜라토닌이 충분히 분비되려면 밤늦게까지 환하게 불을 켜 두지 말아야 한다. 인간은 잠을 통해 뇌의 휴식을 취하게 되는데, 뇌를 쉬게 함으로써 성장과 세포 재생의 중요한 역할을 수행한다. 충분히 잠을 자지 않으면 세포 재생이 제대로 이뤄지지 않아 병에 걸리기 쉽다. 세포재생에 깊이 관여하는 호르몬은 성장호르몬이다. 성장호르몬이 어릴 때만 중요한 것은 아니다. 성장호르몬은 뼈와 근육을 만들고 손상된 조직을 복구하는데, 이 성장 호르몬이 분비되는 시간이 밤 10시~2시 사이다. 그러므로 이 시간을 지나서 잠을 자서는 안 된다. 이어 오타니 노리오 · 가타히라 겐이치로는 하루 7시간 30분 이상은 잠을 자야 건강하게 오래 살 수 있음도 강조한다.

사람은 자면서 낮 동안의 스트레스를 풀고 몸의 기능을 회복하며, 자가 치유력을 얻는다. 성공이나 욕망을 위해 잠을 소홀히 하고 산다면, 성공을 이룰지는 몰라도 건강을 잃을 수 있으며, 단명할 수도 있으니 잠에 시간을 아끼지는 말아야 한다. 자신에게 가장 적당한 수면의 시간을 체크해 보라. 얼마나 자야 피로가 회복되고 정신이 맑은 상태에서 깨어나는지 알고 있는 것도 좋은 일이다.

나는 보통 9~10시 사이에 잠자리에 들고 새벽 4시 30분~5시 사이에 일어난다. 수면 시간은 평균 7시간 반~8시간쯤 된다. 이보다 덜 자면 하루가 피곤하고 몽롱해서 낮잠을 자야 회복이 된다. 이 수면 패턴을 지키면 낮잠 없이도 하루가 상쾌하다. 아침에 일찍 일어나기 때문에 벌써 8시 이후가 되면 서서히 잠이 온다. 오후 4시 이후로는 몸을 혹사하지 않으며, 휴식과 산책 등으로 여유 있게 보낸다. 잠자기 두 시간 전부터 잠을 자기위해 준비를 한다. 가벼운 독서나 샤워를 하고 여러 가지 복잡한 생각을 하지 않는다.

수면명상 전문가 최상용 박사는 그의 저서《하루 3분, 수면혁명》에서 하루의 시작은 "아침부터가 아니라 저녁부터"라고 말한다. 잠은 우리의 몸과 마음의 새로운 창조를 위한 휴식임을 강조하며, 잠을 잘 자는 일은 건강하고 효율적인 하루를 살 수 있는 최고의 방법임을 설명한다. 그러므로 "잠을 자기 위하여 몸과 마음을 잘 준비해야 한다."는 말은 참으로 공감이 가는 말이다.

해가 뜨고 지는 시간에 맞추어 사는 일이 우리 인체가 가장 자연에 가깝게 사는 일이다. 자연과 가까이 살아야 건강한 삶을 살 수 있다. 현대사회는 우리의 여러 가지 생활 리듬을 바꾸어 자연과 멀어지게 하고 있다. 문명의 발달 중 어떤 부분은 사람에게 축복이 아니라 저주가 되는 일들이 있다. 그럴수록 일부러 자연과 친밀해지기 위해 노력하여 몸과 마음의 건강을 스스로 지켜야 하겠다.

새벽은 가볍게 시작하여 하루를 연다   일찍 자면 자연스럽게 일찍 일어난다. 충분히 자신의 수면 시간대로 자고 눈을 뜨기 때문에 일어나는 일이 고통스럽다거나 괴롭지 않다. 굳이 알람이 필요 없다.

나는 이른 시간 중요한 약속이 있지 않다면 알람을 켜지 않는다. 알람 없이도 거의 4시 반~5시 사이에 일어나게 된다. 인체는 신기하게도 자신의 패턴을 잘 알고 있다. 핸드폰은 밤 9시 이후에 종료시킨다. 아침에도 거의 켜지 않으며 오전에 중요한 일을 마친 이후 전원을 켠다. 핸드폰을 꺼 놓으면 정말 세상이 고요하다. "혹시 중요한 연락을 못 받으면 어떡해?"라고 물을 수도 있지만 진짜 중요한 볼일이 있는 사람은 다시 연락을 하거나 문자를 남겨 놓는다. 그러므로 거기에 얽매일 필요가 없다.

아침에 일어나면 자리에 누운 채로 30여 분간 '잠자리 운동'을 한다. 이렇게 잠자리 운동을 한지는 7년여 정도 되는데 습관이 되어 '할까 말까' 하는 부담이 없어 자연스럽게 잠이 깨면 한다. 자리에 누워 '양 다리 들어올리기' 부터 시작하여 '고양이 자세 5회'를 하면서 일어나 앉는다. 앉아서 목운동, 눈 운동, 얼굴 마사지, 귀 만져주기 등 간단한 운동들을 하는 것이다. 오랜 기간 하다 보니 긍정적인 효과들이 많았다. 뱃살이 찌지 않으며, 시력이 더 이상 떨어지지 않고, 건조증도 좋아지며, 주름개선 화장품을 쓰지 않아도 주름이 많이 늘지 않는다. 운동을 마치면 물 한잔 마시고 독서를 한다. 전에는 글을 쓰기도 했고, 공부를 하기도 했는데, 글을 쓰고 공부를 하면 에너지 소진이 많았다. 지금은 편안하게 독서를 하며 하루를 연다. 그러면 '뭘 해야 한다.' 는 부담이 없이 몸과 마음이 가볍다.

늦게 자더라도 4시 반에 일어나는 것을 목표로 실천한 적도 있었는데 별로 좋지 못했다. 일어나긴 해도 새벽활동을 하고 아침을 먹고 나면 몸이 피곤해서 꼭 한 두 시간 자게 된다. 그럴 바에야 일찍 일어나는 보람이 없기 때문에, 자는 시간을 당기고 낮잠을 안자는 방향으로 했다. 낮 동안 스트레스를 더 받거나 몸이 힘들면, 9시 이전에도 잠자리에 일찍 들었다. 자는 시간만큼은 다른 일 하는 것에 양보하지 않는다. 아무리 많은 것을 꿈꾸고 성취한다 해도 건강을 잃어버리면 다 무용지물이기 때문이다. 잠의 중요성을 누구보다도 잘 알기 때문이다. 잠을 잘 자고 건강한 수면을 충분히 취해야 머리도 맑고, 집중력도 좋으며 판단력도 좋아진다. 일찍 일어나라고 해서 잠을 줄이면서까지 고통스럽게 일찍 일어나지는 말 일이다. 그것은 자신을 학대하는 일이다. 자연의 순리에 따라 사는 것이 가장 똑똑하고 건강하게 잘 사는 길이다.

새벽에는 자연의 시계를 따라 자연스럽게 일어난다. 9~10시 사이에 자는 것이 좋겠지만 그럴 수 없는 무수한 이유들이 있기 때문에 아무나 이 패턴을 가질 수는 없다. 그러나 12시 전에는 꼭 잘 수 있도록 노력하며, 아침에는 일찍 일어나는 습관을 들이는 것이 좋다. 해가 지면 잠들고, 해가 뜨면 일어나는 일이 자연이 우리에게 주는 많은 혜택을 공짜로 누릴 수 있는 방법이기 때문이다. 새벽에 일어나서도 뭔가 대단한 일을 해야 한다고 자신을 조이지 말고 가볍게 시작하는 것이 좋다. 새벽부터 빡세게 자신을 몰아붙이면 하루가 얼마나 고되겠는가?

하루는 저녁 수면을 준비하면서부터 시작된다. 건강한 수면을 취하기 위하여 노력하라. 새벽 혹은 아침에 일찍 일어나 몸과 마음을 정돈하고 하루가 즐겁고 여유 있게 굴러가도록 하라. 새벽이 되면 만물이 깨어날 준비를 한다. 만물과 함께 일어나 생기를 받고 하루를 호흡하라. 분명 삶이 건강해질 것이다.

나는 하루의 일과 중 크게 두 가지를 중심으로 하는데 오전과 오후로 나눈다. 오전에 한 가지, 오후에 한 가지의 업무를 본다. 오전에는 주로 글을 쓰거나 그림을 그리는 등 차분하게 할 수 있는 일을 하고, 오후에는 사람을 만나거나 강의를 하는 등의 일을 한다. 많은 스케줄을 잡지 않으며 하루 두 가지 정도의 일이나 때로는 한가지의 중요한 일을 한다. 그것을 마치면 이후의 시간은 자유롭게 사용한다. 독서를 즐기거나 자전거를 타거나 가족과 시간을 보낸다. 몸과 마음, 머리를 혹사시키지 않도록 여유를 갖는다. 너무 많은 일을 하지 않도록 스스로를 다독인다. 전에는 일을 만들어가면서 빡빡하게 스케줄을 잡아 "바쁘다."를 입버릇처럼 달고 살았었다. 그러나 비우는 삶이 어느 경지에 이르니 '무엇이 가장 소중하고 중요한지' 근본이 보이기 시작했다. 그러므로 '다재다능함을 모두 활용하고 살아야 한다.'는 끊임없는 욕심에 사로잡히지 않는다. 새벽에 일찍 일어나 하루를 시작하고 저녁에는 일찍 잠자리에 들어 하루의 피로와 스트레스를 모두 털어버린다.

정형외과 원장이며 ㈜야마다 슈오리 베개연구소 대표 야마다 슈오리 박사는

"병은 잠든 사이에 고친다."고 설파한다.

자신에게 맞는 최상의 수면시간을 지키고, 자연의 이치에 따라 살

도록 노력하여 건강을 지키도록 힘쓰라. 건강한 수면 없이는 상쾌한
새벽을 맞을 수 없고, 질 좋은 삶을 만들 수가 없다.

10 | 끊임없이 공부하는 엄마가 아름답다

공부는 학업을 마치고부터 우리는 학업을 마치면 공부는 일단락
시작 된다 된다고 생각한다. 학창시절에는 어서
학업을 마치고 사회에 진출하고 싶다는 꿈을 꾸기도 한다. 공부로부
터 해방되고 싶은 마음이 들기 때문이다.

그러나 진짜 인생의 중요한 공부는 학업을 마치고부터 시작이 된
다. 학교에서 배운 적은 양의 지식을 가지고는 기나긴 인생을 살기
에 턱 없이 부족하다. 특정 분야를 전공했다고 해도 그것만 가지고
사회생활을 성공하는 것도 아니고, 때로 전공공부는 아무 필요가 없
어지기도 한다. 그뿐 아니라 관심분야에 대한 배움과 인문학적인 소
양의 필요성 또는 여러 가지 자격증을 획득하기 위한 공부, 직업을
전환하기 위한 공부 등 해야 할 공부는 무수하다. 학업을 마친 후 배
움에 대한 끈을 놓아버리고 해방감만 만끽하고 세월을 보낸다면 결
국은 도태되고 말 것이다.

말콤 글레드웰은 《아웃라이어》에서 '1만 시간의 법칙'을 말했다.

하루 3시간, 일주일에 20시간씩 10년을 지속하면 어느 분야에서든 전문가가 될 수 있다.

짧은 시간에 전문가가 되고 싶다면 하루에 투자하는 시간을 더 늘리면 된다. 그러나 직장을 다닌다면 하루 3시간도 굳게 마음을 먹고 확보를 해야 할 것이다. '인내는 쓰고 열매는 달다.'는 격언을 되새겨야 할 것이다. 특정분야의 지식을 쌓아 커리어를 만들고자 한다면 인내와 노력의 시간은 반드시 필요하다.

성공을 위해서는 **목표와 집중력과 제한시간이 필요하다.** 목표를 세우고 노력할 때 집중적으로 시간을 투자하고 정신을 쏟아야한다. 그것을 제한시간 내에 마치는 것이다. '제한시간'이라 함은 다시 말해 '마감을 정하라.'는 말이다. 일을 차일피일 미루다가도 마감이 다가오면 집중력이 생겨서 어떻게 해서든 해내는 능력을 발휘한다. 마감시간이 없으면 세월은 마냥가고 결과를 얻기가 쉽지 않다. **목표와 집중력, 제한시간,** 여기에 인내심이 더해지면 금상첨화다. 짧은 기한 내에 목표한 일이라면 위 세 가지의 조건만으로도 이룰 수 있으나 기간이 길어지면 목표를 이루는 데는 반드시 **인내가 필요하다.** 인내가 없으면 용두사미가 될 확률이 많다. 인내심을 타고났다면 행운이지만 그렇지 못한 사람이라면 인내하기 위한 노력이 필요하다. 인내심을 가지려면 처음에 목표한 일에 대하여 **끊임없이** 스스로를 동기부여 해야 한다. 동기부여 할 수 있는 방법은 목표를 글로 써서,

매일 소리 내어 읽으며 자신의 귀와 마음에 들려준다. 원하는 모습을 이룬 자신의 모습을 매일 상상한다. 성공을 이룬 사진이나 그림을 잡지나 신문에서 오려 벽에 붙이거나 파일을 만든다. 그것을 매일 바라보고 이미 이루었다면 어떻게 행동할지를 구체적으로 그려 본다. 자신의 성공한 모습을 선명한 이미지로 그려볼 수 있다면 성공은 가까이 와 있는 것이다.

즐겁게 하는 활동은 배움에 효과적이다

전문가가 되고자 하는 목표가 아니라면 취미를 갖고 즐거운 일에 자신을 투자하는 것도 인생 공부라 할 수 있다. 친구들이나 지인을 만나 먹고 마시며 수다를 떨고, 스트레스를 푸는 것도 좋지만 그러한 일도 매일 반복되면 지겹다. 그보다 더 생산적인 취미를 갖고 즐길 수 있는 일을 한다는 것은 사람을 행복하게 만든다. 행복은 사람이 살아가는데 꼭 필요한 요소이다. 어쩌면 가장 중요할 수도 있다. 결국 행복하게 살기위하여 돈을 벌고, 공부를 하고 자기 계발을 하며, 결혼도 하고 아이를 낳으며 끊임없이 뭔가를 시도하는 것이 아니겠는가! 즐겁게 하는 취미나 활동은 스트레스도 풀릴 뿐 아니라 배움에도 효율적이다. 아이들도 놀이를 통해 많은 지식과 경험을 습득하며 성장한다. 놀이처럼 즐기며 공부한다면 학습효과는 배가 될 것이다.

동아리를 만들어 마음에 맞고 취미가 비슷한 사람들끼리 함께 공부하고 활동도 하면 좋다. 의지가 부족해질 수 있으므로 이런 방법을 이용하면 공부를 지속하는데 도움이 된다. 돈이 많이 들지 않고 시간도 조절 가능 하니 유익한 점이 많다. 여럿이 하면 즐겁기도 하고 서로에게 동기부여를 주기도 한다.

요즘에는 동아리 활동을 하기에 좋은 공간들이 많다. 구나 자치단체에서 제공하는 저렴하게 이용할 수 있는 공간도 있고, 개인적으로 운영하는 스터디 장소도 있다. 카페를 이용해도 좋은데 요즘은 동네마다 카페가 많이 생겨서 각종 모임이나 공부할 수 있는 환경이 잘 조성되어 있다. 도서관을 이용하면 무료로 장소를 빌려 쓸 수도 있다. 활용공간이 다양하니 각자의 사는 곳에서 찾아보고 이용하면 좋을 것이다.

지금은 평생학습의 시대이다. 마음만 먹으면 공부할 수 있는 방법과 길이 많다. 직장을 다니면서도 온라인으로 공부할 수 있는 사이버 대학, 여러 온라인 사이트의 강좌, 평생교육원 등 저렴하고 손쉽게 이용할 수 있는 시설과 강좌들을 적극 활용하라.

독서는 최고의 공부방법이다 공부를 하고 무언가를 배우는 일에 독서를 빼놓을 수 없다. 독서는 아무리 강조해도 지나치지 않는다. '사람은 책을 만들고 책은 사람을 만든다.' 는 식상한 말을 들먹이지 않더라도 독서가 사람의 인생을 변화시킬 수 있다는 것은 누구나 알고 있을 것이다. 어릴 때부터 자녀에게 독서하는 습관을 길러준다면 큰 재산을 물려준 것보다 낫다. 위대해진 인물들 중에는 독서에 매진했던 이들이 많다. 아브라함 링컨, 워런 버핏, 오프라 윈프리, 헬렌 켈러, 빌게이츠, 마크 주크버그, 세종대왕, 정약용, 나폴레옹, 처칠 등 헤아릴 수 없다. 한 사람의 인생 엑기스를 책 한두 권으로 읽을 수 있다는 것은 행운이다. 그들이 평생을 두고 연구하고 노력한 결과를 우리는 적은 돈으로 단 몇 시간 만에 획득할 수 있으니 이 같은 보물이 어디 있겠는가? 직접 갈 수 없고 볼 수 없는 것들을 간접적으로 체험할 수 있으므로 얼마나 감사한 일인가!

책 읽을 시간이 없어서 못 읽는다고 하는 것은 핑계에 불과하다. 핸드폰이나 SNS 하는 시간, TV보는 시간만 줄여도 최소한 한 달에 한 권 정도는 읽을 수 있다. 전화수다는 30분 이상을 떨면서 책 읽을 시간은 없다고 말할 수 있겠는가! 마음이 문제다. 읽고자 하는 마음만 있다면 언제 어디서든 읽을 수 있다.

책을 읽는 일이 나에게는 일상의 휴식과 같다. 쉬는 것 자체가 책을 읽는 일일 경우가 많아서 따로 독서할 시간을 갖는다는 부담이 없다. 책을 가까이 두고 필요하면 항상 읽는다. 요즘은 도서관을 이용하기 때문에 한번에 6~12권까지 빌려온다. 전에는 책에 줄을 그으며 아이디어가 떠오르거나 깨달음이 있으면 책 귀퉁이에 글귀도 써 놓곤 했다. 감동이 있고 적용하고 싶은 책은 여러 번 다시 보며 읽었다. 독서노트를 쓰기도 하고, 감동 있는 문장이나 글귀는 노트에 적어두기도 했다. 적는데 시간이 지체되면 핸드폰으로 찍어 두기도 하는데, 한 번 저장한 후에는 잘 보지 않기 때문에 되도록 그런 일은 삼간다. 읽다가 접하는 생소한 어휘들은 그때그때 인터넷사전을 찾아본다. 흐름이 끊기지 않도록 그냥 지나갈 때도 있지만, 나중에 찾아봐야지 하면 잊어버리기 십상이라 되도록 즉시 찾아본다. 하나의 책을 읽다가 그와 연관되는 도서들을 계속 읽게 되는 경우가 많은데, 이렇게 꼬리에 꼬리를 무는 독서는 책에 대한 흥미를 지속시킨다. 빌려 읽는 책은 줄을 긋거나 글을 쓰지는 못하지만, 기한이 있으므로 더 빨리 읽을 수 있다는 장점이 있다. 필요하면 언제든 빌려와 다시 읽는다.

책은 친구이며 스승이고 위로자다. 책은 길이고 만남의 장소가 된다. 또한 책은 휴식이며 에너지다! 삶이 힘들고 고달플 때 책을 읽으면 위로를 받고 힘을 얻는다. 우리는 책을 통해 길을 찾고 삶의 지혜를 얻는다. 오래전의 저자들과 만남도 갖는다. 책은 많은 지식을 주어 자신감도 얻게 하고, 마음씨 좋은 친구처럼 곁에서 조근 조근 책망하지 않고 이야기도 들려준다. 책을 읽으면 사고의 폭이 넓어지고 지식을 융합할 줄 알게 된다. 논리적으로 생각 할 수 있는 힘이 생기고 말도 잘 하게 된다. 어휘력이 향상되고 글도 잘 쓰며 공부도 잘하게 된다.

우리는 이렇게 가치 있는 책이라는 도구를 마음껏 활용해야 하겠다. 사서 읽든 빌려 읽든 전자책으로 읽든 부지런히 읽자.

나이가 들어서도 즐겁게 살 수 있는 길은 항상 뭔가를 배우며 취미를 가지고 사는 일이다. 그래야 삶이 무료하지 않고 치매도 오지 않으며, 자식과 남편 혹은 아내만 바라보고 사는 일이 없어질 것이다. 스스로 하는 활동이 없으면 주변사람들에게 기대하는 일이 늘고 그들을 피곤하게 하는 일이 생긴다. 그러면 가족들은 나의 존재를 싫어하게 될 수도 있고, 귀찮다고 느끼며 부담을 갖게 될 것이다. 이런 존재로 전락하지 않기 위해서라도 항상 배우고 공부하고 취미를 즐기고 살자.

전문가적 자질을 개발할 목적이나 더 높은 학업의 성취, 취미 생활 등 어떤 형식으로든 스스로를 녹슬지 않도록, 공부하고 배우는 일에 시간과 물질을 투자하자. 이러한 공부는 모두 몸과 머리, 가슴에 쌓이는 일이므로 아무에게도 빼앗기지 않는다. 인생의 재산이 되며 삶에 활력이 된다. 잘 할 수 있는 일이 많아지므로 자신의 존재가 허무하지 않고, 세월이 가도 자신감이 넘치게 된다. 배우고 공부하는 일은 삶에 기름을 칠하는 일이다. 인생이 윤택해지고 정신도 반짝거린다. 작은 공부라도 우습게 여기지 말고 지금부터 천천히 조금씩 하자! 배우고 공부하는 엄마와 아내가 아름답다.

좁아도 바빠도
가능한 미니멀 라이프
실천 노하우

01 | 좁은 집일수록 넓게 활용하라

작은 집이 좋다 대부분의 사람들은 넓고 큰집을 선호한다. 내 집
마련에 대한 꿈이 많은 우리나라 사람들은 평생에
걸쳐 집을 사려고 돈을 버느라 허리 펼 날이 없다. 아이들 교육과 함
께 번듯한 집을 장만하는 것이 일생의 가장 큰 일 중 하나일 것이다.

작은 집의 전세나 월세를 살다가 짐이 늘고 아이들이 생기면 점점
넓은 곳으로 이사를 한다. 매번 이사가 힘들어 정착을 위해 집을 사
려고 마음을 먹는다. 대출을 받아 집을 마련하지만 대출금은 2~30
년 갚아야 모두 청산할 수 있다. 수십 년의 세월을 집장만 하느라 고
되게 일을 한다. 그러나 그것을 당연한 절차라 생각하여 별 이의 없
이 받아들인다. 모두가 그렇게들 살기 때문이다.

그러나 조금만 생각을 달리하면 인생을 훨씬 더 여유롭고 편하게
살 수 있다.

우리 집은 24평에 방 3칸, 거실, 부엌, 작은 베란다가 있다. 식구
는 5명이지만 크게 불편함이 없다. 오히려 더 넓다면 피곤했을 것이

다. 짐을 대부분 처분하고 나니 좁다고 생각했던 방이 넓어졌고, 거실은 뻥 뚫려서 시원스럽다. 거실을 청소할 때마다 매번 '넓어서 청소하기 힘드네.' 하는 행복한 생각이 든다. 아이들이 독립하면 더 작은 집으로 이사해야겠다고 마음을 먹고 있다.

미니멀 라이프를 지향하면서 집에 대한 가치관이 바뀌었고 물건에 대한 생각이 달라졌다.

집이란 사람의 안전과 건강, 행복, 안락하고 편안한 생활을 할 수 있는 중요한 공간이다. 그러기에 사람들은 내 집 마련에 대한 꿈을 꾸며, 그것을 위해 평생에 걸쳐 노력을 한다. 집을 위해 수십 년을 힘들게 고생하며 세월을 보내도 인생의 낭비라고 생각하지 않는다. 그런데 잘 생각해 보면 건강과 행복, 안락한 생활을 위해 넓고 좋은 집을 원하지만 오히려 집을 위해 더 고생하는 일이 생긴다. 금수저가 아닌 이상 대출금을 갚기 위해 돈을 벌어야하니 건강을 잃는 일도 생기고, 돈벌이에 연연하다 가족과 함께 시간을 넉넉히 보낼 여유도 잃는다. 소유에 대한 욕구로 말미암아 사들인 많은 물건은 집을 안락하게 하기 보다는 복잡하고 피곤한 공간이 되게 한다. 물건을 많이 소유할수록 집안은 먼지나 세균으로 오염되는 일이 더 많아서 건강도 위협받는다. 지진이나 화재가 생긴다면 물건에 다치는 일도 있을 것이고, 유독가스가 심해 안전에 대한 보장도 장담할 수 없게 된다.

가족을 위해 돈을 번다고 생각하지만 정작 가족과는 바쁘다는 이유로 관계가 소원해진다. 가족 간 갈등이 생기고 이탈하게 되는 경우도 발생한다. 그렇게 된다면 나는 누구를 위해, 무엇을 위해 평생 수고하는 것일까?

물건을 줄이고 작은 집에 산다면 돈을 적게 벌어도 되니 일을 적게 할 것이고 일을 적게 하면 스트레스도 덜 받고 건강도 더 좋아진다. 시간적 여유도 있어서 가족과도 친밀한 관계를 유지할 수 있다.

내가 집을 사는 일에 목을 매지 않는 이유는 집을 위해 인생과 건강, 소중한 삶을 낭비하고 싶지 않아서다.

소유물이 적다면 작은 집도 살기가 편하다. 작은 집은 관리가 쉽고 돈이 적게 든다. 청소도 빠르고 쉽다.

작은 전셋집이면 어떤가! 이사하는 일이 번거롭다고 말할 수도 있겠지만 이사의 유익한 점도 많다. 지역을 옮기면 새로운 환경과 공간, 새로운 사람들을 만날 수 있어서 기대도 된다. 소유가 적으면 포장이사를 하지 않아도 되므로 이사비용 때문에 걱정을 하지 않아도 된다.

집은 남에게 보이기 위해 소유하는 것이 아니다. 넓고 큰 집에 살아야 자신의 가치나 위상이 올라가는 것은 더욱 아니다. 관리가 편하고 살기가 좋으면 된다. 안락함과 만족감, 행복을 느끼기에는 작은 집이 훨씬 더 가치가 있다.

좁은 집
넓게 활용하는 방법   좁은 집은 조금만 어질러져 있어도 어수선해 보이고 복잡해 보인다. 정리를 잘 하면 조금 더 넓어 보일 수는 있어도 짐이 많은 상태에서는 근본적인 문제를 해결할 수 없다.

작은 집을 넓게 쓰려면 우선 쓸모없는 물건들을 버려야 한다. 물건을 최소한으로 줄이는 일이 가장 중요하다! 그리고 가구의 색상이나 물건들의 색을 되도록 통일하는 것이 좋다. 색상이 제각각이면 정신도 산만하고 비좁아 보인다. 미니멀리스트들이 선호하는 색은 보통 흰색인데 흰색은 깨끗하고 환해서 넓어 보이는 효과가 있다.

집이 작다면 현관도 대부분 좁다. 그러기에 현관을 들어서는 입구에는 아무 것도 거치적거리는 물건이 없어야 한다. 신발을 치우고 바닥을 깨끗하게 관리한다. 현관 앞 발 매트도 치우는 것이 좋다. 조명은 밝게 하여 신발을 찾아 신기에 불편이 없어야 하며, 사람이 들고 나는데 다치는 일도 없어야 한다. 무엇보다 조명이 밝으면 집안이 환하고 넓어 보인다. 현관이 복잡하고 어두우면 집안 전체가 무겁고 좁아 보인다.

현관에 들어서는 입구의 벽면에는 가구나 장식물을 놓지 않는다.

드나드는데도 불편하고 집이 더욱 좁아 보이기 때문이다.

또한 바닥에는 물건을 두지 않는 것이 좋다. 바닥에 물건이 많으면 기의 흐름을 방해하고 더 많은 물건을 바닥에 쌓이게 한다. 사람들은 깨끗하게 비워진 곳에는 쓰레기를 함부로 버리지 않지만 쓰레기가 널브러진 곳에는 더 많이 버리게 된다. 버려도 괜찮다고 안심하는 마음이 있어서다. 바닥의 물건을 치우면 집안이 넓어져서 좋거니와 청소도 쉽다. 청소 시에 물건을 들어내지 않아도 되므로 청소가 빠르고 힘이 덜 든다.

각 방마다 두고 있는 쓰레기통을 치우고 집안에는 쓰레기통 하나만 둔다.

《프랑스인의 방에는 쓰레기통이 없다》의 저자 미카 포사는 "프랑스인들은 쓰레기를 만들지 않는 삶을 지향한다."고 말한다.

"그들은 방에 쓰레기통을 두지 않으며 보이지 않는 곳에 하나만 두는데, 가족 모두가 쓰레기가 생기면 그곳으로 버리러 간다. 각 방에 쓰레기통을 두지 않고 지정된 한 곳에만 버리는 이점은 매우 많은데, 방의 미관을 해치지 않고 악취와 오염을 염려하지 않으며, 각 방의 쓰레기통을 비우는 번거로운 일이 없어서 합리적이다."

가구 위나 보이는 곳에는 물건을 최소한으로 줄이는 것이 좋으며,

아예 놓지 않는 것이 가장 깔끔하고 넓게 보인다. 처음 미니멀 라이프를 시작할 때는 물건을 개방하여 두어야 빨리 처분할 수 있다. 그러나 미니멀 라이프가 안정되면 개방된 물건이 대부분 처분되므로 보이는 장소에는 물건이 줄게 된다.

집안에 가구가 거의 없는데다 비개방형 가구라고는 싱크대와 화장실 수납장뿐인 우리 집은 자질구레한 물건을 숨기기가 쉽지 않다. 그래서 오히려 물건을 더 줄일 수 있었다.

하지만 사람과 사정에 따라 다르므로 비개방형 수납공간이 적다면, 밝고 깨끗한 수납도구를 이용하여 자잘하고 복잡한 물건들은 보이지 않도록 정리해 주는 것이 좋다.

현관문을 열고 들어설 때 거실이 훤히 보이는 구조라면, 거실의 가구나 소파의 뒷면이 현관과 마주 보지 않게 놓는 게 좋다. 입구가 가로막혀 단절된 느낌이 들므로 집안을 좁아보이게 한다. 거실 내 탁자도 꼭 필요한 이유가 없다면 과감히 없애는 것도 좋다. 양쪽보다는 한쪽 벽으로만 가구를 배치하는 것도 좋은 방법이다.

벽지는 단색의 밝은 톤으로 각 방마다 통일 하는 것이 좋으며 벽에는 자질구레한 장식들을 치우는 것이 집안을 넓어보이게 한다. 장식을 원한다면 산만하지 않은 색상의 사진이나 그림을 한 두 개만 거는 것이 좋다. 액자도 두꺼운 것 보다는 얇은 것으로 해야 부피감이 없어 보인다.

책상 앞 너저분한 포스트잇이나 냉장고 주변의 메모, 식당 메뉴판들도 치운다. 벽이 지저분하면 질서가 없어 보이고 산만해 보이기 때문이다.

큰 집을 사기위해, 혹은 넓은 집에 살기위해 뼈 빠지게 일하지 말고 작은 집을 넓게 쓰라. 집안의 물건을 대폭 비우면 자연스럽게 쓸 수 있는 공간은 많아져서 넓은 집이 부럽지 않을 것이다. 조언한 바대로 시도해 본다면 집을 넓고 편안하며 안락한 공간으로 만들 수 있다.

집은 사람이 휴식하고 가족이 화합하는데 있어서 중요한 장소다. 그러므로 안전하고 편안해야 한다. 그러나 집을 얻기 위해 인생의 많은 시간을 낭비하고 육체를 혹사시킨다면 집에 대한 생각을 다시 해 보아야 한다. 집이란 나를 쉬게 하는 곳이어야 하기 때문이다. 역설적이게도 쉬지 못하는 삶을 살게 하는 집, 집에 대한 욕심을 조금 내려놓는다면 인생이 한결 가벼워질 것이다.

02 | 색채만 바꿔도 보다 넓은 공간을 만들 수 있다

흰색은 밝고 환해보이며 우리는 수많은 색채 가운데 둘러싸여 지
집안을 넓어보이게 한다 낸다. 별로 의식하지 않고 살고 있지만
주위를 둘러보면 모든 것이 색이다. 색은 알게 모르게 우리에게 많
은 영향을 미친다. 우울할 때 노란 태양빛을 보면 기분이 좋아지거
나 밝아진다. 답답할 때 푸른 하늘을 보거나 초록의 자연을 바라보
면 가슴이 탁 트이는 기분이 들기도 한다. 뜨거운 열정이 있을 때 그
림을 그리면 붉은 색으로 사물을 가득 칠하기도 한다.

　이렇듯 색은 우리의 기분과 정서에 많은 영향을 준다.

　"색은 우리의 의식과는 상관없이 긍정적 혹은 부정적 방식으로 우
리에게 영향을 미치는 에너지다." 라고 요하네스 이텐은 그의 저서
《색채의 예술》에서 말하고 있다.

　현대에는 색을 이용하여 여러 가지 방법의 색채치료도 행해지고
있을 만큼 색채의 힘은 크다.

　항상 머물고 생활하는 우리의 공간에는 어떤 색채로 채워져 있는

지 살펴보자. 요란한 벽지와 너무 다양한 색의 물건들이 어지럽게 배치되어 있지는 않은가? 집안의 색이 복잡하고 울긋불긋하면 공간이 무질서해 보이고 혼란스럽다. 다양한 색채들이 내뿜는 에너지로 말미암아 정신이 소란스럽고 어지러울 수 있다. 집안이 답답하고 비좁아 보이기도 한다. 좁은 집일 수록 색에 대하여 신경을 쓰는 것이 좋다.

미니멀 라이프를 추구하는 이들이 인테리어에 사용하는 색은 주로 흰색이 많다. 흰색은 깨끗하고 확장돼 보이며 차분해 보이기 때문이다. 마치 유행인 것처럼 벽지부터 물건에 이르기까지 흰색으로 통일하기도 한다. 흰색은 다른 색에 비해 존재감이 적어서 눈에 크게 도드라지지 않는다. 흰색은 순수하고 청결해 보이며 밝다. 흰색을 좋아하는 사람들은 많지 않지만, 흰색 자체가 지니는 아름다움을 동경하는 이들은 많다. 그래서 흰색 물건을 좋아하거나 흰색의 옷을 즐겨 입는 사람들이 많다.

미니멀리즘이 붐을 이루면서 가구나 인테리어를 흰색으로 디자인하는 이들이 많아졌다. 보통 미니멀리스트나 미니멀 라이프를 이야기하면 흰색의 깔끔하고 세련된 공간을 떠올린다. 그러나 꼭 흰색일 필요는 없다. 자신의 취향에 맞는 색으로 디자인하는 것이 가장 올바른 일이다. 매일 지내는 공간의 색이 탐탁지 않다면 마음이 늘 불편할 것이다. 사람마다 색에 대한 선호도는 다르므로 자신과 식구들이 좋아하는 색으로 공간을 꾸미는 것이 좋다.

단 집안이 좁을 경우에는 흰색이 주는 효과를 이용하면 좋은 점이 많다. 흰색으로 벽지와 가구, 물건들을 통일하면 집안이 넓고 환해 보인다. 수납도구도 흰색을 사용하여 어지럽지 않고 깔끔해 보이도록 한다.

여러 가지 색의 물건을 혼란스럽게 늘어놓으면, 물건을 줄이고 정리를 해도 정신이 산만하다는 생각이 들 것이다. 물건이 많지 않음에도 공간이 깔끔하지 않고 어수선해 보인다면 물건들의 색깔을 각각 살펴볼 필요가 있다.

그렇다고 잘 쓰는 물건의 색을 통일하겠다고 모두 바꾸는 일은 무리해서 하지는 말아야 한다. 쓸데없는 낭비를 할 일이 무엇인가? 미니멀 라이프를 시작하는 이들 중에는 책이나 잡지에서 보여 지는 미니멀리스트의 집을 보며 모방하는 이들도 있다. 그래서 가지고 있는 물건들을 버리고 같은 기능의 새로운 물건을 들이는 경우도 있다. 남들에게 보이고 자랑하기 위해서 미니멀 라이프를 하는 것이 아니다. 자신의 형편에 맞게 미니멀리즘을 실천해야 가족과의 마찰도 없고 부담 없이 미니멀 라이프를 지속해 갈 수가 있다.

좋아하는 색으로 활력을 얻어라 집안의 벽지나 가구, 물건들이 대부분 흰색이라면 삭막해 보일 수가 있다. 흰색은 맑고 깨끗하고 차분해 보이는 장점이 있지만, 차갑고 공허해 보이는 단점도 있다. 또한 표정과 존재감이 없어 보이기도 한다. 그러므로 모든 물건을 흰색으로 몽땅 통일해 버리면 집안이 생기가 사라져버린 것처럼 보인다. 이럴 때는 흰색계열의 물건들 사이에 자신이 좋아하는 색을 첨가할 필요가 있다. 바라보았을 때 기분이 좋고, 에너지를 얻는 느낌이 드는 색상의 물건을 한 두 개 함께 놓는 것이다. 그러면 포인트가 되어 예쁘기도 하고 색을 보는 즐거움도 얻을 수 있다.

빨강은 원기 왕성한 에너지가 넘치는 색이며 기운을 증강 시킨다. 성적 에너지를 주는 색이기도 하고 욕구를 불러일으킨다. 생명력과 열정이 넘치는 색이다.

파랑은 기분을 안정시켜 주며 피로를 낮춘다. 젊음과 청춘을 상징하는 색이기도 하다. 또한 이성적 판단과 논리, 신뢰성을 주는 색이다.

노랑은 명랑하고 생동감 있으며, 기대감, 설렘, 태양을 닮은 에너지의 색이다. 따뜻함과 밝음을 선사한다.

주황은 즐겁고 따뜻하며 생동감 있고, 에너지가 넘치는 활력의 색이다. 유쾌함과 위로를 주는 색이기도 하다.

초록은 조화롭고 균형을 이루며, 편안함과 긍정적인 마음을 주는 색이다. 긴장을 이완시키고 항상성을 갖게 하며 생명력을 회복시킨다.

보라는 직감과 통찰력이 있으며 영감을 준다. 신비스럽고 매혹적인 색이며, 창의적 지능과 지혜, 장엄함이 있는 색이다.

분홍은 사랑스러움과 행복을 주는 색이다. 온화하고 상냥하며 마음을 느긋하게 한다. 평화적이고 가정적인 색, 유복함을 나타내는 색이기도 하다.

갈색은 침착하고 보수적이며 생명력을 나타낸다. 수용적이며 진실하고 변함이 없는 색이다. 안전을 추구하며 현실성을 추구하는 색이기도 하다. 클래식 적이며 소박하다

회색은 중립적이고 중성적이며 감정에 좌우되지 않는 색이다. 절제와 평온함, 합리적이고 고상함을 나타내는 색이다. 보수적이고 조용하다. 신중하며 겸손함을 의미하는 색이기도 하다.

검정은 불가사의하고 신비스러운 카리스마가 있는 색이다. 단단하고 단호하다. 장엄함과 결단력이 있으며 편안함과 보호감을 주기도 한다.

흰색은 깨달음과 부활을 나타낸다. 청순하고 세련되며 결백과 순수함을 의미한다. 평화와 자유, 밝음을 상징한다.

이상은 주요색들이 가진 긍정적인 면을 살펴보았다. 색은 모두 양면적인 특성이 있다. 긍정적인 면과 부정적인 면이 있다는 말이다. 그러나 자신이 좋아하는 색은 대부분 그 색이 가진 긍정적인 부분에서 기인한다. 그러므로 일상에서 색을 추가할 경우 위의 색채의 긍정적인 면을 참고하여 적절히 배색을 하면 좋을 것이다. 어떤 색이든 지나치면 좋은 점보다 부정적인 영향을 받을 수 있으므로, 좋아하는 색이라 해서 온통 그 색으로 도배하지는 말아야 한다.

색은 우리의 기분뿐 아니라 건강에까지 영향을 미친다. 침체되고 기분이 나빠지는 색도 있다. 같은 색이라도 배색에 따라 미묘한 감정을 일으킬 수 있기 때문이다. 바라보았을 때 기분이 상승되고 즐거워지는 색을 가까이 하고 그런 색의 물건을 중간 중간 배치하자.

좁은 집은 되도록 어두운 색보다는 밝은 색으로 확장된 느낌을 주는 벽지를 쓰고 인테리어를 하는 것이 좋다. 수납도구나 물건도 이왕이면 밝고 단순한 디자인으로 구입하면 좋을 것이다. 그러면 집안이 환하고 넓어 보인다. 인테리어나 벽지, 가구들을 무채색을 쓰는 가정이 꽤 있는데 중간 중간 좋아하는 색상의 물건이나 식물을 두어 집안이 너무 가라앉아 보이지 않도록 한다. 좋아하는 색으로 포인트를 주면 그런 색상을 바라보는 것만으로도 행복하고 즐거워 질 수 있다.

우리는 대부분 무의식적로 색을 대할 때가 많고 생활 속에서 색과의 마주침을 그리 중요하게 생각하지 않는다. 그러나 색은 의식을 하든지 하지 않든지 우리의 기분을 좌우하고 삶에 영향을 준다. 색은 항상 우리 주변에 있고 우리는 색과 함께 생활을 하고 있다. 집안이 단조롭고 활기가 없어 보인다면 기분이 좋아지는 색으로 포인트를 주고 활력을 얻어라!

03 | 주방의 동선을 단순화 하라

도구가 많다고 요리를　부엌은 물건이 많은 장소 중의 하나이다.
잘하지 않는다　　사용하는 그릇이나 물품들의 종류가 다양
하고, 모양과 크기가 제각각이어서 자칫하면 어지럽고 지저분해 보
이기 쉽다. 이러한 부엌을 깨끗하고 위생적으로 관리하기 위해서는,
물건을 줄이고 동선에 따른 배치가 잘 이루어져야 한다.

　물건을 비울 때는 현재 쓰는 것 중심으로 남겨둔다. 겹치는 용도의
물건 중에서 가장 사용이 편리하고 맘에 드는 종류 한 가지만 남겨
두고 처분한다. 물론 냄비나 프라이팬은 사용 용도나 가족 수에 따
라 2~3개 남겨 둘 수 있다.

　공기나 접시도 가족 수에 맞춰 조금씩 개수를 달리한다.

　우리 집은 다섯 식구에 맞춰 접시는 모양과 크기별로 4~5개씩 갖
추고 있다. 오목한 종류는 큰 것과 작은 것 두 종류, 납작한 접시도
큰 것과 작은 것 두 종류씩, 이렇게 네 종류를 가지고 있다. 모든 용
도에 응용하여 사용이 가능하다. 음식이나 과일을 담을 때도, 소스

를 담을 때도, 손님을 맞을 때도 사용한다. 색깔은 흰색으로 통일해 어수선해 보이지 않고 깔끔해 보이도록 하였다.

프라이팬은 기름이 가장자리로 빠지는 고기 굽는 용도와 일반적인 용도의 것 두 가지가 있다. 생선을 굽거나 밤, 고구마 등을 구울 때 쓰는 압력 식 팬 하나와 냄비는 세 종류, 압력솥이 하나 있다. 보통은 전기 압력솥에 밥을 하고 보온을 하지만, 밥을 급하게 해야 할 때나 갈비탕이나 삼계탕 등 탕 종류의 요리 시에는 수동 압력솥이 매우 요긴하다.

볼도 큰 것과 작은 것 두 개만 있으면 김치를 담글 때도, 나물을 무칠 때도 다 사용이 가능하다. 물 빠짐 가능한 채반은 두 가지인데, 야채를 씻을 때 사용하는 소쿠리 하나와 다용도로 쓸 수 있는 손잡이가 달린 작은 채가 하나 있다. 도마는 야채와 육류용을 달리 쓰는 게 위생상 좋지만 생선이나 고기류를 손질할 때는 우유팩을 깔고 사용하면 괜찮다.

조리 도구는 종류별로 자주 쓰는 것 하나씩만 남기고 나머지는 처분하자. 조리 도구가 많으면 찾아 쓰는 것이 불편해서 음식을 할 때 속도가 나지 않는다. 설거지거리도 많아져서 일을 만든다.

수저도 식구 수대로 남기고 손님용 두어 벌만 보관하고 모두 버린다. 잔치를 치를 일이 거의 없으면서도 수십 벌씩 예비해 둘 필요가 있겠는가? 많은 사람을 대접해야 할 일이 생긴다면 그날만 일회용을 이용하자. 수저는 모두 같은 모양과 치수로 구비해 쓴다면 짝을 찾느라 시간과 노력을 허비할 필요가 없다.

양념류는 대량으로 사서 두고두고 사용하지 말고 적은 양을 그때그때 사서 쓰는 게 좋다. 용량이 크면 오래 먹게 되므로 유통기한이 지날 수 있고 오래된 것을 먹는 것은 건강에도 좋지 않다.

개수대 주변은 물을 사용하므로 불결해지기 쉽기 때문에 행주나 수세미는 젖은 채로 두지 않는다.

싱크대 위는 너저분하게 올려둔 각종 도구나 세제들을 치워 넓고 깨끗하게 쓴다. 싱크대가 좁다면 더욱 그렇게 해야 한다. 개수대는 주변의 건조바구니나 수세미 통 같은 도구들을 치우면 넓어져서 편하게 사용할 수 있다. 보기도 좋을 뿐 아니라 위생적이다.

고무장갑은 사용 후 물기를 닦아 서랍이나 싱크대 상부에 개어둔다.

음식물 쓰레기봉투 사용 시에는 작은 용량을 구입하여 음식물 쓰레기를 자주 버리도록 노력한다.

컨설팅을 하다 보면 집집마다 쇼핑백이나 비닐을 한 가득 모아두는 것에는 예외가 없다. 그 양이 어마어마한 경우도 많다. 장사를 나갈 것도 아닌데 비닐을 보관하느라 부엌은 너저분하고 공간이 부족하다.

비닐봉지 보관 시에는 총량을 규제하는 것이 좋다. 작은 바구니 하나 정도로만 정리하고 나머지는 버린다. 바구니가 가득 차면 넘치는 비닐은 버리면 된다. 쇼핑백도 몇 개만 두고 나머지는 버리자. 없어도 필요할 때는 어떻게든 조달이 된다.

**동선을 줄이면
요리가 빠르다**　　주방은 주부들이 매일 많은 시간을 머무르는 장소이다. 그러기에 움직임이 편해야 하고 사용하는 그릇도 쉽게 꺼내 쓸 수 있는 위치에 두어야 한다.

동선을 고려하여 정리하면 일의 속도가 붙고 몸이 덜 힘들다. 가사일을 조금이라도 줄이고 편하게 하려면 동선을 생각해야 한다. 특히 주방이 넓다면 더욱 동선에 신경을 써야 한다. 조리 도구 하나 찾으러 멀리 왔다 갔다 해야 한다면 요리하는 일이 번거로워질 뿐 아니라 에너지도 낭비되어 부엌일이 피곤해진다.

우리는 타성에 젖어 늘 하던 대로 하는 습관이 있어서 불편한지 어떤지도 모른 채 사는 일이 많다. 늘 쓰는 그릇인데도 싱크대 안쪽에 정리해두고, 꺼낼 때마다 매번 바깥쪽 그릇을 드러낸 후 꺼내기를 반복한다. 자주 쓰는 물건을 싱크대 상부에 두고 의자를 이용해서 내리는 일도 흔하게 저지르는 실수다.

자주 쓰는 물건일수록 가장 가까이에 두고 꺼내기 쉬운 곳에 수납하는 것이 효율적이다.

공기나 국그릇은 매 끼마다 쓰기 때문에 싱크대 상부 가장 아래쪽에 수납한다. 그릇이나 컵은 엎어두지 않는다. 엎어두면 바닥에 닿는 컵의 입구 부분이 오염될 수 있고 꺼내기도 불편하며 보기도 좋지 않다.

우리 집은 수저를 서랍에 두고 쓴다. 식탁과 마주보는 위치에 있는 싱크대 하부 서랍장에 넣어 두었다. 주방이 넓지 않고 주방과 식탁이 분리되지 않은 구조라서 동선이 짧다. 그래서 누구나 쉽고 빠르게 꺼내 쓸 수 있다. 수저통을 사용하면 물때가 끼기도 하고 꺼낼 때 수저의 머리 부분과 반찬을 집는 부분을 만지게 되는 일이 잦아서 불결하다. 건조 후 서랍에 넣어두면 항상 깨끗하게 사용할 수 있고 무엇보다 수저통을 닦지 않아도 되므로 일이 준다.

양념류의 위치는 조리대 주변이 가장 편리하다. 가스레인지가 있는 하부 장에 두던지 바로 위 상부 장에 두면 동선이 짧고 한 번에 꺼내서 사용하기가 편하다. 양념을 작은 용기에 덜어서 바구니 하나에 정리해 두면 바구니 째 꺼내서 쓰고 넣기에도 편리하다.

조리 도구도 조리대 주변에 보관하는 것이 적당하다. 걸어두면 미관상 보기가 좋지 않고 기름때나 음식물이 튈 수 있으므로 서랍에 넣어 두는 것이 깔끔하다.

볼이나 채 등은 개수대 아래쪽에 두면 쓰기가 편리하고, 청소용품
도 개수대 한 쪽에 자리를 만들어 두면 좋다.

냄비나 프라이팬은 겹치거나 포개지 않고 사용하는 게 좋다. 개수
를 줄이면 가능해 진다.

반찬 용기도 깨끗하고 흠이 없는 것으로 쓰고, 여분의 용기는 싱크
대 상부나 하부의 손닿는 곳에 둔다. 용기가 많다면 바구니 하나에
정리해 두는 것도 좋다. 필요할 때 바구니만 꺼내서 반찬의 양에 맞
는 용기를 선택하고 올려둔다. 용기가 흐트러져도 바구니만 정리하
면 되므로 편리하다. 반찬 용기를 씻은 다음에는 건조해서 뚜껑을
덮어 보관한다. 그래야 뚜껑이 분실되는 일도 없고 사용할 때 뚜껑
을 찾느라 낭비되는 시간도 벌수 있다. 재질은 되도록 유리나 스테
인리스를 이용하면 건강에 좋다. 플라스틱류는 가볍고 저렴하지만
환경호르몬의 위험이 있다. 그러나 각 가정의 형편이나 가족 구성원
에 따라 플라스틱 용기를 병행해 쓸 수 있다. 단 플라스틱 용기는 흠
이 나거나 변색되면 새 것으로 갈아 주어야 건강에 해롭지 않다.

김치통도 냉장고를 구입하면 딸려오는 것들이 많아서 베란다에
쌓아두고 있는 집이 많은데 몇 개만 남기고 버리자.

아직 어린 아이들의 식기나 수저, 물 컵 등은 한 바구니에 넣어서
아이 손닿는 곳에 정리해 두면 아이가 스스로 찾아 쓰기도 편리하고
깔끔하다.

어떤 물건을 정리하든지 기억해야 할 것은 두 번씩 손이 가게 하지 않는 것이다. "한 번에 넣고 꺼낼 수 있는 '원터치의 방식'이 가장 편리하며 일을 줄이는 정리법"이라고 〈정리수납컨설팅협회〉 신진숙 대표는 말한다.

매일 해야 하는 부엌일을 스트레스 없이 편하고 쉽게 하려면 움직임을 최대한 줄여야 한다.

한 번에 꺼내고 쓸 수 있도록 그릇의 개수를 줄이고, 동선에 따라 조리도구를 배치하며, 자주 사용하는 물건은 손닿는 곳에 놓는다. 그러면 부엌 일이 훨씬 신속해지고 편해진다.

04 | 누구나 할 수 있는 냉장고 정리법

냉장고는 부의 상징이 아니다 요즘의 냉장고는 크기가 기본 500L 이상으로 대부분 대형이다. 집이 작아도 냉장고는 큰 것을 쓰는 세상이다. '냉장고 정리가 안 된다.'는 사람들이 미디어에 나와 자기 집 냉장고를 보여주고는 하는데, 오히려 큰 냉장고를 자랑하는 것 같은 인상을 풍기기도 한다. 그들은 냉장고 안에 가득한 식품들을 보여주며, 어떻게 정리해야 좋을지 모르겠다고 한다. 또 청소나 관리는 어떻게 할까를 고민한다고 하지만, 오히려 냉장고 안에 온갖 식품이 가득하다고 자랑하는 것 같기도 하다. 냉장고가 크고 좋으면 어쩐지 부유할 것 같다는 생각을 하게 만든다. 하지만 큰 냉장고를 소유하고 냉장고 안에 음식이 가득 쌓여 있는 것이 결코 자랑일 수는 없다. 절제하지 못하는 삶과 소중한 음식의 낭비에 대하여 오히려 부끄러워해야 할 것이다.

요즘은 쉽게 식재료를 구입하고 신선한 식품을 항상 접할 수 있는 마트가 많다. 인터넷으로 주문하면 하루도 안 되어 배달을 해 주기도 하는데, 굳이 그렇게 많은 식료품을 쌓아놓고 살아야 하는지 궁금하다. 배고프고 없던 시절에는 모으고 쌓아두어야 안심이 되었겠지만 요새처럼 풍요롭고 편리한 세상에서 집안에 창고를 만들어 쌓아둘 필요가 있겠는가?

어디를 가든 먹거리가 풍부하고 손쉽게 좋은 재료들을 구입할 수 있는데, 냉장고는 한없이 커지기만 하는 이유가 무엇일까? 각종 미디어매체는 크고 좋은 냉장고를 보여주며, 이런 냉장고를 사용하면 마치 부유한 사람이 된 것처럼 광고를 한다. 더 크고 더 고급스러운 디자인은 집에 있는 냉장고보다 훨씬 좋아 보이도록 만든다. 우리는 남들이 너도 나도 구입하므로 덩달아서 있는 것을 버리고 또 산다. 소비를 만들어 내야하고 많이 팔아야 하는 기업들의 상술에 놀아나고 있는 것은 아닌지 돌아볼 일이다.

'우리나라는 연간 약 500만 톤의 음식물 쓰레기가 발생하고, 이것을 처리하기 위한 비용이 약 8천억 원에 이른다.'고 환경부에서는 말하고 있다. '전 세계에서 버려지는 음식물의 양도 연간 13억 톤에 이르며 전 세계 음식의 30%가 버려진다.'고 유엔식량농업기구(FAO)는 밝히고 있다.

음식물 쓰레기 처리비용도 어마어마하지만 이를 처리하는 과정에서 발생하는 온실가스로 인한 환경문제는 더욱 심각하다. 많이 먹고, 많이 사고, 많이 버리는 우리의 무심한 행동으로 환경과 사람은 병들어 가고 있다.

앞서 말한 것처럼 우리 집의 냉장고는 320L의 소형이다. 옛날로 치자면 작은 것도 아니다. 이것 하나로 다섯 식구가 전혀 문제없이 살고 있다. 냉장고가 작으니 쌓아 둘 일이 없고 그때그때 신선한 식품들을 먹을 수 있다. 냉장고에 뭐가 들어있는지 파악이 쉬워서 음식물이 상해 버리는 일도 없다. 청소도 간단해서 오염이 된 부분이 있으면 보일 때 즉시 닦아낸다. 음식물이 쌓여 있지 않아서 선반 같은 부속물을 꺼내 씻는 일도 금방 한다. 일부러 냉장고 청소하는 날을 잡을 일이 생기지 않는다.

큰 냉장고는 자리를 많이 차지할 뿐 아니라 부피가 커서, 작은 집에서는 유난히 냉장고만 불쑥 튀어나와 미관상 보기도 좋지 않다. 전기세도 많이 들고 청소와 관리도 어렵다. 제대로 정리해 두지 않으면 여기 저기 쑤셔 박힌 정체모를 식품들로 골치가 아파진다. 신선하고 위생적으로 보관하고자 넣어둔 냉장고 안에서 아이러니하게도 음식물이 썩어서 나온다. 이것은 국가적인 손실을 따지기 전에 개인적으로도 얼마나 많은 손해인지 알아야한다.

큰 냉장고를 가지고 있다면 굳이 그것을 버리고 작은 것을 새로 살 필요는 없을 것이다. 있는 것을 사용하되 인식을 바꾸어 생활을 하면 된다.

〈시장 볼 때의 유의 사항〉

대형카트를 이용하지 않는다.

2~3일치를 보거나 길어도 일주일치만 산다.

살 품목을 적어서 가져가고 적힌 것만 산다.

양이 많고 큰 것보다 양이 적으며 작은 크기의 제품을 구입한다.

카드를 가져가지 않는다.

장보기로 한 현금의 액수를 정하여 그 돈만 가져간다.

배고플 때 마트에 가지 않는다.

1+1과 사은품에 현혹되지 않는다.

마트가 가깝다면 매일 시장을 보는 것이 좋다. 하루에 쓸 식품분의 돈 액수를 정해 두고 그것을 굳게 지키는 일도, 과소비와 쓸데없는 낭비를 줄이고 순간의 욕구를 절제하기 좋은 방법이다.

누구나 할 수 있는 냉장고 정리법 냉장고를 정리하기 전에 냉장고 속 비워내기를 먼저 한다. 그렇다고 다 버리라는 말은 아니다. '냉파(냉장고 파먹기)'라고 하는 말이 있다. 냉장고 안에 남아있는 식품들을 다 먹은 후에야 시장을 보는 방법이다. 냉장고에 쟁여

두고 있는 식품들을 점검하고, 있는 재료를 활용해 음식을 해 먹는다. 어떤 이들은 한 달 동안 냉장고 안에 있는 것들만 먹었어도 음식이 부족하지 않았다고 한다. 이렇게 냉장고 속을 거의 비워낸 후에는 남은 것들을 정리해 본다. 이 상태가 되면 냉장고 안에 식품이 많지 않으므로 정리는 식은 죽 먹기다.

냉장실 내에서 가장 온도가 높은 곳은 문 쪽이다. 그렇기 때문에 도어에는 음료나 소스, 곡류 등을 넣는 게 좋다. 냉장실 선반은 사용하기 가장 편리한 위치에 그날그날 먹을 찬류를 보관한다. 한 바구니 안에 그날 먹을 음식을 담아 두면 반찬을 찾느라 헤매지 않고 바구니만 꺼내 식탁에 놓으면 되니 매우 편리하다. 가족 누구나 쉽고 편하게 꺼내 먹을 수 있는 방법이다.

냉동실 도어에는 양념류를 보관하면 좋다. 가루양념을 병에 담아 사용한다. 냉동실에 마늘이나 파, 고추 등을 갈거나 썰어서 조금씩 보관해 두면 빠르고 편리하게 요리를 할 수 있다.

식품 정리 시에는 종류별로 분류를 해 주는 것이 찾기에 쉽다. 고기는 고기끼리, 야채는 야채끼리, 과일은 과일끼리 분류한다.

모든 용기는 안이 보이는 것을 써야 무엇이 얼마만큼 있는지 한 눈에 파악하기 쉽고 가족 누구나 꺼내 먹기도 편리하다. 이왕이면 플라스틱제품보다 유리나 도자기, 사기, 스테인리스 그릇을 활용하는 것이 건강과 환경에 유익하다.

유통기한이 촉박한 식품은 잘 보이는 위치에 두되, 한 바구니 안에 담아 빨리 소비할 수 있도록 한다. 이렇게 하면 깜박하고 기간을 넘기는 일 없이 알차게 먹을 수 있다.

냉장고 속 바구니는 되도록 구멍이 있는 바구니를 쓰면 냉기의 순환에 도움이 된다. 그러나 냉장고가 커서 공간이 많으면 굳이 바구니를 사용할 필요가 없다.

많은 주부들이 냉장고 속 비우기를 힘들어하는 부분 중 하나가 부모님이 준 식품들의 문제다. 김치나 고춧가루, 마늘 등 온갖 식품들을 대량으로 주는 경우가 많다. 사양을 해도 '사먹으려면 돈 든다.'고 극구 보낸다. 도시에 사는 자녀는 자신이 사들이는 것도 많아서 못 먹고 버리는 판국이다. 그런데 부모님이 주는 것까지 넘쳐서 처리 불능이라고 하소연하기도 한다. 부모의 마음과 정성을 생각하면 버릴 수도 없고, 놔두자니 먹지도 않고 냉장고만 차지하고 있다. 우리의 부모 세대는 먹거리가 부족하고 힘든 시기를 지나온 이들이 많다. 그래서 자녀들이 행여 궁색하거나 돈이 들까봐 챙겨 주시는 것이다. 이럴 때는 울며 겨자 먹기로 받을 것이 아니라 다 먹지 못하여 '버리고 있다.'는 사실을 명확하게 말해야 한다. 먹고 싶지 않은 음식이라면 거절도 해야 한다. 사실을 말하지 않는 것이 오히려 부모님께 불효가 된다. 일부러 장만하고 많이 만드느라 시간과 수고, 재료비가 많이 들어 부모님이 고생을 해야 하기 때문이다.

  냉장고는 가족의 건강을 위한 음식과 재료를 보관하는 곳이다. 그러기에 한 눈에 파악되어야 버려지는 음식의 낭비를 막을 수 있고, 신선하고 건강한 식품을 먹을 수 있다. 냉장고가 여러 대거나 너무 크면 공간과 관리의 문제가 생기므로, 냉장고 개수를 줄이고 크기도 줄이는 것이 좋다. 크기로 인해 새로 구입하는 것은 바람직하지 않으므로 있는 것을 활용하되, 너무 많은 식품과 재료를 한꺼번에 구입하지 않는다. 짧은 시간에 다 소비할 수 있을 만큼만 사고, 현재 먹을 것들만 넣어 두자. 뻥 뚫린 냉장고 속을 보면 기분이 개운하고, 냉장고 문을 열어보는 재미도 생길 것이다. 신선한 재료로 만든 음식을 먹으며 날마다 행복을 느끼게 될 것이다. 냉장고 청소가 쉬워지는 것은 덤이지 않겠는가?

05 | 사계절 편하게 꺼내 쓰는 옷장정리법

옷을 쉽게
버리기 위한 조언
옷을 입는 이유는 여러 가지가 있다.
옷은 체온을 유지하고 신체를 보호하며 사람의
개성과 지위를 나타내기도 한다.

배수아는 저서 《내 안에 남자가 숨어 있다》에서 이렇게 말했다.

"옷이란 계급이고, 사회적인 역할이고, 빈부의 상징이고, 집단 속
에 스스로를 통제시킨다. 그런가 하면 나약한 사람들에게 자신감을
심어 주거나, 다른 부류의 사람들에게 폭력을 행사하거나, 근거 없
는 우월감을 주기도 하는 것이 옷이다."

그러기에 사람들은 옷에 신경을 쓰고 많은 옷을 사들이기도 한다.
그것이 과해서 옷장이 넘쳐나고 옷을 고르느라 시간을 보내기도 하
며, 관리하느라 돈도 많이 들인다.

미니멀리스트들은 옷을 제복화 하거나 매우 간소하게 입는다. 스
티브 잡스는 검은 터틀넥 티와 청바지, 운동화 차림을 20년간 유지
했고, 마크 주크버그가 자신의 인스타그램에 공개한 옷장 안에는 회
색의 티와 후드만 걸려 있었다. 이들이 사복을 제복화한 이유는 옷

을 고르는 시간을 절약하고 선택을 단순화하기 위함이었다. 이들의 패션을 두고 사람들은 "없어 보인다."고 말하지 않는다. 오늘날 이들은 많은 사람들이 닮고 싶어 하는 선망의 대상이다.

옷장에 옷이 많지만 철이 바뀌면 입을 옷이 없다고 느껴질 때가 있을 것이다. 유행이 지나 입기에 어색한가 하면, 작년에 실컷 입었던 옷이 올해는 다시 입어지지 않는 경우도 있다. 새로운 옷을 사들이지만, 버리지 않고 사서 쟁이기만 하는 옷장은 차고 넘쳐서 더 이상 넣을 곳이 없다.

사람들은 자신이 가진 것의 20% 내의 것만 사용한다. 옷도 마찬가지다. 그러기에 입지 않는 80%의 옷은 비효율적이며 버려도 되는 것들이다. 옷에 투자하는 돈과 시간을 줄이고, 효율적으로 옷을 입기 위해서는 옷을 줄여야 한다. 옷이 많아야만 사회적인 계급과 신분을 유지할 수 있는 것은 아니다. 오히려 옷을 줄이면 자신의 개성이 뚜렷하게 보이고 자신이 무엇을 좋아하는지 쉽게 알 수 있다. 옷 고르는 시간을 줄이고 관리하는데 드는 비용을 절감하며, 많은 옷을 사지 않아도 되므로 훨씬 경제적이다.

그러나 옷을 버리기는 쉽지 않다. 옷을 좋아하거나, 비싸고 좋은 옷을 많이 가지고 있다면 버리는데 용기를 내야 할 것이다. 처음부터 다 버리려고 하다가는 이내 포기하고 말 것이므로 천천히 조금씩 시도해 보자.

〈버려야 하는 옷〉

작거나 큰 것

보풀 지거나 낡은 것

비싸지만 마음에 들지 않는 옷

유행이 지나거나 어울리지 않는 옷

남이 예쁘다고 해도 스스로 별로라고 생각하는 것

남이 주었지만 안 입게 되는 옷

2년 내 한 번도 입지 않았던 옷, 앞으로도 입을 것 같지 않은 옷

살 빼면 입겠다고 바라보고만 있는 옷

집에서 입으려고 모아둔 것

예복이나 행사 때 입는 옷

이런 옷들은 미련 없이 버리는 것이 좋다. 집에서 입을 옷의 경우 한두 벌만 남기고 버리자. 외출복이었던 옷을 집에서 입겠다고 모아 두다가는 한 상자가 될 수도 있다. 집에서 입을 옷은 편하고 허름하지 않으며, 가까운 곳에 입고 나가기에도 괜찮은 것을 남겨둔다. 일 이년에 한두 번 입을까 말까 하는 행사를 위한 옷은 자리를 차지하게 두지 말고 버리는 게 좋다. 그때만 빌려 입어도 된다. 보관하고

드라이하는 번거로움을 피할 수 있다.

'버릴까? 말까?'를 고민하는 옷은 버리는 게 낫다. 한 번 '버릴까?' 하는 생각이 드는 옷은 결국 버릴 때까지 마음을 괴롭힌다. 비우고 마음 편히 살자.

옷을 정리하는데 가장 효과적인 방법은 '좋아하는 옷만 남겨두는 것'이다. '무엇을 버릴까?'에 신경을 쓰기보다 '무엇을 남겨 둘 것인가?'에 집중하는 것이 훨씬 일을 **빠르게** 하고 고민도 덜어준다.

미니멀 라이프를 지향하는 젊은 여성들 사이에 유행하는 〈333 프로젝트〉가 있다. 자신이 가진 옷과 액세서리, 신발 등의 33개 물건으로 3개월 동안 살아가는 방법이다.

33개로 줄이기는 도저히 안 될지라도 옷의 양을 대폭 줄이면 좋은 점이 많다. 경제적으로 유익할 뿐 아니라 공간이 현저하게 넓어진다. 옷을 골라 입느라 옷장 앞에서 고민하는 시간이 준다. 좋아하는 옷만 남겨 두었으므로 잘 알지 못했던 자신의 스타일을 알 수 있다. 자신의 개성을 드러내는 옷만 가지고 살 수 있다. 낡고 허름한 옷도 없으며 세탁하는데 드는 품과 비용도 줄일 수 있다.

사계절 편하게 쓰는 옷장정리법　　필요한 옷만 남겨 두었다면 옷장을 정리하기가 무척 쉽다. 옷이 많지 않으면 모두 걸어

두는 것이 좋다.

거는 것을 우선으로 하되 공간이 부족하면 서랍이나 정리함을 이용해야 한다. 한두 계절분의 옷을 걸고 나머지는 한 상자에 담아 개어둔다. 계절이 바뀌면 이 상자 하나만 열고 다시 옷을 바꾸어 건다. 상자나 서랍은 두세 개로 늘리지 않는다.

옷걸이를 통일하면 산만하지 않아 보기도 좋고 깔끔한 느낌을 준다. 옷걸이는 플라스틱보다 나무 재질이 좋다. 그러나 형편에 따라 사용한다. 옷걸이의 방향은 한 쪽으로 통일하여 어수선하지 않도록 한다.

외출 시 옷을 입어본 후 다시 벗어놓을 때는 즉시 걸어두는 습관을 기른다.

옷의 색을 비슷한 계열끼리 걸어주면 보기도 좋고 찾기도 쉽다. 길이도 들쑥날쑥하지 않도록 맞춰준다면 금상첨화일 것이다. 그러나 거기에 얽매일 필요는 없다. 자신이 편한 방법이 제일이다.

옷과 옷 사이의 간격은 일정하게 벌려주어야 통풍이 잘 되어 습기나 곰팡이 방지에 유리하다. 드라이한 옷은 덮개를 벗기고 바람을 쐬어 약품이 휘발되면 옷장에 건다.

나는 옷장을 사용하지 않고 행거를 이용한다. 덩치 큰 가구를 집안에 들이기가 싫어서다.

행거 이용 시에는 먼지와 변색을 막기 위해 지난계절의 옷은 덮개를 씌워주는 것이 좋다. 옷걸이를 통일해 집안이 어수선해지는 것을 피한다. 1인 가구나, 부피가 있는 가구를 들이기가 부담스러운 이들은 행거를 이용해도 좋다.

속옷이나 양말은 개수가 많지 않으면 서랍 속에서 굴러다니거나 제멋대로 논다. 이때 칸칸 나누어진 정리함을 쓰면 편리하다. 칸의 개수가 한정돼 있어서 양이 늘어나는 것을 방지할 수 있고, 양말과 속옷의 개수가 한눈에 보여 관리가 편하다. 특히 아이들이 있다면 이용해 보라. 서랍 속을 엉망으로 만들지 않는 좋은 방법이다. 아이들에게 "아무렇게나 벗어두는 속옷과 양말은 빨아주지 않는다."고 선언한다. 처음에는 신경 안 쓰고 대충 바닥에 벗어두다가도 어느 순간 빨래바구니에 바르게 펴서 넣어둔다. 정리함이 칸칸마다 비워가는 상황이 보여서 입거나 신을 속옷과 양말이 없다는 것을 자각하고 스스로 고친다.

다림질이나 드라이를 해야 하는 옷의 개수를 줄이고, 살 때도 그러한 재질을 따져서 산다. 세탁비용을 줄이고 다림질하는 수고와 시간을 아낄 수 있다.

옷이 구김이 졌을 경우 분무기로 물을 뿌려주고 손으로 착착 펴주면 다림질을 하지 않아도 잘 펴지는 옷이 많다. 편리한 방법이므로 시도해보기 바란다.

옷을 늘리지 않기 위해서는, 새로운 옷을 구입하면 기존의 옷 중 하나를 반드시 처분한다. 옷이나 옷걸이의 개수를 정해 두어도 좋다.

그럭저럭 입는 옷 두 개가 있다면 두개를 버리고 맘에 드는 좋은 옷으로 하나를 구입한다. 그것이 더 자신의 가치를 올려주며 옷의 개수도 줄인다. 옷에 대한 만족감도 훨씬 높다.

자질구레한 것들을 모두 버리고 좋아하는 옷만 남겨두면 옷 욕심이 거짓말처럼 사라진다. 하나를 구입하더라도 신중하게 사고, 있는 옷을 모두 잘 입는다. '옷의 가짓수가 적다.' 는 기분도 들지 않을 뿐 아니라 옷이 많을 때보다 만족도가 높다. 옷장 정리를 따로 할 필요가 없으며, 언제나 깔끔하고 보기 좋은 상태로 유지된다. 옷장을 열어보고 입을 옷이 없다거나 정리에 대한 스트레스로 한숨 쉴 일도 없어진다.

06 ㅣ 가방 속 물건을 비우면 외출이 자유롭다

가방 속의　　　컨설팅을 하러 고객들의 집을 방문하면 산더미 같
물건을 비워라　　은 물건들에 기가 질린다. 대체 저 많은 물건을 다
쓰고나 사는 것인지 궁금하다. 여자들의 짐은 대체로 남자들의 것보
다 훨씬 더 많은데 그 중에서도 가방은 대표적인 물건이다. 에코 백,
백 팩, 핸드백을 비롯한 각종 메이커 제품들, 시즌마다 마련한 것,
한두 번 쓰다 새 제품으로 갈아타 보관만 하고 있는 것, 쓰기는 불편
하고 버리기는 아까워서 그냥 두고 있는 것 등 가방 장사를 나가도
될 만큼 많다.

　가지고 있는 데는 하나하나 다 이유가 있겠지만 사용하지 않는 가
방들로 옷장이나 선반은 자리가 모자랄 지경이다.

　우리가 생활하는데 가방은 몇 개 정도 있으면 좋을까?

　사람마다 다를 것이다. 각종 행사나 옷에 어울리는 것들이 필요하
다고 생각하기 때문에 기본적으로 5개 이상씩은 모두 가지고 있을
것이다.

내 가방은 총 3개이다. 외출용 가방 1개, 백 팩 1개, 여행용 가방 1개이다. 외출용 가방은 평상시에 주로 사용하고 백 팩은 놀러 가거나 캐주얼 차림 시 많이 이용한다.

외출용 가방은 유행을 타지 않는 검은색의 핸드백이다. 디자인도 심플하다. 보통 한쪽 어깨에 길게 메지만 크로스로 멜 수 있어서 편리하다. 손이나 팔에 들고 다니는 종류는 지양하는데 손을 자유롭게 쓰지 못하기 때문이다.

예전에는 한쪽 어깨에만 줄곧 메는 가방을 이용해서 어깨가 아플 때가 많았다. 거기다 가방 자체가 무거운 게 많았는데 짐까지 잔뜩 집어넣고 다녀서 어깨는 늘 혹사를 당했다. 가방 안 에는 화장품, 휴지, 책, 서류 등 온갖 필요할 것 같은 물품들이 다 담겨 있었다. 가방이 무겁다고 생각했지만 짐을 줄일 생각을 하지 못했다. 그러다 미니멀리즘을 실천하면서 가방의 개수를 줄였고 가방속의 물건도 대폭 줄였다.

검은 색을 선택한 것은 어떤 옷에도 무난하게 어울리는 색상이고 때도 타지 않아 오래 사용할 수 있기 때문이다. 가방 사이즈는 대략 세로20cm, 가로30cm로 작다. 외출 시에 가방에 넣는 것은 볼펜 하나, 립스틱 한 개, 외출의 목적에 따라 조금씩 다른 약간의 물품뿐이다. 예를 들어 교회를 가면 작은 성경책 한 권과 얇은 노트 한 권, 친구를 만나거나 일반적 외출일 경우에는 가방 안에 거의 아무것도 넣지 않는다.

티슈나 손수건도 가지고 다니지 않는다. 요즘은 어디를 가나 그러한 것들을 쉽게 구할 수가 있어서 불편함이 거의 없다.

지갑도 넣어 다니지 않는다. 대신 핸드폰 케이스에 교통카드 1장, 현금카드 1장, 지폐 몇 장만 넣고 나간다. 지갑이 없으니 분실걱정도 없고 무게감도 줄어서 가방이 훨씬 가볍다. 동전지갑도 없다. 동전이 생기면 주머니에 넣고 와서 식탁 위 동전 통에 넣어 둔다. 이 동전은 시장에 갈 때 필요한 만큼 집어 들고 나가서 소비를 한다. 식구들도 외출 시 동전이 필요하면 한두 개 가지고 나가서 사용하게 되므로 동전이 집안에 굴러다니지 않아서 좋다.

때때로 아예 가방 자체를 안 가지고 다닐 때도 있다. 가방이 없으면 몸이 무척 가볍고 편하다.

《심플하게 산다》의 저자 도미니크 로로도 "가방에 넣고 다닐 물건은 수첩과 펜, 신분증, 지폐 몇 장으로 충분하다."고 말한다.

우리는 가방 안에 작은 살림을 차려서 메거나 지고 다니는 일이 많다. 그것도 모자라 보조가방까지 챙기는 일도 있다. 그렇게 많은 물건을 굳이 가방 안에 넣고 다닐 필요가 있을까?

그리고 없으면 정말 문제가 생기거나 불편해질까?

**가방 선택과
필요한 개수 정하기**　　가방을 몇 개 소유해야하는가의 의견은
개인마다 다를 것이다. 그러나 가방의
개수를 줄이면 편리한 점이 많다.

우선 보관이 간편하고 관리의 문제도 없다. 외출 시에 어떤 가방을
들까 고민하지 않아도 되며 남의 눈을 의식하는 일도 없어진다.

가지고 있는 가방을 처분할 때는 한 번에 많은 가방을 다 처리하기
힘들기 때문에 가장 좋아하는 가방을 우선순위로 남기는 게 좋다.
다음에는 자신의 옷이나 스타일을 고려해 여러 옷차림에 어울리는
색상이나 디자인을 선택한다. 어느 계절에나 들 수 있는가도 고려해
본다. 한두 가지 아이템으로 여러 상황에 적용하여 쓸 수 있는 제품
을 남겨두는 것이 좋다. 그리고 이왕이면 가벼운 재질의 가방을 선
택한다.

가방 속 물건도 정리해 보자. 자질구레한 물품들을 꺼내고 모든 외
출에 거의 필수적으로 요긴한 것만 넣자. 여자라면 화장품을 기본적
으로 넣게 되는데 그럴지라도 꼭 필요한 것 두세 개만 챙기자.

외출 시 화장을 한 번 하면 집에 올 때까지 다시 손보는 일이 없어
서 내 경우엔 립스틱하나면 충분하다.

우리는 필기구를 생각 없이 종류별로 한가득 넣고 다니기도 한다.
볼펜은 한 개, 수정도구도 한 개, 여러 색상의 펜이 필요하다면 두세

가지 색이 같이 있는 하나의 볼펜을 구입하면 될 것이다. 노트나 수첩도 얇고 작은 것을 구입하고 쓸데없는 서류도 많이 넣고 다니지 말자.

나는 교회 갈 때 외에는 노트나 수첩을 들고 다니지 않는데 평상시에는 휴대폰의 노트 기능이나 메모를 이용하는 것이 훨씬 빠르고 편리하다. 보관도 영구적일 뿐 아니라 분실의 위험도 없다. 파일별로 정리하기가 쉬워서 다시 찾아볼 때도 간편하다. 컴퓨터에서도 활용이 가능하니 이점이 많다. 휴대폰 메모를 이용 시에는 온라인 앱을 쓰는 것이 안전하다.

물도 가지고 다니려면 힘이 든다. 그래서 굳이 물을 들고 다니지는 않는다. 마실 수 있는 곳도 많고 자주 화장실을 들러야 하는 번거로움도 피하기 위해서다. 물은 집에서 자주 마시도록 노력한다.

이처럼 꼭 소지하고 다니지 않아도 융통할 수 있는 것들이 의외로 많다. 가방이 가벼워져서 크게 난처해지거나 불편해지는 일은 거의 없다. 오히려 어깨가 가벼워져서 외출이 자유로워진다.

07 | 손님을 위한 물품은 최소한의 것만 남긴다

손님이 아닌 자신을 집은 그 안에 사는 사람들을 위해 존재한다.
배려하는 삶을 살라 외부의 손님들이나 물건을 보관하기 위해서
있는 것이 아니다. 집은 사는 사람들이 중심이 되어야하고 주인공이
되어야 한다. 집안에 살고 있는 사람을 위해서 물건을 두어야하고
관리해야 하는 것이다.

우리는 외부의 손님을 위해 집안에 너무 많은 물건들을 보관하고
있다. 일 년에 한두 번 올까 말까한 손님을 위해서 이부자리며 식기,
심지어는 손님용 방까지 따로 구비하고 있는 집도 있다. 손님을 위
해 물건을 관리하고 보관하느라 에너지를 소비하고, 공간을 낭비한
다. 소중한 시간과 돈도 허비한다. 손님이 오면 음식을 준비하고 청
소를 하느라 스트레스를 받는다. 반가운 손님이면 즐거울 수도 있으
나 부담스러운 사람들이라면 그들이 있는 동안 내내 피곤하다. 손님
이 가고 나면 머문 장소를 쓸고 닦고, 이불을 빨고, 그릇을 씻느라
육체적으로도 힘들다. 그런데도 왜 우리는 스트레스를 받아가면서
손님맞이에 애를 쓰고 살아야 할까?

인생의 주인은 나 자신이며 사는 집의 주인공도 자신과 가족이다. 그러므로 자신을 너무 힘들게 하면서까지 손님을 위해 배려하지 않아야 한다. 물론 손님이 오는 것을 좋아하고 접대를 즐거워하는 사람이라면 예외일 수 있겠다. 이들은 그러한 일이 삶의 보람이고 행복일 수도 있을 테니 말이다. 그러나 대부분의 사람들은 손님이 오는 것이 부담스럽다.

부담이 되고 힘이 드는 데도 굳이 손님을 맞기 위해 왜 애를 쓰는가? 생각을 조금 바꾸고, 자신을 먼저 배려하는 삶을 살기를 결심하면, 지혜롭게 해결할 수 있는 방법이 보일 것이다.

손님을 꼭 집에서 접대를 해야 할 필요는 없다. 요리가 힘들고 접대가 피곤하면 외식을 하면 된다. 음식을 장만하느라 드는 시간과 수고와 돈을 생각한다면 외식이 나을 수도 있다. 친구들도 외부에서 만나면 된다. 분위기 있는 카페가 집보다 편하다. 차 한 잔 마시고 맛있는 음식도 먹으며 자신도 쉬게 하라. 그 시간을 즐기라. 음식장만으로 허둥지둥하며 손님 접대에 절어 있으면, 정작 손님과 함께 있는 시간은 피곤하기만 하다. 외부로 나가면 타인이 만들어 주는 음식이어서 맛을 음미하며 먹을 수 있고, 일도 하지 않아서 몸도 편하다. 그들과 함께하는 시간이 즐겁고 행복하다.

'집으로 오겠다.' 하는 손님을 "외부에서 보면 좋겠다."고 의사를 정확히 밝힌다. 양해를 구해야 하면 그리하라. 손님을 치르고 나서 마음이 상하거나 스트레스를 받아 우울해지는 것보다 훨씬 낫다. 남편이나 집안 식구가 손님 오는 것을 좋아한다면, 그들에게도 자신의 입장을 얘기해 주어야 한다. 집안에서 맞을 때와 외부에서 맞을 경우, 어떤 장단점이 있는지 차분하게 설명하라.

요즘은 명절에도 식구들끼리 여행을 가거나 외식하는 경우가 많다. 명절은 모두의 명절이 되어야 하지, 누구는 쉬고 누구는 죽도록 일만 하는 괴로운 시간이 되어서는 안 된다. 부모님께도 상의를 해 보라. 말도 안하고 앓고만 있을 것이 아니라, 일단 얘기를 해 보면 좋은 결과가 생기는 일이 의외로 많다. 각자의 집에서 쉬기, 외식하기, 평소처럼 지내기, 콘도를 잡아 가족끼리 놀고 오기 등 여러 가지 방법을 생각해 보고 의견을 말해 보자.

타인을 위한 삶을 살지 말고 자신을 위한 삶을 살라. 자신을 돌보고 스스로의 옹호자가 되라. 남편과 자녀들이, 혹은 부모님이 알아서 위해 주겠거니 생각하지 말고 스스로를 지키고 아끼라. 그러나 이기적이기만 하는 사람이 되라는 말은 아니니 오해하지 말기 바란다. 남을 위한 배려가 지나치면 자신을 희생하게 된다. 나를 희생시킨 결과는 나만 망가지게 하는 것이 아니라 함께하는 가족에게도 고통을 준다. 몸과 마음이 상하고 아프면 주위 사람에게도 영향이 가는 것은 당연한 일이기 때문이다. 적당한 이기심으로 자신을 먼저 챙겨라. 그 혜택은 자신과 가족에게로 돌아간다. 나를 채우지 못하는 삶은 타인에게 결코 진실 된 이로움을 주지 못한다.

손님용 물건을 따로 두지 않는다 스스로를 먼저 배려하는 삶을 살기로 결심했다면, 이제 집안에 모셔둔 손님맞이용 물건들이 얼마나 되는지 점검해 보자. 최소한의 것만 남기고 처분하자.

이부자리는 몇 채이며 베개는 몇 개나 되는가? 손님용 이불만 해도 장롱 한 칸의 반 이상을 차지할 것이다. 모두 꺼내서 필요한 것 한 두 채만 남기고 버리자. 베개도 없으면 임시로 옷가지나 무릎 담요 등으로 만들어 쓸 수 있으니 버리자. 이불을 정리할 때는 혼수이불이나 부모님이 주신 것들 중 사용하지 않는 이불을 함께 비우자. 무겁고 부피가 큰 이불은 잘 덮지 않게 되어 장롱만 차지한다. 세탁기에 빨 수 없는 이불은 세탁을 맡겨야 하니 부담스럽다. 요즘은 난방이 잘 되어 두꺼운 이불이 많이 필요치 않다. 가볍고 얇으면서도 따뜻한 이불이 많으므로, 두껍고 무거운 이불은 버리자. 오래되어 낡았거나 얼룩이 있는 이불도 버리자. 이부자리가 산뜻해야 잠자리가 편하고 기분이 좋다.

손님용 식기는 얼마나 되는가? 찬장이나 장식장에 한가득 쟁여두지 않았는가? 몇 벌만 남기고 모두 처분하도록 하자. 반드시 손님용을 따로 둘 필요는 없다. 평소에 사용하는 그릇을 쓰면 어떤가? 손님이 많을 때는 일회용을 이용하는 방법도 있다. 일회용품을 추천하는 것은 아니지만 어쩔 수 없는 경우라면 잠깐 사용하고 재활용으로 버릴 수 있다.

컵도 집집마다 찬장에 가득하다. 찻집을 차려도 될 만큼 많다. 몇 개만 남기고 처분해도 손님이 올 때 불편하지 않을 것이다. 자랑하기 위해 두는 용도가 아니라면 버리자. 수저도 몇 벌만 남기고 다 버리자. 일회용 나무젓가락, 플라스틱 숟가락도 버린다. 필요하면 그때 구입해서 쓰면 될 일이다.

수건도 손님용을 따로 둘 필요가 없다. 한 번 쓰고 세탁하면 된다. 칫솔도 미리 손님용을 구비해 두지 말자. 올 때 챙겨서 오게 하고 깜박했을 때는 잠깐 나가서 사오면 된다.

'유비무환'이라는 말이 있다. '준비가 있으면 근심이 없다.'는 뜻의 한자어이다. 그러나 지나친 것은 좋지 않다. 매사에 준비를 철저히 하고 예비해 두는 습관은 나쁘지 않다. 그럴지라도 물건은 미리 비축하지 말고 현재 필요한 만큼만 가지고 살자. 급한 상황을 맞이하면 어떻게든 해결이 되고 지혜도 생긴다. 손님이 오더라도 평소대로 보여주고 가족이 쓰는 것을 함께 쓰면 된다. 결벽증이 있지 않다면 쓰고 빨거나 씻어서 다시 사용하면 된다.

손님용 방이나 접대실은 집이 커서 남아돈다면 상관없겠지만, 일부러 손님을 위해서 공간을 비워두는 것은 손해다. 넓은 집일 경우에도 평소에 알차게 사용하고 손님이 오면 비워주면 될 일이다.

우리는 남의 눈을 지나치게 의식하며 살고 있다. 손님이 온다고 하면 갑자기 청소와 빨래를 하고, 음식을 장만하느라 정신이 없다. 없는 물건도 급하게 사들인다. 남에게 잘 보이고 싶고, 좋아 보였으면 하는 마음이야 있겠지만, 무리하면서까지 그럴 필요가 있겠는가? 집안에 손님용 물건을 가득 채우고 가족이 불편한 생활을 하지 말자. 손님용 물건은 최소한의 양만 남기고 모두 처분하자. 손님을 배려하기 전에 가족을 배려하고 자신을 배려하는 현명함이 우선이어야 하지 않겠는가?

08 | 현관에 물건을 쌓아두지 마라

현관은 기가　　집에 들어오려면 누구나 현관을 통과해야 한다.
드나드는 곳이다　　집안의 얼굴이라 할 수 있는 현관은 들어서자마
자 마주 하는 곳이다. 그러기에 현관이 지저분하면 집안 전체가 어
수선해 보인다.

풍수에서는 '기가 들어오는 가장 중요한 통로가 현관' 이라고 한
다.

《잘되는 집안의 10cm비밀》의 저자 이성준은 "현관은 밝아야 하
고, 실내 쪽으로 전개되는 곳이 트여야 하며, 신발을 가지런히 놓아
야 출입문에서 들어오는 기가 탁해지지 않는다." 고 말한다.

현관은 문이 시원스럽게 열리고 거치적거리는 물건이 없어야 한
다. 현관 앞이 복잡하고 불결하면 집안의 기운도 나빠지고 외출 후
몸도 더 피곤해진다.

현관 바닥은 외부에서 신발에 묻어온 오물로 더러워지기 쉬우므
로 자주 청소를 해야 한다. 물청소가 어려우면 물걸레로 닦아주자.
신발은 외출 후 즉시 정리하여 신발장에 넣어두고 바닥에는 집주변

외출을 위한 슬리퍼 한두 켤레만 남겨두자. 현관이 좁다면 신경을 더 써야 한다. 신발이 정리되지 않으면 현관이 금세 난장판이 되기 십상이다.

현관 입구나 문 뒤에는 물건을 쌓아두지 않는다. 사람이 들고 나는데 매번 출입이 불편하면 치워라. 한번 쌓아두면 아예 치울 생각도 안하고 사는 사람이 많다. 오래되고 먼지가 쌓인 박스나 빈 화분, 더러운 우산꽂이 등을 버리고 현관 출입구를 깨끗이 하자.

운동도구나 아이들 외부 놀이용품도 현관에 두는 경우가 많은데 보이지 않도록 신발장 내부에 자리를 만들어 보관한다. 또는 베란다에 따로 자리를 두어 정리하자.

우산은 가족 수에 맞춰 하나씩 두고 살이 부러지거나 굽은 것, 낡은 것, 녹 쓴 것 등은 모두 처분하도록 한다.

비 오는 날 현관은 젖은 우산과 신발들로 물기가 많아지는데, 우산은 되도록 밖에서 여러 번 털어서 물기를 뺀 후 가지고 들어온다. 젖은 우산을 위한 우산꽂이를 현관에 두지 않는 게 좋다. 우산을 젖은 채로 현관 입구에 세워두지도 마라. 물기를 턴 후 들어와서 즉시 거실이나 빈 방에 펼쳐둔다. 그러면 물기가 빨리 마르고 현관도 젖지 않는다. 마르면 개어서 우산꽂이에 꽂는다. 이렇게 하면 현관이 깨끗해서 좋고 우산이 녹스는 것도 방지할 수 있다. 젖은 신발은 현관 한쪽에 정리해서 물기가 타일 바닥 전체에 흥건해지는 일이 없게 한다.

신발장 내의 서랍에는 자동차키나 외출 시 꼭 필요한 물건, 혹은 집안을 손볼 때 쓰는 연장 몇 가지만 정리해 둔다.

신발장 개수를 늘리지 마라 보통 신발장은 붙박이가 많은데 그것 하나로 모자라 더 들이는 경우도 있다. 가족 수가 많거나 신발 욕심이 많으면 신발장은 늘 빽빽이 들어차 있고 넘친다.

신발 욕심이 많아서 나도 붙박이장 외에 신발장이 두개나 더 있었다. 신발을 버릴 생각은 하지 않고 양이 늘어남에 따라 신발장 개수를 계속 늘린 것이다. 더군다나 식구가 다섯이라 그 양은 상당했다. 한 사람당 6켤레씩만 가지고 있어도 30켤레가 되니 말이다. 실제로는 훨씬 더 많았다. 너무 많은 신발들로 신발장은 넘쳐났고 미처 신발장에 못 들어간 것들도 있어서 집안에 냄새가 풍겨 좋지 않았다.

신발을 줄이기에 앞서 신발장을 먼저 처분하기로 했다. 넣어둘 곳이 없으면 자연스럽게 신발을 버릴 수 있으리라 생각했기 때문이다. 붙박이장 하나만 남기고 두개는 비웠다. 가장 먼저 나의 신발부터 정리했는데, 불편하거나 낡은 것은 두 번 생각하지 않고 버렸다. 같은 종류도 중복되는 것은 처분했다. 현재 남겨둔 것은 운동화 한 켤레, 구두 한 켤레, 샌들 하나, 부츠 하나, 캐주얼화 한 켤레다. 그런 후 아이들을 설득해 안 신는 신발을 버리도록 했다. 큰 아이와 셋째는 신발 욕심이 없어 신발이 많지도 않거니와, 그나마 있는 것 중에서도 버리라고 하는 것은 쉽게 동의 했다. 둘째는 철마다 신상품을 구입하는데다 신발을 좋아해서 설득이 쉽지는 않았다. 남편도 의외로 신발이 많은 편인데, 힘하게 신지 않아 잘 낡지도 않으니 버릴 것이 몇 켤레 없었다. 어쨌든 세 사람의 신발이 많이 줄었으므로 붙박이장 하나에 모두 수납을 했다.

그러고 나니 현관 앞이 환해졌다. 두 개의 신발장과 책장까지 있었던 현관 입구가 책장마저 처분한 후에는 넓어지고 출입이 편해졌다. 이렇게 생활이 가능한 일인데 왜 매번 물건이 늘면 수납장을 늘리는 어리석은 짓을 했는지 한심하기까지 했다.

신발장이 여러 개 있다면 제일 요긴한 것 하나만 두고 모두 처분해보라. 그러면 비우기 어렵게 느껴지는 신발도 버릴 수 있는 마음이 들 것이다.

신발을 정리할 때는 신발 앞쪽이 보이도록 하는 게 좋다. 신발의 특성이 보여야 찾는데 쉽기 때문이다. 식구가 많으면 각 구간별로 사용자의 자리를 정해두어 외출 시 빠르게 신발을 찾아 신을 수 있게 한다. 각자의 신발 양에 따라 몇 칸을 쓸 것인지 정한다. 키에 따라 높은 곳에 둘지 낮은 곳에 둘지도 정한다. 새로운 신발이 들어오면 '가지고 있던 신발 가운데 하나를 처분한다.' 는 규칙을 세우고 지킨다.

　신발장 안에 두는 '개별 신발정리대' 는 되도록 사용하지 않는 것이 깔끔하고 보기도 좋다. 정리대에 넣어 둔 신발은 꺼내 신기도 불편하다. 자질구레한 정리대를 사서 신발을 정리하는데 돈을 들이거나 머리를 쓰지 마라. 잘 신지 않거나 맘에 들지 않는 신발을 버리고, 신발장을 가볍고 깨끗하게 관리하라. 신발을 처분할 때는 계절별로 한두 켤레씩만 남겨 두자.

〈처분할 신발〉
마음에 들지 않거나 외출이 꺼려지는 신발
현재 신지 않으며 다음 계절이 돌아와도 신지 않을 것
발이 불편하거나 낡은 것, 빨아도 지저분한 신발
여러 디자인의 중복되는 신발

　미니멀리스트의 패션을 생각할 때 중요하게 따져야봐 할 것이 어느 옷에나 잘 어울리는 신발을 구입해야 한다는 것이다. 가지고 있는 옷과 가방에 어울리는 색상이나 디자인의 신발을 사야 후회가 없다. 신발도 옷도 적게 소유하려면 이러한 것을 꼭 생각해 보아야 한다.

운동화 끈이나 깔창 같은 신발 부속물들은 쌓아두지 말고, 한두 개만 작은 상자 하나나 서랍에 정리해 둔다.

예로부터 '현관은 복이 드나드는 곳'이라고 하지 않던가! 복이 들어오다 잡다한 물건에 걸려 넘어지면 다음번에는 그 집을 피해 갈지 누가 알겠는가! 복도 사람도 편하게 드나들 수 있는 깔끔하고 보기도 좋은 현관을 만들자. 집에 들어설 때마다 기분도 좋아질 것이다.

09 | 가족에게 맞는 거실로 디자인하라

좁은 거실
넓게 쓰는 방법
거실은 보통 어느 가정에서나 가족 모두를 위한 공동의 공간으로 사용한다. 텔레비전을 시청하기도 하고 소파에 앉아 이야기를 나누기도 한다. 거실은 가족이 편안하게 휴식할 수 있는 공간이기에 불필요한 것들을 비우고 넓고 깨끗하게 사용하는 것이 좋다. 거실이 지저분하고 물건이나 가구로 가득 차 있으면, 거실에 있고 싶지도 않을 뿐 아니라 정신까지 개운하지 않다. 무엇보다 출입할 때 늘 보게 되는 공간이어서 볼 때마다 어지러우면 기분이 불쾌해질 수 있다. 외출 후 집에 들어오면 항상 깔끔하고 단정한 거실을 보게 되는 일은 무척 기분을 좋게 한다. 마음도 편해질 뿐 아니라, '집은 역시 휴식하기에 최고의 장소'라는 생각이 든다.

이런 거실을 만들기 위해서는 꼭 필요한 물품 외에는 모두 비우는 작업을 해야 한다. 현재 사용하는 가구들만 배치하고 불필요한 가구들은 치운다. 너무 많은 화분이나 장식품, 보여주기 식 장식장도 비운다. 거실에 있는 가구의 서랍 안에는 공동의 물품만 보관하는 게 좋다. 예를 들어 의약품이나 마스크, 손톱깎이, 영수증이나 고지서 같은 물건들이다.

개인적인 물품들은 각자의 방으로 보낸다. 아이들은 집에 오면 거실에 가방이나 옷을 벗어 던져 팽개쳐두는 일이 많다. 거실은 모두의 공간이라는 것을 잘 설명하고 이해시켜, 자신의 물건은 자신의 공간에 두도록 한다. 거실에서 아이들이 장난감을 가지고 나와 놀더라도 놀이가 끝나면 스스로 정리해서 원래의 위치에 두도록 한다. 이렇게 하면 아이들 정리습관 형성에도 도움이 된다.

카펫을 깔아두는 가정도 있는데 굳이 깔아야할 이유가 없다면 걷어내는 것이 좋다. 먼지가 나고 관리도 힘들며 공간도 좁아 보이기 때문이다.

거실의 공간이 좁을 경우 가구는 최소한으로 두는 것이 좋다. 소파의 크기나 개수를 줄이고 탁자도 필요할 경우 두고 꼭 필요하지 않으면 치운다. 아니면 접을 수 있는 것을 사용해도 된다. 필요시에 쓰고 접어두면 자리를 효율적으로 사용할 수 있다. 소파의 디자인은 화려하지 않으며 단순해야 집안을 복잡해보이지 않게 한다. 소파의 색도 눈에 거슬리지 않는 무채색이나 파스텔 톤 색상을 쓰는 것이 좋다. 그래야 좁은 거실이 혼잡해 보이지 않는다.

전자제품의 전선이나 코드 등이 너저분하지 않도록 정리를 한다. '전선 정리함'과 같은 제품도 시중에 나와 있으니 활용해보면 좋을 것이다.

창문의 커튼이나 블라인드는 가족의 취향에 맞는 것으로 하면 좋다. 좀 더 가볍고 단순하며 넓어 보이는 편을 택하려면 블라인드가 낫다. 그러나 블라인드는 청소가 불편한 점이 있으므로 자신이 잘 관리할 수 있는 것으로 해야 한다.

우리 집은 커튼을 사용하고 있는데 커튼은 펄럭이고 부피가 있으나 지저분해지면 걷어서 빨기만 하면 되므로 관리가 편하다. 여름과 겨울용을 따로 두지 않으며 너무 두껍거나 얇지 않은 천을 선택했다. 색상도 너무 밝지도 어둡지도 않은 옅은 베이지색이다.

거실에 커튼이나 블라인드를 꼭 해야 한다는 고정관념은 버려도 된다. 빛이 들어오는 것을 좋아하거나, 햇볕이 강하게 들어오지 않는 집이라면 커튼을 하지 않을 수도 있다. 관리의 문제가 사라져서 편하고, 공간도 넓고 환해 보인다.

투앤원디자인스페이스 대표 임승민은 거실을 넓게 쓰기 위한 방법으로 다음과 같이 활용할 수 있음을 귀띔 해 준다.

"개인의 방은 좁고 효율적으로, 가족이 함께 사용하는 거실은 최대한 넓고 단순하게 구성한다. 또한 공동의 공간을 넓게 사용하기 위해서는 거실과 주방의 경계를 없애고 하나로 이어지도록 하는 것이다. 그렇게 하면 같은 공간이라도 넓고 효율적으로 사용할 수 있다."

거실은 가족과 개인의 필요에 맞게 활용 한다

거실은 꼭 가족 모두가 모이는 장소라는 생각에 매일 필요는 없다. 각 가정마다 특성이 있으므로 가족에게 맞춰 디자인하는 것이 좋다.

텔레비전을 좋아하지 않는 가정에서는 텔레비전을 두지 않아도 된다. 소파가 필요하지 않다면 치우도록 한다. 거실에서 공부를 하는 것이 좋으면 책상을 두어도 되고, 독서를 좋아하고 즐긴다면 책장을 둘 수도 있다. 단 이러한 가구를 놓을 때는 최소한의 것만 두기를 바란다. 거실이 가구로 빽빽이 들어차 있으면 집안 전체가 답답해 보이기 때문이다.

거실을 넓게 사용하는 것을 좋아해서 우리 집 거실에는 피아노와 컴퓨터 책상을 두었고, 모퉁이 한편에 에어컨이 있다. 이것들은 가족이 공동으로 사용하는 가구다. 가족이 모일 때는 대개 식탁에서 대화를 나누므로 거실에 소파를 따로 두지 않았다. 거실이 좁아지는 것을 원치 않기 때문이다. 텔레비전은 오래전부터 보지 않으므로 집안에 들여 놓지 않았다.

가끔 거실에서 그림을 그리는데 작업실을 따로 두고 있지 않아서 거실을 작업용 공간으로 활용하기도 한다. 일이 마무리되면 반드시 깨끗이 치우는 것을 원칙으로 하여 가족들에게 불편을 주지 않으려 노력한다.

거실에 가구를 하나도 두지 않고 텅 빈 공간으로 사용해도 된다. 깨끗한 벽과 빈 공간을 마주하는 일도 마음에 휴식을 주는 일이다.

아이들이 모두 독립하면 거실을 이렇게 사용하려 한다.

공간을 어떻게 사용하든지 가족과 개인에게 맞추는 것이 가장 현명한 방법이다. 타인의 공간을 따를 필요는 없다.

거실은 가족이 가장 많이 왕래하는 공간이므로 윤기가 나고 생기가 있어보이도록 초록의 식물을 하나쯤 두어도 좋다. 초록 식물은 공간에 포인트를 주며 건강에도 유익하기 때문이다. 공간이 좁아지는 것이 싫다면 탁자위에 열매나 꽃을 올려 두는 것도 좋다. 미니멀 라이프를 추구하는 가정의 인테리어는 보통 흰색이거나 무채색 계열로 차가워 보이거나 밋밋해 보인다. 그러므로 이러한 식물 소품을 두는 일은 집안에 색을 더하고 기분도 즐겁게 한다.

아침마다 거실의 창문을 방충망까지 활짝 열어젖히고 맑은 공기가 집안으로 순환하도록 하자. 멀리 하늘을 바라보고 심호흡을 하여 온 몸에 신선한 공기가 가득 차게 한다. 창밖을 보며 차 한 잔을 마시는 여유를 즐긴다. 이러한 소소한 행동은 하루를 생기 있게 만들고 마음에 여유를 준다. 작은 일상의 행복을 편안하게 디자인한 거실에서 즐긴다. 휴식을 위해 여행을 해야 하고 특별한 장소에 가야 하는 것은 아니다. 자신의 거실, 자신의 집안에서 누리는 휴식이 가장 편하고 행복하다.

10 | 베란다를 창고로 만들지 마라

🏠

숨통이 트이는   주거 공간에서 물건이 가장 쌓이기 쉬운 장소 중
베란다 정리법   하나가 베란다이다. 외부의 물건이 들어오면 일단
베란다로 이동하는 경우가 많고, 현재 사용하지 않는 것들은 베란다
에 쌓아두기 때문이다.

정리 컨설팅을 할 때 집안의 공간 중 가장 먼저 정리해야 할 공간
은 베란다이다. 베란다의 물품들을 정리 정돈하여 공간을 확보한
후, 각 방에서 나오는 여유 물품들을 베란다로 내보내기 위해서다.
이런 정리법을 미니멀리스트가 참고해도 좋다.

베란다를 비워 여유가 생기면 각 장소에 어울리지 않는 물품과, 버
리기 보류중인 물건들을 베란다에 임시로 보관할 수 있다.

베란다에는 인터넷과 홈쇼핑 물품, 빈 박스, 화분, 화장지, 안 쓰는
전자제품, 여분의 김치 통 등 온갖 잡동사니가 수두룩하다. 정리에
앞서 비우는 과정은 필수다. 먼저 쓸모없는 것들부터 비워보자. 언
젠가 쓸 일이 있을 것 같아 쌓아둔 빈 박스들과 신문, 관리가 안 되

는 화분들을 비운다. 박스 중 한두 개 보관해야 한다면 자리를 차지하지 않도록 접어두자.

뜯지 않은 쇼핑물품 박스는 개봉해서 물건을 분류한 후 보관하자. 눈에 보이지 않은 채로 두면 처분도 어렵고 사용하지 않게 된다. 되도록 홈쇼핑으로 물건을 구입하지 않도록 한다. 홈쇼핑은 저렴하고 양도 많지만 불필요한 것들까지 따라와서 처치곤란일 때가 많다. 충동구매를 일으키는 원인이 되기도 하므로 홈쇼핑 채널은 끄는 게 좋다.

쓰지 않는 전자제품이나 고장 난 물건들은 과감하게 버리자. 필요한 것이라면 빨리 수리해서 제자리에 두자. 수리를 미룰수록 마음의 짐이 되므로 가전제품은 고장 나면 즉시 수리를 하는 것이 좋다. 수리하든지 버리든지 속히 결정해야 마음이 가벼워질 것이다.

화장지도 대부분의 가정에서는 대량으로 사다 두는데, 공간을 차지하는 애물단지 중 하나다. 적은 분량을 구입할 수 있다면 그리하라. 나는 화장지나 키친타월, 물티슈는 필요할 때마다 조금씩 사서 쓴다.

여분의 김치 통이나 부엌용품을 베란다에 정리해 두는 일이 많은데, 현재 사용하는 것으로 몇 개만 두고 비우자. 부엌용품을 베란다에 둔다는 것은 잘 사용하지 않거나 아예 쓰지 않는 물건일 확률이 많으므로, 버리든지 아까우면 남을 주도록 하자. 깨끗하거나 새 것이라면 먼지를 닦아서 집 밖에 내놓고 '필요하신 분 가져가세요.' 라는 메모를 부착해 두면 금세 사라지고 없을 것이다. 버리기 아깝지만 깨끗한 물품들을 이렇게 했더니 단 한 개도 저녁까지 남아있는 것이 없었다. 이런 방법은 낭비도 없애고 환경오염도 줄이며 나누는 즐거움까지 얻을 수 있다.

베란다에는 욕실용품과 부엌의 세제 중 남는 것들을 보관하고 청소용품들도 정리해 둔다. 세제는 있는 것을 다 소비하기 전까지 새로 구입하지 않는다. 세제나 기름은 명절에 선물로 박스 채로 들어오는 경우가 많아서 남아도는 일이 비일비재하다. 이때도 주위에 나눔을 하면 좋다. 다 소비하지 못하여 오랫동안 보관한 오일은 건강에도 좋지 않으며 자칫 유통기한을 넘길 수 있다. 이웃에 나누어 주면 보람과 기쁨을 더하는 일이 될 것이다.

버리기 보류중인 물건들은 상자하나에 모두 담아두고 어느 정도의 기간을 지내본다. 몇 주, 혹은 몇 달이 지나도 전혀 쓰지 않는 물건이라면 버리도록 한다. 보류상자에 넣어 둔지 단 며칠 만에 비우게 되는 물건들도 많다. 비울까 말까 고민하는 물건들은 빨리 처분하는 것이 정신적으로 유익하다. 버리기 전까지 마음이 불편하고 스트레스를 받기 때문이다. 막상 버리고 나면 마음이 정말 홀가분해진다. '버려야지.' 싶은 마음이 올라오는 물건은 속히 밖으로 내간다. 행동으로 옮기면 더 이상 수중에 없기 때문에 마음에서 내려놓게 된다.

언젠가 쓸 일이 있을 거라고 보관해둔 물건들이 가장 많이 쌓여 있는 장소가 베란다이기도 하다. 베란다는 미래를 위한 보관 창고인 셈이다. 그러나 삶이란 항상 '현재를 사는 것'이다. 현재에 쓰지 않는 물건이라면 삶을 살아가는데 거치적거리고 앞으로 나아가는데 걸림돌이 된다. 미래를 위한 물건에 자리를 내어주지 말고 지금 사용하는 것들만 남겨두자. 언젠가 필요한 물건은 그때 가서 구입하면 된다. 그것들을 위하여 아까운 집의 평수를 줄이지 말고 비우라. 사람이 편하게 살 수 있는 공간을 확보하라. 물건이 사람을 위해서 존재하는 것이지 사람이 물건을 위해 존재하는 것은 아니다.

현재를 위한 물건들은 지금의 자신을 확고히 드러내 준다. 사용하고 있는 물건은 그 사람의 생각이나 가치관을 보여주기 때문이다.

물건으로 인하여 마음이 행복해지기도 하고 짜증이 나기도 한다. 맘에 드는 물건은 삶에 만족을 더하고, 흠집이 나고 금이 간 물건은 마음을 불편하게도 한다.

물건은 삶을 윤택하게도 한다. 싸구려 플라스틱 물건을 잔뜩 쌓아 놓고 사는 것보다 만족할 만한 좋은 물건 한두 가지만 가지고 있어도 마음은 풍족해진다.

베란다의 수납장은 필요한 경우 한 개 정도만 둔다. 수납장이 많으면 그만큼 물건을 쌓아두게 되므로, 수납장 개수를 제한하고 수납도구도 최소한만 사용한다. 자잘한 물건들은 모두 수납도구에 넣어 깔끔하게 정리를 한다.

뚜껑이 있는 수납도구나 서랍을 이용하게 되면, 자주 열어보고 필요 없어진 물건들을 비워준다.

베란다에 식물을 키운다면 관리할 만큼 두세 개의 화분을 두어 죽이는 일이 없도록 한다. 시들거나 죽은 식물은 빨리 치우고, 건강하고 싱싱한 식물로 생활에 활력을 주도록 하자. 죽거나 병들거나 시든 것은 마음까지 우울하게 만든다.

베란다를 현재 사용하는 장소로 디자인하라 베란다는 물건을 저장해 두는 곳이라는 생각을 버려라. 간혹 건물을 올려다보면 베란다나 창문 앞에 물건을 엉망으로 쌓아두어 밖에서도 훤히 보이는 집들이 있다. 물건자체가 밖에서는 보이지 않을지라도 물건의 실루엣은 그대로 드러난다. 보기가 싫을 뿐 아니라 도심의 미관을 해치는 일이기도 하다. 집안에 들어가 보지 않아도 그 집이 어떠할지 짐작이 간다. 자신의 집을 외부에서 관찰해 보고, 이런 치부가 드러나 민망한 일이 없도록 베란다를 치우자.

베란다는 창고가 아니다. 현재 사용하는 물건만 남기고 넓고 깨끗하게 사용하라. 물건을 쌓아두고 사람의 이동이 불가능하게 하지 마라. 필요한 물건을 찾느라 허비하는 시간과 에너지를 절약하라.

물건을 치워 숨통이 트이면 베란다를 거니는 즐거움이 생길 것이다. 베란다가 넓다면 생기 있는 장소로 만들어보라. 차를 마시는 공간으로 디자인해도 되고 아이들이 놀 수 있는 장소로 만들 수도 있다. 베란다는 물건만 보관하는 장소라는 고정관념을 버리고 살아있는 장소로 가꾸어보라. 집안이 훨씬 넓어지고 활기가 있어질 것이다.

11 | 책상위에는 현재 쓰는 물건만 두라

책상은 자신의　현관이 집안의 얼굴이라면 책상은 자신의 얼굴이
얼굴이다　　라 할 수 있을 것이다. 현관의 모습에서 집안이 어
떠할지 보이는 것처럼, 책상만 보아도 그 사람의 평소 습관과 모습
이 보인다. 책상이 늘 깨끗한 사람은 자신의 방도 그와 같이 깨끗이
할 것이다. 책상이 지저분한 사람은 방 역시도 더럽고 어질러져 있
을 확률이 많다.

　자신의 책상 위를 생각해 보자. 온갖 잡동사니들이 굴러다니고 책
과 서류, 필기구들이 어지럽게 흩어져 있지는 않은가? 책상위에서
밥이나 간식을 먹은 후 밥알이나 국물을 흘려 놓고, 간식부스러기를
여기저기 흩어놓지는 않았는가? 음식을 먹은 그릇과 수저도 치우지
않고 그대로 두지는 않았는가?

　책상만 보아도 그 사람을 어느 정도 알 수가 있다. 책상은 자신을
보여주는 거울과 같기 때문이다. 책상이 어질러져 있다면 정신상태
도 어지러울 수 있다. 그러므로 항상 깔끔하고 단정하게 정돈된 상
태가 되도록, 버릴 것은 버리고 정리할 것은 정리하자.

책상위의 종이 쓰레기나 과자봉지들을 치우자. 책은 책장에 꽂도록 한다. 보던 책이라서 내일 다시 읽을 생각에 책상에 그대로 두는 경우가 있는데, 내일 다시 볼지라도 제자리에 두는 습관을 기른다. 많은 필기구는 정신을 산만하게 하므로 꼭 쓸 만큼만 두도록 한다. 필기구는 군이 사지 않아도 개수가 많아지는 경우가 생기는데, 판촉용으로 받은 것이나 남이 선물한 것, 아이들이 안 쓰는 것 등 이래저래 수년을 쓸 양이 넘쳐난다. 아까워서 버리기 망설여지기도 하지만, 가지고 있으면 어느 세월에 다 쓸까하여 한숨이 나오기도 한다. 필기구 정리함이 꽉 차 있으면 정작 성능 좋고 손에 맞는 것을 찾아 쓰기에 불편하다. 가장 편리하고 좋은 것으로 검은 색은 한 두 개정도, 그 외의 색은 각각 하나씩만 남기고 처분한다. 어차피 하나만 가지고 있어도 꽤 오래 쓴다. 날마다 일기를 쓰거나 뭔가를 기록하는 일을 하지 않는다면 말이다. 그러나 직업적으로 일을 하는데 여러 종류의 필기구가 필요하다면 예외가 될 수도 있다.

노트나 종이류는 책장에 꽂아 두었다가 꺼내 쓰고 다시 제자리에 둔다.

메모지는 요긴한 것 하나만 남긴다. 책 받침대는 책을 읽은 후에 반드시 접어서 책장에 꽂아둔다. 어떤 작업을 하든지 마친 후에는 책상에 남기지 않고 모두 치우는 것을 원칙으로 한다.

예전에 나는 직장을 나가서든 집에서든 일 시작 전에 책상을 치우는 일을 먼저 했다. 책상이 어지러우면 정신이 산만해서 일이 되지 않았다. 책상을 치워 정리가 되면 마음까지 상쾌해지고, 머릿속도 정리가 되어 일이 잘되는 기분이었다.

그런데 이런 경우 문제가 있다. 일을 끝내고 바로 치우지 않기 때문에 다시 일을 시작하기 전까지 책상은 어질러진 채로 있어야 한다. 사무실이 아니라면 매번 방을 드나들면서 봐야하므로 마음이 불편하다. 더러운 책상은 자신도 알지 못하는 사이에 부정적인 영향을 끼친다. 그러므로 일을 마무리하면 무조건 책상을 치우도록 한다.

책상을 치우면　　책상 앞에는 현재 쓰는 물건만 두고 모두 치
머릿속도 정리 된다　　운다. 매번 쓰는 물건인지 점검해 보고 어쩌
다 한번 쓰는 것이라면 다른 곳에 정리해 두고 필요시에만 가져다 쓰자.

서랍도 정리하여 불필요한 것은 모두 비운다. 책상에 두지 못하는 것들을 서랍에 쓸어 넣어 서랍 속을 엉망으로 만들지 않는다. 보이는 곳만 깨끗하다고 해서 보이지 않는 서랍 속이 잊히는 것은 아니다. 방청소만 하고 화장실 청소를 안 한 것처럼 마음 한 구석이 내내 불편할 것이다.

책상 아래도 잡다한 물건을 처박아두지 말고 비워두라. 나는 조립식 책상을 쓰는데 서랍이 없어서 책상아래가 넓고 시원스럽다.

책상 앞 벽에도 사방에 메모를 붙여 너덜거리게 두지 말고, 꼭 필요한 것이 아니면 모두 떼어내자. 한 번 붙이면 아예 제거할 생각을 안 하고 사는 사람이 많다. 이미 기억에서 멀어진 메모들도 있으니 살펴보고 쓸모없어진 것들은 걷어내자.

필요하지만 잘 보지 않는 주소나 전화번호, 문구 등은 폰에 저장해 두도록 한다. 벽이 너저분하지 않도록 서류나 메모를 되도록 벽에 부착하지 않는다. 자주 활용하는 계좌정보나 아이디 등은 작은 수첩 하나에 일괄 정리해서 필요시에 수첩을 꺼내보고 넣어두는 방법도 있다. 온라인 앱에 저장해 두어야 하지만 아날로그로 사용하는 일이 더 편리할 때도 있으므로 자신의 상황에 맞게 하면 될 것이다.

책상 위의 스탠드는 좋은 제품으로 하자. 눈과 직접적으로 관련된 것이므로 최상의 제품으로 하는 것이 좋다. 돈을 아끼자고 눈부신 인공조명의 싸구려 제품을 사지 마라. 자연조명에 가까운 것으로 오래 켜 두어도 눈에 피로감을 주지 않는 제품을 써야한다. 눈 건강은 강조하고 또 해도 모자란 부분이다. 건강을 잃으면 모든 것이 필요가 없어진다. 더욱이 시력은 두말하면 잔소리다.

의자도 마찬가지다. 오랜 시간 사용하는 의자는 등과 허리를 잘 받처줄 수 있는 편안하고 피로감 없는 제품을 선택해야 한다. 〈비애비스 나무병원〉 민영일 원장은 이렇게 말한다.

"의자는 신발과 같다. 신발이 안 맞으면 사람들은 곧 바꾸지만, 의자는 안 맞아도 모르고 그대로 앉아서 하루 종일 지내는 경우가 많다. 의자에 앉을 때는 허리와 머리를 일직선으로 유지한다. 눈의 높이는 스크린의 상단과 일치해야 한다. 의자는 장딴지를 완전히 받쳐주어야 하고, 무릎은 90도 내지 110도 정도로 구부려져야 한다. 발바닥은 바닥에 완전히 닿아야 하고, 어깨에 힘이 들어가면 안 된다. 팔의 앞이 책상에 평행이 되도록 한다."

책상의 위치는 상대가 문을 열면 얼굴을 마주 볼 수 있도록 배치해야 한다. 방문을 열었을 때 정면이나 측면에 두는 것이 좋다. 문을 등지고 있는 배치는 불편하다. 누군가 부르면 돌아보아야 하고, 집중하고 있을 때 사람이 가만히 들어오면 놀라는 일이 생길 수도 있다. 더군다나 아이들은 딴 짓을 하고 있다가 부모가 살짝 들어와서 내려다보고 있으면 불안감이 들기도 한다.

일을 마치면 책상 위를 모두 치우고 깔끔하게 하라. 복잡하고 지저분한 것들을 모두 비워서 가장 단순하게 정리할 수 있을 때까지 치워보라. 서랍이 있다면 필기구도 서랍 안에 넣어두고 필요할 때만 꺼내 쓰라. 책상위에 스탠드나 컴퓨터 외에는 아무 것도 두지 말고 비워보라. 넓고 깨끗한 책상을 보는 것만으로도 마음은 홀가분해 질 것이다.

책상 위가 단순하고 깨끗하면 뭔가를 시도하고 싶은 의욕이 솟는다. 기분도 좋아져서 긍정적인 마음이 된다. 긍정적인 마음은 모든 일을 잘 풀려가게 한다.

지금 책상을 정리하라! 머릿속까지도 정돈된 느낌이 들 것이다. 책상은 나의 얼굴임을 기억하라!

12 | 물건의 용도를 넓혀 개수를 줄여라

하나의 물건을　　　물건이 줄어든 이후에도 여전히 '만족할
두 세 배로 활용하는 법　만큼의 양으로 줄이는 데는 한계가 있다.'
고 생각할 수 있다. 그래서 '버릴까? 말까?'의 고민은 늘 따라 다닌
다. 버리자니 아쉬울 것 같고 놔두자니 자리를 차지하기 때문이다.

　물건의 개수를 줄이면서도 효율적으로 살 수 있는 방법을 생각해
보자. 그 중의 하나가 물건의 용도를 넓히는 것이다. 하나의 물건은
단순히 하나의 일에만 써야한다는 고정관념을 깨면 된다. 이때는 좀
더 창의적일 필요가 있다.

　일본의 미니멀리스트 사사키 후미오는 물건을 매우 효율적으로 사용
한다. 그가 식탁으로 사용하는 것은 작은 서랍장인데, 서랍 안에는 서
류를 넣어두었다. 이 서랍장은 식사 시에 식탁의 역할을 대신한다. 높
은 곳의 물건을 꺼낼 일이 있으면 세워서 디딤돌로 사용하기도 한다.
하나의 물건이 세 가지 기능을 하기에 두 개의 물건이 줄어든 셈이다.

　화장품을 거의 쓰지 않아서 나는 얼굴과 손에 바를 수 있는 바셀린

하나만 쓴다. 화장대도 두지 않았고 책장의 한 칸을 비워서 화장품을 놓고 쓴다. 책장 옆 벽에는 전신용 거울을 걸어두어 화장 시에도 이용하고, 옷을 입을 때도 사용한다.

비누도 마찬가지다. 몸과 얼굴을 씻을 수 있는 제품 하나만 쓰는데 이것으로 머리까지 감는다. 공간을 덜 차지하여 욕실이 번잡해지는 것을 효과적으로 줄일 수 있다.

세제의 개수도 줄일 수 있다. 세제는 욕실용, 변기용, 설거지용, 세탁용, 유리용 등 종류가 엄청나다. 그러나 한두 가지로 줄여서 다용도로 사용하자. 어차피 성분은 다 거기서 거기다.

이렇듯 물건의 개수를 줄이고 돈을 절약하며 공간을 늘릴 수 있는 다양한 방법을 모색해 보라.

부엌에서는 더욱 효과적으로 그릇과 도구의 용도를 넓힐 수가 있다. 냉면 그릇은 작은 볼의 역할을 할 수 있고, 칼은 하나로도 식재료를 자르고 과일을 깎을 수 있다. 소스 접시도 따로 둘 필요가 없다. 오목한 작은 접시를 다용도로 이용하면 된다. 접시는 가족이 많아도 사이즈 별로 오목한 것 두 종류, 평평한 것 두 종류를 가지고 있으면 어떠한 상차림도 가능하다. 평평한 접시는 야채나 과일을 자를 때도 간단하게 도마대용으로 쓸 수 있다.

팬도 프라이용, 볶음용을 하나로 쓰고 압력솥은 밥을 할 때 뿐 아니라 찜이나 탕을 할 때도 사용한다. 압력솥으로 탕을 하면 좋은 점이 조리 시간을 줄이고 국물이 넘치는 일이 없으며, 고기도 부드러워서 음식이 훨씬 맛있어진다.

우리 집에는 대형 접시가 없다. 자리도 많이 차지하고 무겁기 때문에 모두 처분했다. 그 대신 쟁반하나를 다용도로 사용한다. 식탁에 고기를 올릴 때 야채를 담는 용기로 쓰기도 하고 버섯 종류를 말리는데 사용하기도 하며, 샤브샤브, 월남 쌈을 먹을 때 각종 채소를 내는 용도로도 쓴다. 물론 과일을 낼 때도 쓴다.

거실에는 피아노와 컴퓨터 책상이 있는데 피아노 의자를 컴퓨터 책상 의자로도 활용한다. 높이가 서로 맞고 편해서 의자의 개수를 줄이고, 거실의 공간 확보를 위해서 활용하는 방법이다. 거실 컴퓨터는 오래 사용하는 일이 별로 없어서 등받이 의자가 굳이 필요 없기 때문이다.

다용도로 사용할 물건을 선택할 때는 여러 상황에서 가장 효과적으로 기능할 수 있는 물건을 골라야 한다.

사사키 후미오는 작은 타월 한 장으로 세안 후 얼굴을 닦고, 발을 닦고 빨아서 바로 말린다. 이때 타월의 역할은 얼굴과 발을 닦을 뿐 아니라 발 매트의 역할까지 한다. 오로지 한 장의 타월만을 가지고 살아가기에 즉시 빨아서 말려 둔다. 이 타월은 물기를 잘 흡수하는 얇은 천이다. 만약 타월이 두껍거나 부피가 있다면 몇 시간 만에 마르지 않을 것이다.

접이식 물건을 사용하라 물건의 용도를 넓히며 차지하는 공간을 획기적으로 줄일 수 있는 또 다른 방법의 하나는, 사용 후 접어두는 물건을 이용하는 것이다.

접이식 의자를 사용하면 평소에는 식탁의자나 거실 의자 등으로 사용하다가 손님이 와서 자리가 좁거나 사용이 뜸할 때는 접어두는 것이다. 거실의 탁자도 접이식을 이용하면 편리하다.

책상도 자주 사용하지 않는다면 다리를 접을 수 있는 작은 상을 구입해 쓰는 것도 좋다. 그러면 가족 누구나 필요할 때 가져다 쓰고 제자리에 갖다 둘 수 있다.

물건을 최소한으로 줄이고 싶다면 하나의 물건을 여러 용도로 활용해야 한다. 그렇게 하지 않으면 물건을 획기적으로 줄이기가 쉽지 않다. 이 물건은 여기에, 저 물건은 저기에 필요해서 '더 이상은 줄일 수 없다.'는 생각이 들기 때문이다.

옷을 좋아하는 사람이 확실하게 개수를 줄이기 위해서는 반드시 이 방법이 필요하다. 예를 들어 상의 6개, 하의 6개를 남겨둔다면, 많은 옷 중에서 자신에게 가장 어울리고 매력을 드러내는 옷으로 각각 상하의 6개씩 선별해야 한다. 이때 다양하게 활용할 수 있는 옷을 중심으로 남긴다. 위아래 어떤 옷과 매치해도 맞춰 입을 수 있는 색상과 디자인이어야 한다. 다는 아니더라도 최소한 3분의 2의 옷과는 매치가 되어야 한다. 그래야 몇 벌의 옷을 가지고도 패셔니스트 못지않은 멋을 낼 수가 있다. 옷이 없어 보이지 않고, 늘 같은 옷만 입는 것처럼 보이지 않는다. 옷을 구입할 때에도 자신이 가진 옷과 얼마나 매치가 되는지 생각하며 구입하는 습관을 들여야 한다. 신발도 마찬가지다. 소유한 옷의 계열과 어울릴 수 있는 색과 디자인을 최소한의 개수만 선택한다. 가방도 다르지 않다.

물건의 용도를 넓혀 다양하게 활용하면 경제적으로 이득이 될 뿐아니라 공간도 넓게 쓸 수 있고, 물건의 개수를 줄이는 데 확실히 효과적이다. 물건을 많이 줄였는데도 아직도 복잡해 보인다면 이 방법을 생각해 보자. 줄이고는 싶은데 '더 이상 줄일 수 없다.' 는 마음이 들어 침체기가 올 때 적극적으로 머리를 써서 연구해 보라. 사람의 두뇌는 쓸수록 발달하므로 반드시 방법은 찾을 것이고, 생각지도 못한 아이디어가 떠오를 수도 있다.

물건의 용도를 한가지로 한정짓지 말고 다양하게 활용할 수 있다는 생각을 늘 하도록 하자. 그러면 창의력이 발달할 뿐 아니라 미니멀리스트로 나아가는 길을 앞당길 수 있다.

PART

5

—

소유가
나를 말해주지
않는다

01 | 나는 미니멀 라이프에서 인생을 배웠다

텔레비전은 다른 어떤 것보다 시간을 좀먹는다　어릴 때 우리 집에는 표면이 빨갛고 조그만 예쁜 텔레비전이 있었다. 나는 방과 후나 일요일 아침에 하는 만화영화를 주로 시청했다. 부모님은 대하드라마, 연속극, 뉴스 등을 시청하셨는데 가끔 함께 보기도 했다. 일요일 아침 교회에 갈 시간에 하는 마징가 Z, 은하철도 999 등은 늘 마음을 아쉽게 만들었다. 그러나 텔레비전 시청을 그다지 좋아하지 않았기에 자라면서 텔레비전을 조금씩 멀리했다. 텔레비전 보는 것보다는 혼자 이야기 만들기, 그림그리기, 만화책 만들기 등에 더 빠져 살았다.

지금 우리 집에는 텔레비전이 없다. 언제부턴가 텔레비전 뉴스를 보면 부정적인 사건들과 언짢은 소식이 많아서 뉴스시청 후에는 한동안 불안해지는 일도 많았다. 코믹프로그램이나 연속극도 별로 좋아하지 않아서 보고나면 머리만 시끄러웠다. 그래서 텔레비전을 버렸는데 별로 연연하지 않아서인지 아무런 불편이나 아쉬움이 없다.

아이들이 어릴 때의 일이라 별 반발이 없어서 다행이었다. 지금 아이들은 각자의 스마트 폰으로 보고 싶은 영상을 종종 찾아보는 수준이다.

텔레비전이 없다고 하면 사람들은 말한다. 최소한 뉴스는 봐야하고 드라마도 어느 정도는 시청해야 사람들과 소통이 되지 않느냐고. 그러나 의사소통하는데 문제가 있다고 느꼈던 적은 한 번도 없다. 드라마나 정치이야기가 나오면 가만히 듣고 있거나, 고개를 끄덕여 주거나 하는 정도의 리액션만 취한다. 연예계 소식이나 드라마 내용, 정치소식을 알아야겠다고 조바심을 내본 적은 한 번도 없다. 그런 정보를 모른다고 바보가 되지는 않기 때문이다. 물론 국가적인 재난 같은 특보를 하루 뒤에 듣기도 하는 일은 있다. 남보다 조금 늦게 듣지만 사람들이 여기저기서 말을 하니 금방 알게 된다. 그런 중대사는 들은 후 인터넷을 일부러 찾아보며 정황파악을 한다.

방송 서비스 회사는 텔레비전 수신료를 낮추면서도 채널을 많이 넣어주겠다고 하며 '요즘 같은 세상에 텔레비전을 안보면 시대에 뒤떨어진다.' 는 등의 유혹을 하기도 한다. 그러나 그런 꼼수에 넘어가지 않는다. '텔레비전이 없으면 심심하겠다.' 는 말도 이해하지 못하겠다. 하고 싶은 일만 해도 시간이 모자라는데 텔레비전까지 시청하고 살면 '좋아하는 일들은 도대체 언제 할까?' 라는 의문이 든다.

텔레비전이 없어서 좋은 점은 집안이 시끄럽지 않고, 가족이 텔레비전 앞에서 죽치고 앉아있지 않는다. 시간여유가 많다. 공간이 넓다. 수신료를 내지 않는다. 수동적인 텔레비전 시청에 빠지지 않고 능동적이며 창의적인 일을 한다. 정보를 선택적으로 찾아본다 등의 유익함이 정말 많다. 텔레비전이 없으면 사회생활에 지장이 있을 거라는 착각은 금물이다.

무엇보다 정신건강에 좋다. 텔레비전이 있을 때는 다른 건 몰라도 뉴스는 꼭 시청해야 한다고 생각했다. 그런데 뉴스를 보면 사회와 국가, 세계정세가 불안해서 기분이 나쁠 때가 많았다. 내가 뉴스를 보든 안보든 세상은 흘러간다. 그러므로 뉴스시청을 안하고 살면 마음이 편하다. 꼭 알아야할 중요한 사건만 선별적으로 찾아보는 것이 정신건강에 유익하다.

텔레비전이 우리에게 끼치는 해악이 많지만 그 중에서도 '시간을 무한정 가져간다.'는 사실이다. 텔레비전 시청으로 스트레스를 풀고 지식도 얻는다. 하지만 지식은 다른 방법으로 얻을 수 있는 도구가 많다. 책이나 인터넷, 신문, 강의 듣기 등 얼마든지 있다. 텔레비전을 봐야만 스트레스를 풀 수 있는 것도 아니다. 오히려 텔레비전 시청하는 시간에 좋아하는 일을 하게 된다면 스트레스가 해소될 뿐만 아니라 스스로의 성장에도 유익하다. 텔레비전은 다른 물건에 비해 우리 인생의 시간을 훨씬 많이 좀먹는다. 시간을 빼앗긴다는 것은 인생을 뺏기는 일과도 같다.

시간은 곧 자유다 미니멀리즘을 추구하고 물건을 비우며 깨닫는
것 중 하나가 시간에 대한 개념이다.

　조슈아 필즈 밀번은 미니멀리즘이 전 세계 젊은이들을 중심으로
붐이 일게 한 장본인이다. 그는 20대의 젊은 나이에 대기업의 이사
로 승승장구하는 삶을 살았다. 훌륭한 저택과 고급승용차, 수많은
갖가지 좋은 물건과 가구, 최신유행의 전자제품 등 원하는 것은 뭐
든 살 수 있었다. 그러나 내면의 공허, 삶의 불만족, 자유가 없는 생
활은 그의 삶에 괴로움과 우울증까지 가져왔다. 그러다 아내와 이혼
을 맞았고 사랑하는 어머니를 암으로 떠나 보내야하는 시련을 만났
다. 이 사건들은 그의 인생의 전환점이 되었다. 어머니의 짐을 버리
지 못해 따로 창고를 마련할 계획을 세웠으나, 물건들 속에 어머니
가 계신 것이 아님을 깨달았다. 어머니의 흔적은 물건이 아닌 자신
의 행동방식에, 타인을 대하는 태도에, 자신의 미소 안에 있음을 알
았다. 어머니가 물건의 일부로 존재한 적은 단 한순간도 없었다고
말했다. 이후 그는 잘나가던 직장을 버렸고, 미니멀 라이프를 실천
하면서 자신이 진정으로 하고 싶은 일에 집중하는 삶을 살게 되었
다. 지금도 전 세계의 수많은 이들에게 미니멀리즘의 삶을 보여주며
긍정적인 영향을 주고 있다. 그는 《두 남자의 미니멀 라이프》에서 이

렇게 말했다.

"시간은 바로 우리의 자유다. 물건은 우리의 자유를 훔쳐간다. 그러므로 나를 도둑맞은 것이 맞다. 나는 내 물건에게 도둑맞았다. 내 자유를 도둑맞았다."

그렇다. 조슈아의 말처럼 시간은 곧 우리의 자유를 의미하는 것이다! 자유를 얻기 위해서 우리는 물건을 비운다. 물건 하나를 사기 위해서는 아무리 작은 것이라 할지라도 그 물건 값에 해당하는 노동을 해야 하고 시간을 투자해야 한다. 그러니 아무거나 함부로 사재기를 할 수 없다. 물건을 사기 위해 돈을 지불하는 일은 내 시간의 일정부분을 사용하는 것과 같은 의미이기 때문이다.

미니멀리즘이 자유를 얻게 해 주는 수단이라면 그 자유의 개념에 맞먹는 시간을 소중히 여겨야 하겠다. 그러므로 우리의 시간을 가져가는 물건을 구입할 때는 그 물건이 나의 자유와 맞바꿀만한 가치가 있는지 따져보는 습관이 중요할 것이다.

미니멀리즘은 단순히 물건을 얼마나 버렸느냐의 문제에 치중하지 않는다. 미니멀리즘은 보다 나은 삶을 위한 방편이다. 적게 소유하고 홀가분하게 사는 일은 많은 걱정거리에서 자유롭게 한다. 남보다 나아야 한다는 부담감, 노후에 대한 걱정, 먹고 살기 위한 노동, 시기, 질투, 비교, 욕심, 권력이나 명예 등의 압박에서 놓일 수 있게 한다. 삶에서 내려놓음이 무엇인지를 절실히 깨닫게 한다.

조수아 필즈 밀번은 미니멀리즘을 이렇게 설명했다.

"미니멀리즘은 거추장스러운 장애물을 제거함으로써 중요한 것에 더 집중할 수 있게 해 준다. 미니멀리즘은 과잉된 부분을 없애고 의미 있는 인생을 추구하게 해 주는 도구다!"

삶에서 불필요한 것들을 비워버리고 중요한 것에만 집중하는 삶의 방식, 이것이 바로 미니멀리즘인 것이다.

인생에서 가장 가치 있는 일이 무엇일까를 생각해 보라. 별거 아닌 물건을 구입하기 위해 소중한 시간을 투자하고 노동하는 일에 인생의 대부분을 보내는 것이 맞는지 되새겨 봐야 할 일이다. 시간, 즉 자유를 얻기 위해 수입의 일부를 조금만 포기할 수 있다면 오히려 더 생산적이고 가치 있는 일에 집중할 수 있는 여유가 많아질 것이다. 그러면 원하는 일에 훨씬 더 열정적이 되고 만족하는 삶을 살며, 그것이 곧 행복으로 이어지지 않겠는가?

02 | 덜 일하고 더 풍요롭게 사는 방법

신제품은 생활을 업그레이드 시키지 못한다 시시각각 출시되는 신제품에 대한 정보들은 정신이 혼미할 정도로 넘쳐난다. 새로운 제품을 사용하지 않으면 마치 시대에 뒤떨어진 구닥다리 물건들을 쓰고 있다는 생각이 들게 한다. 이런 소비자의 마음을 공략해 기업들은 날마다 앞 다투어 신제품 광고에 열을 올린다. 그런데 정말로 새로운 제품들을 사용하지 않으면 우리는 구식 물건처럼 시대에 뒤처지게 되는 것일까?

한때 나도 새로운 스마트 폰이 나오면 '신제품으로 갈아타야 하지 않을까?' 하는 생각을 하곤 했다. 더 많은 저장 공간의 혜택을 받고 더 좋아진 기능들을 장착해야 시대에 맞게 가는 것이라 여겼다. 기존에 쓰던 멀쩡한 스마트 폰을 두고 새 제품을 갈아탔다. 조금 더 많은 저장 공간은 몇 개의 앱을 더 깔 수 있을 뿐 별다른 게 없었고, 새로운 기능 이래봐야 특별히 감동할 만한 것도 없었다. 공연히 요금만 더 올라갈 뿐이었다.

신기술, 신기능이 도입된 핫한 전자제품도 마찬가지다. 물건을 들여놓고 처음에는 마음이 설렌다. 전자제품 하나에 장착된 수많은 기능은 마음을 들뜨게 한다. 그 기능들을 다 이용하여 생활을 풍요롭게 하리라 마음을 먹지만 거의 대부분 처음 한두 번 사용하고는 일절 쓰지 않는다. 자주 쓰는 기능 한두 가지만 이용한다. 잘 쓰지 않는 전자제품을 버릴까 하여 꺼내보지만 다시 제자리에 두게 된다. 버리려고 하면 '쓰지 않던 기능들을 다시 잘 활용할 수 있을 것 같은 새로운 마음'이 들기 때문이다.

우리는 신제품이 나올 때마다 구입해둔 전자제품과 새 물건들이, 먼지가 쌓인 채 집안 구석에 박혀 있는 것을 불편한 마음으로 매번 보게 된다.

기업들은 제품을 새로 만들어내야 판매가 촉진되고 이윤이 발생하므로 신제품 만들기에 혈안이 되어 있다. 그런 술법에 휘둘려 신제품이 나올 때마다 뭔가 대단한 기능이 있을 것 같아 눈독을 들인다. 기존에 잘 쓰던 제품을 버리고 새 제품을 들여야 시대에 맞는 세련되고 현대적인 삶을 사는 것처럼 보인다. 그러나 사실 크게 삶이 나아지지도, 획기적인 변화가 생기지도 않는다. 오히려 새 물건들을 들이느라 주머니만 가벼워 질 뿐이다.

꼭 필요하지 않으면 나는 전자제품을 굳이 사용하지 않는다. 전자제품이라 해서 뭐든 척척 잘해주는 것이 아니기 때문이다. 때로는 손의 사용보다 더 번거롭고 일이 많이 생긴다. 일을 수월하고 편리하게 대신해주지 못하며 수동보다 딱히 나을 게 없는 물건들은 모두 처분한다. 전자제품에 의지하는 생활로 우리는 손으로 할 수 있는 기술들을 많이 잃어버린다. 밥은 전기밥솥 아니어도 압력솥이나 냄비에 할 수 있고, 채썰기는 따로 채칼이 없어도 칼 하나로 할 수 있다. 커피도 직접 물을 끓여 타 먹으면 되고, 청소도 청소기 없이 빗자루와 걸레로 할 수 있다. 전자제품이나 다양한 도구들 없이도 빠르고 쉽게 일을 할 수 있는 방법이 많다. 우리 할머니와 어머니들은 오래전에 이렇게 사셨다. 지금도 이와 같이 산다고 생활이 힘들어지거나 시대에 뒤떨어지지 않는다.

《궁극의 미니멀 라이프》의 저자 아즈마 가나코의 일상을 보면 그녀는 냉장고와 세탁기 없이 살면서도 자신의 노동력과 기술로 생기 있고 풍요로운 삶을 일군다. 단아하고 조용한 삶은 아름답기까지 하다.

매번 신제품을 구입하기 위해 우리가 치러야할 대가는 크다. 신제품 구입비용은 돈 자체로만 보면 '에이, 이까짓 거' 할 수도 있지만 그 돈은 우리의 시간과 노동과 자유를 팔아서 생긴 것이다. 신제품과 온갖 새로운 유행에 휘둘려 산다면 평생 다람쥐 쳇바퀴 도는 삶이 될 것이다. 아니 다람쥐가 쳇바퀴 도는 것 보다 못하다. 쳇바퀴는 돌리면 제자리로 돌아오기라도 하지만 우리는 제자리로 돌아오지 못한다. 그만큼 인생이 지나가버리기 때문이다.

전자제품 없이도 우아하게 살 수 있다　　사이토 겐이치로는 후쿠시마 원전 사고당시 후쿠시마 현 고라야마 지국에서 기자로일하고 있었다. 2011년 3월 11일, 동일본 대지진은 예고 없이 발생한 대 재앙이었다. 이 지진으로 도쿄전력 후쿠시마 제 1원자력발전소는 지진 해일로 인해 제어불능이 되었다. 원자력발전소의 폭발로 대량의 방사능이 유출됐고, 수많은 이들이 방사능 피해를 입었다. 방사능 피해를 직접 당했던 사이토 겐이치로는 전기에 대한 새로운 시각을 갖게 되었다. 그래서 전자레인지, 에어컨, 토스터도 사용할 수 없는 5암페어 생활을 시작했다. 주위에서는 비난의 소리와 격려의 소리가 함께 있었다. 처음에는 전력 초과로 차단기가 떨어질 것을 우려해 세탁기 하나 돌리는데도 긴장을 해야 했다. 이 불안을 해소하고자 소비전력 측정기를 구입해 전력량을 눈으로 체크하기 시작했고, 이후로는 능숙하게 5암페어 생활을 즐기게 되었다. 한 달 전기요금을 190엔까지 낮추었다. 그는 에어컨과 난방기 없는 생활을 견디기 위해 머리를 짜냈다. 여름에는 선풍기 쓰기, 미역 감기, 돗자리활용 등으로 더위를 식혔고, 겨울에는 단열재와 조개탄화로이용, 변기에 시트붙이기 등을 통해 난방을 하였다. 태양과 자연을 삶에 적극적으로 끌어들이는 생활을 했다. 그리고 집안 모든 가전제품의 코드를 뽑는 생활이 가능함을 몸소 실천해 보여 주었다.

　우리는 굳이 이렇게까지 살 필요는 없겠지만 삶에서 불필요하게 낭비하고 있는 것이 무엇인지 돌아볼 필요는 있다.

필요이상의 전자제품을 사고 사용하는 일은 가정경제도 힘들게 할 뿐 아니라, 많은 전기의 낭비를 가져온다. 전기는 눈에 안 보이는 데다 아직까지 큰 문제가 발생하지 않았다고 마냥 의식 없이 사용해서는 안 된다.

전기는 자연계에서 바로 얻어지는 에너지가 아니다. 중유, 석탄 등의 화석연료, 방사성 동위 원소, 물의 위치에너지 등을 변환하여 만들어내므로 한정된 자원이라 할 수 있다. 자원의 마구잡이의 낭비는 우리와 우리자녀, 나아가 지구 전체의 불행을 가져 올 수 있다.

전자제품의 사용을 줄이고 사용하지 않는 전기 코드를 빼면 전기 요금이 상당히 준다. 매번 스위치를 빼는 번거로움이 싫다면 스위치가 달린 콘센트를 이용하면 된다. 사용하지 않거나 사용을 끝낸 전기 제품은 모두 스위치를 내린다. 별거 아니지만 습관을 들여놓으면 편리하게 전기를 절약할 수 있다.

냉장고는 평상시에 전기를 많이 소비하지 않지만 문을 여닫거나 내용물이 많으면 전기소모량이 많아진다. 문을 여닫을 때 전력은 두 배 이상 소모가 된다. 문은 잠깐 열었다가 빨리 닫아야 전기를 아낄 수 있다. 냉장고에 내용물을 되도록 적게 넣어야 한눈에 찾을 수 있어서 문을 열고 닫는 시간도 줄일 수 있다.

　무신경한 생활로 인해 보이지 않는 곳에서 계속 돈이 샌다. 물건을 줄여가다 보면 이런 세세한 것들이 보이게 되는데, 의외로 적은 돈 같으나 하나하나 따져보고 조절하면 절약되는 액수가 상당하다. 인터넷과 휴대폰요금, 보험금, 공공요금 등 불필요하게 많이 쓰고 있다면 따져보고 액수를 줄여 나가라. 불필요한 지출이 있으면 아예 근원을 차단하는 것도 좋은 방법이 될 것이다.

　아무리 많이 벌어도 흥청망청 돈을 쓴다면 많이 버는 게 아무런 유익이 되지 못한다. 오히려 돈을 벌기 위해 쉼을 반납해야 하고 몸은 힘들고 나이만 먹는다. 적게 벌어도 알뜰하게 생활을 하고 불필요한 것을 과감히 자르거나 줄인다면 훨씬 더 만족스러운 삶을 살 수 있다. 줄이고 없애는 것이 생활의 불편을 초래할거라고 지레 겁먹지 말일이다. 5암페어의 생활로 우아한 생활을 하는 사이토 겐이치로나, 전자제품 없이 편하게 생활하는 아즈마 가나코의 멋스런 삶은 시사하는 바가 크다. 현대에도 이렇게 사는 일이 가능함을 보여주는 예다. 전혀 시대에 뒤떨어지지 않고 말이다. 이 정도는 아니라도 얼마든지 자신의 분수에 맞는 적절한 비움과 절약으로 덜 일하고 더 풍요롭게 살 수 있음을 직시해야 할 것이다.

03 | 늘어나는 시간과 공간은 삶을 풍요롭게 한다

'많은 일을 해야 한다.' 는 압박에서 벗어나라   '시간은 금(金)이다.' 라는 옛말이 있다. 시간을 '금(金)처럼 소중히 여기고 아껴 쓰라.' 는 말일 것이다. 시간은 한없이 있는듯하지만 언젠가는 우리 인생에서 마감되는 날이 있으므로 소중히 여기고 살아야 한다.

살아오는 동안 시간 관리에 대한 많은 정보와 시간활용에 대한 방법들을 귀가 따갑게 들었으리라.

자투리 시간의 활용과 여행간 김에 그 지역 명소 둘러보기와 같은 '뭘 하는 김에 하기', 두 마리 이상의 토끼를 동시에 잡겠다는 멀티태스킹, 계획표작성하기 등 시간을 아끼기 위한 다양한 방법들에 우리는 귀가 솔깃하다. 삶이 편리해졌다고 하지만 오히려 옛날보다 더 바쁘게 살아가는 현대인들은 조금이라도 시간을 절약할 수 있는 방법이 무엇일까에 관심이 많다. 그래서 일을 대신해 주는 물건에 집착하고, 자투리 시간을 어떻게든 활용해 보겠다고 잠시도 쉬지 않고 몸과 머리를 사용하고 있다. 그렇게 하루를 보내고 나면 몸도 마음도 머리도 포화상태로 기진맥진이 된다.

이렇듯 시간을 아끼기 위해 노력하고 살지만 정작 삶에서 얻은 것은 무엇이며 얼마나 성취했는지 궁금하다. 시간은 소중하다. 하지만 여러 가지 일들을 쉴 틈도 없이 해내는 것이 정말 시간을 아끼는 일일까? 시간을 아껴 일하다가 더 많은 시간을 잃을 수도 있는데 그것을 간과한다. 그렇게 많은 일을 하다 보면 인생에서 정말 하고 싶었던 '나만의 일'을 하는 시간을 잃게 되고, 일만하다 병이 들어 입원하거나 치료에 시간을 낭비할 수도 있다. 사랑하는 이들과 함께할 시간을 잃어버리는 일은 또 얼마나 많은가?

물건을 비우면 비운만큼 시간은 늘어난다. '물건 하나'에 '일거리 하나'라고 앞서 강조했다. 아니 일거리는 하나 이상일 것이다. 그러므로 '물건이 비워지면 할 일이 많이 준다.'는 것은 말할 나위가 없다.

여기에 우리는 한 가지 더 깊이 생각할 일이 있다. 바로 '많은 일을 해야 한다.'는 압박에서 벗어나는 것이다. 그래야 비로소 여유롭고 풍요로운 시간을 누릴 수 있게 된다.

사람은 '한 번에 한 가지 일'을 해야 가장 잘 집중할 수 있으며 좋은 성과를 낼 수 있다.

여러 가지 일을 3시간 동안 동시에 하며 시간을 질질 끄는 것 보다, 한 시간 동안 집중하여 한 가지만 끝낸 후 또 한 시간 동안 다른 한 가지를 집중해서 하는 것이 훨씬 능률적이다. 《집중의 힘》을 저술한 조슬린 K. 글라이는 멀티태스킹을 추방하라고 말하는데 '인간의 마음은 걷기와 같은 무의식적인 행위를 할 때만 멀티태스킹이 가능하다.'고 한다. 의식적인 집중을 요하는 행위인 경우 실제 이루어지는 현상은, 멀티태스킹이 아니라 서로 다른 요구사항을 놓고 마음이 이리저리 움직이는 작업 전환과정일 뿐이다.

센트럴 코네티컷 주립대학교 로라 보먼이 이끄는 연구팀은 교과서를 읽으면서 메신저를 사용하는 학생이, 단순히 책 읽기만 하는 학생에 비해 해당 단락을 읽는데 시간이 25퍼센트 더 걸린다는 사실을 알아냈다. 독서와 메신저를 같이 하든 쓰기와 TV시청을 같이 하든, 특정행위가 무엇이든 상관없이 최종결과는 동일하다. 일의 완성도는 떨어지고 한 가지 일에 집중하는 경우보다 모든 활동에 걸리는 시간이 더 길어진다.

자투리 시간의 활용이라는 문제도 얼마간은 생각을 다른 방향에서 해 볼 필요가 있다. 우리는 스케줄을 작성하면서 자투리 시간을 최대한 활용하려고 안간힘을 쓴다. 버스나 전철을 탈 때에도 끊임없이 뭔가를 하고, 운전을 하면서도 전화를 하고 강의를 듣는다. 심지어는 걸어 다니면서도 이어폰을 낀 채 동영상을 보거나 검색을 한다. 물론 자투리 시간을 잘 활용하면 좋은 점이 많다. 짬을 내어 마칠 수 있는 일들도 꽤 많기 때문이다. 이동시간을 이용해 필요한 강의 하나를 들을 수도 있고, 전철을 탈 때나 누군가를 기다리는 시간에 읽다 둔 책을 완독할 수도 있다. 그러나 잠시의 여유와 휴식도 없이 질주한다는 것은 시간을 알차게 쓴다고 칭찬할 일은 아니다. 위에서 언급한 것처럼 더 많은 것을 잃을 수도 있기 때문이다.

여유롭고 창조적인 삶을 사는 방법 삶에서 '여유를 갖고 시간을 넉넉하게 두고 산다.'는 일이 꽤 힘들 수도 있지만, 소유에 대한 생각을 조금만 달리 한다면 이러한 삶을 누릴 수 있다. 많은 일을 하고 큰 성취를 이루겠다는 욕심을 비우면 된다. 인생에서 한두 가지 꼭 이루고 싶은 일을 하고, 소중히 여기는 가치를 따라 작을지라도 만족하며 사는 것이다. 오히려 이렇게 살 때 기대하지 않았던 훌륭한 일들을 이룰 수 있다. 집중할 때와 쉴 때를 알고, 몸과 정신과 시간을 효율적으로 다루므로 더 창조적이 될 수 있기 때문이다.

우리는 아무것도 하지 않는 시간, 즉 '현재에 존재하는 시간'을 잘 견디지 못하여 뭐라도 하려고 한다. 핸드폰을 보고 SNS에 연결하고 문자를 주고받는다. 주위를 두리번거리며 누군가와 대화를 하기도 한다. '현재에 존재함을 느낀다.'는 것은 자신이 있는 자리에서 '그냥 그대로 있어 보는 것'을 의미한다. 잠시 숨을 고르거나 현재 장소에서의 자신을 느껴보는 것이다.

계획되지 않은 시간, 즉 아무것도 하지 않고 '현재에 존재함만을 느끼는 시간의 중요성'에 대해 세계적인 베스트셀러 《그들의 생각은 어떻게 실현됐을까》의 저자이며 웹사이트 '비핸스'의 공동 창립자 겸 대표인 스콧 벨스키는, 시인이자 예술가인 줄리아 캐머런의 말을 인용하여 '우물을 채우는 시간'이라고 했다.

"아무것도 하지 않는 것은 명확한 결과가 나오지 않는 전혀 목적 없는 행위이고, 나는 그저 눈과 마음을 활짝 열고 이 순간 현재에 존재한다. 자투리 시간에 아무것도 하지 않으면 작위성이 덜 느껴진다. 세상의 연결고리에서 떨어져 나와, 나 자신으로서 진정으로 지금 이 순간에 존재해 보는 것이 행복과 창조적인 지적 능력발휘에 중요하다."

성과 없는 일, 때로는 시간을 낭비하고 있다고 생각하는 일과 같은 '단순 노동'에 대해 어떻게 생각하는가?

조슬린 K. 글라이는 이런 일을 의식하지 않아도 할 수 있는 일이라고 말했다. 그러나 이런 일이 얼마나 삶을 창조적이게 하는지에 대해 다음과 같이 설명했다.

"의식해서 해야 하는 일과 의식하지 않아도 할 수 있는 일을 교대로 하다보면 우리 뇌는 이완된 상태에서 복잡한 문제를 처리할 수 있는 시간을 갖게 되고, 의식해서 해야 하는 일의 다음 단계에 필요한 에너지를 충전하게 된다."

'의식해서 하지 않아도 되는 일'에는 단순반복 업무가 있다. 청소, 설거지, 화분에 물주기 등이 있을 것이다. '의식해서 할 일'은 해당 직업과 관계된 문제해결, 발명, 글씨기 등의 창조적인 활동을 말한다. 집중력과 창조력을 요구하는 일들을 매 시간마다 쉬지 않고 한다면 우리의 에너지는 금세 바닥이 나고 말 것이다. 그러므로 '의식 없이 할 수 있는 단순한 일'과 '의식해서 할 일'을 번갈아 한다면 훨씬 더 좋은 결과를 내며, 머리도 휴식할 수 있는 시간이 될 것이다.

우리는 끊임없이 창조적이고 생산적인 일을 해야 하루를 만족스럽게 시간을 보냈다고 생각하기 쉽다. 그러나 창조적이고 생산적인 하루를 보내려면 오히려 위에서 말한 것처럼 '아무것도 하지 않는 시간 갖기'와 '의식하지 않고도 무심히 할 수 있는 일 하기'의 중요성을 깨달아야 할 것이다. 우리의 몸과 두뇌를 종일 줄기차게 가동시키면 과부하가 걸려 결국 얼마안가 문제를 일으키고 말 것이다.

"바쁜 게 다가 아니다. 무엇 때문에 바쁜지 의문을 던져 보아야 한다."고 《월든》의 저자 핸리 데이비드 소로는 말했다.

의식적으로 삶을 여유롭게 운영하고자 하는 마음을 가지라. 뭔가를 해야 한다는 부담감을 끊임없이 짊어지지 마라. 자투리 시간까지 쓰겠다고 조급해하지 마라. 물건을 비우듯이 할 일을 비우고 마음을 비우라.

시간은 나의 자산이다. 덜 중요한 것들을 비워야 정말 중요한 일에 쓸 수 있는 시간을 벌어들인다. 할 일은 한 번에 하나씩 집중해서 끝내고 충전하는 시간을 가지라. 아무 것도 하지 않는 시간, 현재의 자신을 느껴보는 시간, 단순노동을 즐기는 시간, 자연을 보고 만지는 시간들을 아끼지 마라. 이러한 시간이 삶에 더해져야 창조적이 되고, 에너지를 솟아나게 하며 삶을 풍요롭게 할 것이다.

공간을 향유하라　　미니멀 라이프의 확실한 효과는 아마도 넓어진 공간을 경험하는 일일 것이다. 물건을 비울수록 드러나는 공간을 누리는 기쁨은 경험해 본 사람만이 안다. 물건에 빼앗겼던 공간이 살아나고 군더더기 없는 공간은 삶을 편하게 한다. 청소의 번거로움과 부담에서 벗어나고 갑자기 누군가가 방문해도 마음이 불편하지 않다. 크게 어질러질 물건이 없어서 며칠 청소를 못해도 표가 나지 않는다.

나는 식탁과 책상 위를 항상 비워두는데, 다른 곳이 깔끔하고 비워졌더라도 식탁과 책상이 어질러져 있으면 집안이 산만해 보이기 때문이다. 일을 마치면 항상 제자리에 물건을 넣고 깨끗하게 치운다.

책상과 식탁도 제 2의 공간임을 잊지 말아야 한다. 비우고 정돈돼 있어야 머리가 맑다.

나이가 들어가면서 꽃이 좋아지는데 가끔 길을 가다가도 꽃을 보면 걸음을 멈추곤 한다. 요즘은 일주일에 한 번 정도 꽃가게에 들러 5~6,000원어치씩 생화를 산다. 그리고 꽃병에 꽂아 식탁위에 둔다. 식탁은 주부가 매일 자주 머무는 장소이므로 기분이 업 되는 사물이 있으면 요리하는 것도 즐겁다. 꽃을 집안에 두면 분위기가 좋고 향기도 있으며 볼 때마다 기분이 좋다. 나와 가족을 위한 아주 작은 사치다.

시간과 공간의 여유를 찾아주는 미니멀리즘은 삶을 간결하고 편안하며 풍부하게 한다. 아무것도 없는데 '뭐가 풍부한가?' 할 것이다. 보이는 것만을 말함이 아닌 '정신의 풍요'를 말함이다. 아이러니하게도 비움이 많을수록 정신의 풍요로움은 점점 더 커지는 것 같다.

04 | 지금은 물건이 아닌 나를 돌봐야 할 때

자녀를 위해   돈이나 성취, 물건보다 소중한 것이 건강이다. 돈
희생하지 마라   을 조금 더 벌고, 더 높은 성취를 위해 건강을 담보
로 무리할 때가 얼마나 많은가? '젊어서 고생은 사서도 한다.'며 몸
이 건강하고 젊을 때는 힘에 넘치게 일하고, 밤새기를 밥 먹듯 하는
가 하면 스트레스에 시달려도 무리해서 일을 한다.

젊을 때는 회복력이 빨라서 몸을 많이 쓰고 스트레스에 시달려도
괜찮다고 생각하는가? 주변에서 나이 들어 몸이 아프고 골병으로 고
생하는 사람들을 많이 본다. 이들 중에는 젊어서 힘들게 고생했던
사람들이 많다. 몸에 무리를 반복적으로 가하는 일은 젊다고 해도
결코 좋지 않다. 젊을 때의 고생이나 고통은 다 상쇄되는 것이 아니
라 몸에 차근차근 쌓인다. 자식을 먹이고 가르치기 위해 뼈가 빠지
는 고생을 해야만 했던 우리네 부모님들을 생각하면 감사하면서도
안타깝다.

그러나 나는 조금 다른 생각을 해보기도 한다.

자식을 진정으로 사랑한다면 '뼈 빠지게 희생해서는 안 된다.' 는 생각이다. 온갖 궂은일을 마다않고 했지만 남는 거라곤 병과 고통뿐이라면, 늙어서 오히려 자식들을 힘들게 하는 일이 된다. 효심이 깊은 자녀가 아니고서는 '긴병에 효자 없다.' 고 자녀들은 오래도록 부모를 책임지지 못한다. 자신들 살기도 바쁘고 힘든 세상에서 병든 부모를 돌보느라 인생을 소진하는 일이 쉽지 않기 때문이다. 그런 자녀를 원망하고 서운해 하기보다는 젊어서부터 자신의 몸과 건강은 스스로 챙겨야 한다. 더군다나 요즘처럼 자녀를 적게 낳는 시대에 자녀에게 기대한다는 것은 무모한 짓이다. 자식을 위해 모든 것을 걸고 투자하며 자신의 인생은 없어진 삶을 산다. 그러다 훗날 자식들이 제 갈길 가고 나면 '인생이 너무나 허망하다.' 는 것을 느끼게 된다. 이 얼마나 서글픈 일인가?

옛날 부모들이나 요즘 부모들이나 뒷바라지 하는 방법만 바뀌었을 뿐, 자녀를 위해 허리가 휘는 모습은 별반 다르지 않은 듯하다. 어린이집, 유치원, 초등학교, 중학교…. 그 모든 과정에 부모들은 아이들과 함께한다. 학원에 데려다주고 데려오고 시험 때는 같이 밤을 새는가 하면 좋은 학군을 찾아 이사를 한다. 졸업 후 진로에까지 관여하고 모든 장애물을 헤쳐 나가며, 자녀들을 위해 온갖 수고를 마다 않고 진두지휘한다. 자녀 교육을 위한 돈은 아까워하지도 않으며 심지어 빚을 내기도 한다. 돈을 벌기위해 자신의 모든 것을 포기하고 일한다. 그렇게 애쓰고 희생해 키운 자녀가 좋은 직업을 갖고 시집장가 가서 잘 살면 뿌듯할 것이다. 부모가 자녀에게 보수를 바라고 희생하는 경우는 거의 없다. 하지만 부모도 사람이기에 자녀가 홀대하거나 아파도 신경을 덜 써주면, 자녀에게 서운함과 원망스러운 마음이 들 수밖에 없다.

주변에서 이런 일들을 심심찮게 보면서 은연중 드는 생각이 '자녀에게 모든 것을 걸지 말자.' 는 것이다. 어느 정도 자라면 스스로 독립하도록 서서히 내버려두는 일이 필요하다. 조금 안심이 안 되더라도 자녀를 믿고 기다려 주며, 서툴러도 혼자서 문제를 해결해 가는 힘을 길러 주어야 한다. 물론 아이들마다 성향이 달라서 어릴 때부터 뭐든 혼자서 잘해가는 아이가 있는가 하면 매번 신경을 써야하는 아이도 있다. 그럴 때는 자녀 간 서로 비교하지 말고 잘하는 아이는 칭찬으로 자신감 있게 나아가도록 돕고, 조금 느리고 부족한 아이는 더 신경을 써주어 격려하며 가야 한다. 다른 아이들과 비교하지도 말일이다. 좋은 대학에 가야 아이의 인생이 밝을 것이라고 자신과 아이를 채근하며 힘들게 하지도 말아야 한다. 무리하게 부모의 바람을 아이에게 투영하여 아이를 괴롭히지 말자. 부모의 기대에 이르도록 아이를 몰아붙이는 것은 부모나 아이 모두에게 마이너스가 된다. 어차피 속도가 빠르고 열심히 하는 아이는 스스로 찾아서 제 갈 길을 간다. 조금씩 부모가 터치해 주거나 길을 안내해 주면 될 일이다. 느린 아이는 나이가 한참 들어서야 정신 차리고 제 살길을 모색하는 경우도 많다. 자신의 삶은 스스로 책임지고 살도록 부모는 조금 뒤로 물러나 있어야 한다.

또 하나, 감당하지 못할 거라면 자식을 조금만 낳아야 한다. 요즘 세대는 아예 결혼을 거부하는 혼족이나 결혼을 해도 자녀를 두지 않는 부부도 많다. 사회의 보편적인 시각에서 조금 자유로울 필요가 있다. 결혼해서 아이를 낳고 남들 하는 대로 살아야 한다고 생각할 필요가 무엇인가? 감당하지도 못하면서 자녀를 많이 낳아 부모나 자녀 모두 피차 고생만 할 바에야 자녀를 안두는 것이 낫다. 자녀를 낳아 행복하게 잘 기를 자신이 있다면 몇 명을 낳은들 누가 뭐라고 하겠는가?

자녀에게 지나친 신경을 써서 부모와 자녀 간 피차 괴로운 경우가 있는가 하면, 이와는 반대로 자녀를 낳아 대충 방치해버리는 일도 종종 있다. 심지어는 정신적 · 육체적으로 학대하여 자녀를 죽음에 이르게 하는 부모도 있다. 책임감 없이 자녀를 낳아 방임할 거라면 애초에 낳지를 말아야 하지 않겠는가? 어떤 경우든 지나친 것은 좋지 않다.

"생활은 힘든데 아이가 많아요. 나의 몸과 마음도 돌보고 싶은데 이럴 때는 어떻게 해요?" 라는 반문이 들 것이다. 자녀는 인간으로서 존엄한 존재이다. 자녀가 많다고 낳은 자녀를 물건처럼 버릴 수도 없고 방치해서도 안 된다. 부모로서의 최선은 다해야 한다. 요즘은 학원이 아니더라도 학교의 교육 시스템도 좋다. 공교육의 혜택을 잘 활용하고 뭐든 스스로 할 수 있도록 어려서부터 연습을 시키는 일이 중요하다. 혼자 해보게 하고 혼자하기 힘들어하는 아이는 부모가 옆에서 보조와 격려를 하며 성취해가는 즐거움을 갖게 해 주어야 한다. 귀찮다고 그런 과정을 무시하고 부모가 다 해주는 습관을 들이면, 자녀가 성인이 되어도 부모는 한없이 힘들다. '물고기를 잡아주지 말고 낚시하는 법을 가르치라.' 는 격언은 식상하지만 언제나 가슴에 새겨야 할 말이다.

나도 아이가 셋이나 있지만 뭐든 스스로 잘하는 아이가 있는가 하면 조금 부족하고 느린 아이도 있어서 다름을 인정한다. 부모의 시각에서 조금 못한다고 해도 크게 걱정하지는 않는다. 알아서 자신의 인생을 스스로 찾아갈 것이라 믿기 때문이다.

자녀에 대한 기대와 집착은 오히려 자신과 아이를 괴롭히고 망치는 결과를 부른다. 아이들은 자신의 속도와 능력의 범위 안에서 잘 살아갈 것이다. 그 기준이 사회가 인정하는 보편적인 수준이 아니어도 된다. 사회에서 뒤처지고 도태될 거라고 전전긍긍하지 말일이다.

자녀에게 지나친 관심과 기대로 자신의 모든 것을 희생하는 삶을 살지 않아야 훗날 자신도, 자녀도 서로 행복할 수 있을 것이다. 자신을 위해 시간을 내고, 하고 싶은 일을 하면서 생기 있는 삶을 살 때 아이들은 자라면서 점점 부모의 모습을 좋아하게 된다. 나이 든 부모가 건강하고 긍정적이며 에너지 넘치게 살면, 자녀들도 안심하고 자신의 삶을 열심히 살아가게 될 것이다. 그러니 자녀를 위한다고 너무 많은 일을 하여 몸을 망가뜨리지 말자. 자녀 꽁무니를 쫓아다니며 시간을 낭비하지 말고, 자녀가 스스로 헤쳐 나가도록 믿고 기다려 주자. 자녀에 대한 기대와 집착으로 스트레스 받아 병들 시간이 있다면, 자신의 시간을 갖고 쉬며 하고 싶은 일을 하자. '내가 다 해 주어야 한다.'는 과한 욕심은 버리자.

자녀는 버릴 수 없어도 물건은 버릴 수 있다

혼자 사는 사람은 미니멀하게 사는 일이 자신에게만 국한되어 있으므로 비교적 쉬울 수 있다. 그러나 가정을 갖고 있는 사람들은 결코 만만한 일은 아니다. 가족전체가 물건을 몽땅 비우고 미니멀해지는 일도 어렵다. 아이가 아주 어리지 않고서는 아이들도 소유욕이 많아서 엄마의 맘대로 물건을 처분하기는 힘들다.

물건도 그러할진대 자녀자체나 자녀교육에 관련된 일들은 아무렇게나 처분하고 버릴 수는 없는 일이니 얼마나 힘들겠는가?

하지만 물건은 자녀만큼 귀하지는 않으므로 자신을 피곤하게 하고 시간을 빼앗는 것들은 처분하여 편하게 살자. 그것들은 우리를 감정적으로 원망하지 않으므로 버리고 나서 스트레스 받는 일은 없다. 오히려 있음으로써 일거리를 장만하여 몸을 망가뜨릴 뿐이다. 자녀와 가정을 챙기는 일만으로도 에너지가 고갈되는데 물건까지 돌보는 삶을 살아야 하겠는가?

자녀에 대해서는 온갖 기대와 집착을 내려놓고 스트레스에서 해방되자. 너무 많은 것을 해주려고 안간힘을 쓰지 말자. 우리가 평생 아이들을 책임질 수 없으니 스스로 살 수 있는 내성을 키우도록 도와주자. 많이 해 주고 많이 기대하는 부담스런 부모가 되지는 말아야 한다. 뼈 빠지게 고생해서 얻는 것은 망가진 몸과 마음이다. 자신의 몸과 마음을 살펴서 병들지 않게 함이 결국은 아이들을 위하는 일이며, 가족과 나를 행복하게 하는 일일 것이다.

05 | 최소의 삶이 주는 가치를 발견하다

의학의 발달이 인간을 나약하게 만든다 예전부터 나는 암 치료가 시작된 후 죽음으로 직행하는 사람들을 종종 목격했다. 주변인 중에도 있었고, 나와는 관계없는 사람들 중에도 있었다. 암 치료 전날까지 멀쩡하다 수술을 하고 항암치료를 한다는 소식을 들은 지 얼마 안됐는데 '유명을 달리했다.'는 말을 듣곤 했다. 그 부분에 대해서 늘 '이상하다.'는 생각을 품고 있었다. '왜 치료를 하면 살아야지, 몇 달 안가 죽을까? 차라리 그렇게 될 바에야 치료하지 말고 그냥 뒀으면 자기 수명대로 살지 않았을까?' 하는 의구심을 품곤 했었다. 그런데 《의사에게 살해당하지 않는 47가지 방법》, 《약에게 살해당하지 않는 47가지 방법》을 쓴 곤도 마코토의 책을 접하고는 고개를 끄덕이지 않을 수 없었다. 암은 진짜 암과 유사 암이 있다. 증상은 없지만 건강진단이나 암 검진에서 발견된 암은 대부분 생사 여부와 관계없는 유사 암이라고 한다. 종기와 같은 유사 암을 암이라 명명하여 수술을 시키고 항암치료까지 병행한다. 그러면 멀쩡했던 사람도 항암치료의 독성으로 말미암아 암세포는 물론, 건강한 세포들까지 죽어서 자생력이 엄청나게 감소한다. 그런 힘든 치료를 받은 후까지 신체가 잘 견뎌주면 좋겠지만 그러지 못하는 경우에는 사망하게 된다.

두해 전 '대장암 2기' 판정을 받고 수술을 한 친정 엄마는 '항암치료를 받을 체력이 없다.'고 스스로 판단하셔서 항암치료를 받지 않았다. 그 결정이 엄마를 살게 한 기적이라고 생각한다. 장을 절단하고 오랜 시간 고통에 시달렸고 몇 달 동안 힘들어 하셨는데, 항암치료까지 받았다면 반드시 사망했을 것이다.

요즘은 의학기술과 의료기기의 발달로 더 정밀하고 정확하게 질병을 발견할 수 있다. 그렇기 때문에 역설적으로 굳이 치료하지 않아도 되는 유사 암이나 자력으로 나을 수 있는 질병까지도 발견하여, 온갖 검진으로 고생을 시키며 약물 치료를 하거나 심지어는 일찍 죽게까지 한다.

병원에 가면 무슨 검사를 그렇게 많이 받게 하는지 화가 날 때가 있다. 쓸데없는 검진과 검사를 받게 하고 약물을 투여하는 일이 너무 많다. 감기 때문에 갔는데 '피검사를 받으라.'하고, '건강검진결과 뭔가가 의심 된다.'는 소견이 있으니 '검진 받아야 한다.'고 하며, 심하면 조직검사까지 해야 한다고 겁을 주기도 한다. 검진과 치료, 약복용 등 의사가 하라는 대로 착착 잘 따르는 환자가 되어 우리는 평생 병원신세를 지기도 하고, 약을 끊지 못하는 사람이 되기도 한다. 지속적으로 복용한 약으로 인해 오히려 병으로부터 더 잘 공격 받는 나약한 몸이 되는 것이다.

'눈병이 나서 병원을 찾았더니 갖은 검사에 치료, 나중에는 조직검사까지 하고, 결국 암은 아니다고 말했던 무책임한 의사에게 한동안 화가 났었다.' 는 법정스님의 말이 생각나서 씁쓸한 웃음이 나온다.

검진과 많은 약, 병원치료가 결코 우리를 지켜주지 못한다. 병원만 가면 나을 거라는 지나친 신뢰로 몸과 마음이 만신창이가 되기도 한다. 오히려 지나친 약의 복용으로 병을 이길 수 없는 몸이 될 수도 있음을 반드시 기억해야 한다.

올바른 지식과 소신으로 자신의 건강과 생명을 지키는 일이, 의학이 발달한 지금에 있어서 더 필요한 일이라 본다.

아무것도 바르지 않아야 피부는 회복된다

여자라면 대부분 화장품 욕심이 있을 것이다. 그러나 화장품에 대한 지극한 신뢰는 금물이다. 우리가 사용하는 대부분의 화장품에는 계면활성제를 비롯한 온갖 유해성분들이 들어 있다. 그 중에는 파라 벤과 같은 방부제를 비롯하여 페녹시에탄올, 트로메타민, 드로메트리졸트리실록산 등 우리 피부에 유해한 화학성분들이 많다. 비싼 화장품이라면

다 좋을 것이라 생각하지만 역시나 비싼 화장품에도 유해한 성분이 많음에는 별반 차이가 없다. 계면활성제는 유화(乳化)와 세척 작용을 한다. 물과 기름을 잘 섞이게 하는 성질이 있어서 로션이나 크림 등을 만들 때 사용한다. 그러나 계면활성제는 피부보습에 결정적 역할을 하는 세포 간 지질과 천연보습인자를 녹이고 피부 장벽을 파괴한다. 또한 병원균과 곰팡이의 공격을 막는 피부상재 균을 죽여서 방부제나 타르색소와 같은 유해 화학물질이 피부에 침투하게 만든다. 계면활성제는 화장품뿐만 아니라 샴푸, 세제, 세정제, 기초화장품 등에 대부분 다 포함되어 있다. 계면활성제가 들어간 화장품이나 세제, 샴푸를 지속적으로 사용하면 피부가 건조해지고, 알레르기가 생기거나 염증이 생기며 피부 노화가 빨라진다.

나는 기초화장품을 전혀 바르지 않는다. 세수를 하고 난 후 아무것도 바르지 않고 피부를 그대로 둔다. 세안 후 얼마간은 피부가 뻑뻑한 느낌이 들지만 이내 촉촉해 진다. 세수는 물로만 하거나 간혹 계면활성제가 들어있지 않은 비누를 사용한다. 외출이 없는 날은 세수를 안 하는데 피부가 물과의 접촉이 잦으면 그만큼 건조해지기 때문이다.

화장품에 대한 고정관념이 깨진 건 3년여 전이다. 어떤 기사에서 로션이나 크림, 에센스 등의 성분은 다 거시서 거기며, 화장품회사들이 이윤을 위해 각종 명분을 붙여 갖가지 제품을 만들어 낸다는 것이다. 그 후부터는 쓰던 스킨, 로션을 다 버리고 몸과 얼굴에 동시에 바르는 로션 한가지와 가격이 저렴한 크림하나만 발랐다. 십대 후반부터 스킨, 로션, 크림까지 늘 챙겨 발랐던 습관 때문에 크림에 대한 애착은 남아 있었다.

집에 있는 날은 세수를 안 해서 얼굴에 크림이나 로션을 바를 이유가 없었다. 때론 세안 후 로션하나만 발라도 다음날 아무것도 바르지 않았는데 피부에 유·수분이 생기는 것을 느꼈다. 피부는 스스로 재생하는 능력이 있음을 실감했다. 피부 재생력을 믿기 시작한 이후로는 바르는 것을 로션하나로 줄였고, 급기야는 화장품을 바르지 않는 시도를 하게 되었다. 나의 피부색은 흰 편이다. 몸의 피부는 희고, 밝고 환한데 화장기 없는 얼굴 피부상태는 몸 피부색과는 다르다는 것을 가끔 느꼈다. 타고난 피부가 좋았고, 십대 때부터 열심히 기초화장품에 신경을 썼다. 화려한 색조화장이나 비싼 화장품, 고급 마사지 등은 지양하고 살았지만, 간혹 달걀이나 꿀 등으로 마사지를 하고 팩도 종종 부치는데 '왜 피부색은 별로일까?' 생각을 했다. 그렇다고 비슷한 연배의 타인에 비해 피부 상태가 나쁘거나 나이 들어 보이지는 않는다. 평소에 기초화장품을 바른 후 비비하나만 얇게 바르고 외출을 해도 피부가 밝고 좋아 보이기 때문에, 나름 '피부 좋다.'고 자부하고 살았다. 그런데 기초화장품과 거의 모든 화장품에 들어있는 계면활성제의 유해성을 알게 되었다. 피부를 관리해도 오히려 유해성분들 때문에 피부가 더 망가진다는 사실이었다.

《피부도 단식이 필요하다》의 저자 히라노 교교는

"모든 여자들이 신뢰해 마지않는 기초화장품에 첨가된 계면활성제는 피부장벽을 무너뜨리고, 피부에 유익한 균들까지 죽임으로써 주름과 피부 처짐, 노화를 앞당긴다."

고 말한다. 여러 가지 근거가 뚜렷한 자료조사와 스스로의 경험을 통해 '피부 관리를 열심히 하는 사람일수록 피부는 빨리 망가진다.' 고 주장한다. 그녀는 기초화장품을 전혀 바르지 않는데 기초화장을 열심히 했던 무수한 시절보다 피부상태가 훨씬 좋아졌음을 진료 데이터를 통해 밝히고 있다.

이에 나는 확신을 얻어 하나만 쓰던 로션까지 끊고 아무것도 바르지 않고 산다. 히라노 교교는 처음 피부단식을 시작할 때 피부에 일어나는 하얀 이물질과 각질을 비롯해 허물까지 벗겨져서 힘들었다고 했다. 나는 3년여 기간 동안 로션하나와 가끔 크림만 조금씩 발라왔고, 집에서는 이마저도 안 바를 때가 많아서 그런 처참한 일은 생기지 않았다. 적은 개수의 화장품사용으로 계면활성제나 유해한 성분들이 피부를 덜 헤쳤기 때문이리라. 아무것도 안 바르는데도 하루하루 피부 상태가 좋아지는 것이 눈으로 확인 됐다. 피부색이 밝아졌고, 촉촉하다. 요즘은 맨 피부로 외출을 자주 한다. 격식 있는 자리에 갈 때만 바셀린을 얇게 바른 후 파우더를 두드려주고 포인트 메이크업만 한다.

화장품이 묽을수록 계면활성제가 많이 첨가돼 있다. 그러므로 리퀴드나 크림 파운데이션보다는 파우더 파운데이션이나 가루 파우더가 피부에 더 좋다. 색조화장품이 기초화장품보다 나쁘다고 알고 있으나, 오히려 색조화장품은 기초화장품보다 사용횟수와 사용시간이 짧기 때문에 기초화장품에 비해 덜 해를 받는다. 화장을 아예 안할 수는 없으니 최대한 유해성분이 덜 들어간 것을 사용하고 가짓수를 줄이는 것이 좋을 것이다. 할 수 있다면 피부 단식을 해보는 것이 본연의 피부색을 되찾고, 건강한 피부를 갖게 되는 지름길이다.

얼굴과 몸 전체를 씻을 때는 올리브 오일로 만든 비누 하나를 사용한다. 하나만 쓰니 편리할 뿐 아니라 욕실도 깨끗하고 피부에도 좋다. 머리도 비누하나로 감거나 때론 물로만 감는다. 노푸(샴푸 안 쓰기)는 이미 많은 사람들이 시도하고 있는 일이다. 샴푸, 린스, 트리트먼트 속에 첨가된 계면활성제로 두피가 약해지고 탈모가 많이 발생한다는 사실을 알고 있을 것이다.

우리는 넘치는 정보와 잘못된 상식들로 오랜 기간 자신의 몸과 피부에 해를 가하고 살았다. 불필요한 약을 먹지 말일이며 너무 많은 화장품의 사용도 줄이는 것이 좋다. 약을 과잉복용하지 않으면 우리 몸은 병을 더 잘 이기고 건강해질 것이다.

화장품을 사용하는 개수가 많을수록 피부는 점점 더 재생능력을 잃고 빨리 노화한다. 화장발로 좋아 보이는 피부가 아닌 본연의 피부가 아름답고 고와지도록 해야 할 것이다. 화장품을 적게 바르면 경제적으로 유익하고, 매번 화장품을 바르는 시간도 줄일 수 있으며 피부도 좋아지니 얼마나 효율적인가!

최소의 삶이 주는 가치는 비단 물건에만 머물지 않는다. 생활의 구석구석 스며든 '많아야 좋다.'는 사고방식에서 조금씩 탈피해보자. 적게 먹고, 적게 바르고, 적게 쓰는 생활로 삶과 건강을 지키도록 하자.

06 | 나는 비우며 살기로 했다

아플 때는 쉬라 올 초에 나는 '자전거를 생활화 하자.' 는 마음을
먹고 수년 동안 타지 않았던 자전거를 꺼냈다. 남
편은 아내의 결심에 두말 않고 자전거를 깨끗이 닦아 기름을 칠해서
손질하고, 앞부분에 바구니를 달아 주었다. 시장이나 도서관, 조금
먼 거리 이동이 있을 때 이용한다. 무거운 물건을 손에 들지 않아도
되니 정말 좋았다. 처음 3일간은 그동안 타지 않았던 어색함을 상쇄
하고, 타고 내릴 때의 미숙한 부분을 교정하기 위해 하루 2시간 이상
씩 연습을 했다. 그랬더니 갑자기 오른손 손가락에 힘이 없어지고
손목이 뻐근한 느낌이 들었다. 혈액순환이 안 되나싶어 손바닥을 마
주치거나 손가락 끝을 서로 부딪치는 운동을 하였고, 자주 사용해야
회복될 거라는 자체 진단으로 힘이 없는 손가락을 더 사용하려고 애
쓰기도 했다. 그러나 며칠이 지나도 나아지지 않았고 젓가락질도 잘
되지 않아 걱정이 되기 시작했다. 일주일 만에 정형외과에 갔다. 의
사는 엑스레이를 보더니 별 이상이 없고, 단지 평소 안 쓰던 근육을
써서 무리가 간 것이라 했다. '손으로 아무것도 하지 말고 잘 쉬어주

라.'고 하였다. '쉬어야 한다.'는 말을 듣고 '허걱' 했다. 아픈 손가
락을 운동시키고 오히려 충격을 주었으니 나을 리가 없던 것이다.
의사는 약을 처방해 주고 물리치료를 며칠 받으라 하였다. 다행이라
생각하고 물리치료를 받은 후 약을 처방받아 가지고 왔다. 그러나
약 먹는 걸 달가워하지 않아서 먹지 않았고, 바르는 약만 며칠 사용
했다. 이틀 동안 물리치료를 다녔는데 하루하루 손가락에 힘이 돌아
오는 걸 느꼈다. 며칠 후 한 번 더 병원을 방문했는데, 의사는 또 약
을 3일치 처방해 주었다. 이번에는 아예 약국에 가지도 않고 그냥 돌
아왔다.

　굳이 먹지 않아도 될 일에 약을 너무 남용하고 있다는 생각을 평소
에 많이 한다.
　약은 대부분 석유로 만든 화학물질로, 우리 몸에 위험한 이물질이
며 몸속 균형을 어지럽힌다고 한다. 《약에게 살해당하지 않는 47가
지 방법》에서 곤도 마코토는 40여 년간 의사로서 환자와 약에 대한
10만 시간의 연구를 토대로
　"고혈압, 당뇨병 등 만성 질환은 약을 복용하기 시작하면 죽을 때
가지 멈출 수가 없다. 항암제의 독성으로 환자가 만신창이가 되어도
대부분의 의사는 끝까지 가이드라인을 고집한다. 암보다 항암치료
의 약물이 더 무섭다. 의사는 죽을 때까지 약을 먹인다는 사실을 마

음에 새기라!"

고 약의 유해성을 알리고 있다. 우리는 건강보조식품을 비롯해 약이라는 종류를 너무 신뢰를 한다. 그러나 약은 먹을수록 우리의 몸을 망가뜨린다. 약의 성분 중에는 독성이 강한 것들이 많아서 몸속 유해균을 비롯해 꼭 필요한 유익한 균들까지 모두 죽인다. 약을 장기간 먹을 경우 몸은 점점 더 쇠약해지고 병원균의 침입에 방어력을 잃는다.

약에 대해 거부반응을 갖게 된 것은 친정엄마를 살펴보면서 부터였다. 엄마는 젊어서부터 몸이 약해서 아플 때마다 약을 자주 드셨고, 60이 넘어서부터는 건강보조제를 비롯해 당뇨, 혈압, 위장약 등날마다 한 주먹씩 드시곤 했다. 약을 안 먹으면 큰일 난다고 생각하셨다. 그러다 70을 넘긴 어느 날 뇌경색이 왔고, 대장암까지 발병했다. 손발의 저림과 망치로 두드리는 것 같은 두통 등 몸 여기저기에 통증도 생겨났다. 이런 현상을 보면서 이는 '약의 부작용이 원인' 이라는 생각이 들었다. 그래서 약을 드시지 말라고 자꾸 말한다. 하지만 약에 대한 잘못된 신념으로 결코 약을 떼지 못하신다. 심히 안타깝고 염려가 되지 않을 수 없다.

우리는 별거 아닌 감기에도 약을 먹고 주사를 맞으며 빨리 치료를 해야 한다고 생각한다. 그러나 자력으로 감기를 이겨내면 그만큼 감기바이러스에 대한 면역력이 생겨서 우리 몸은 튼튼해진다.

예전에는 감기가 오면 재빨리 약을 먹어서 고생하지 않으려 애썼는데, 지금은 약을 먹지 않는다. 대신 꿀을 먹고, 대추와 파뿌리, 생강을 넣고 끓여서 자주 마신다. 수분을 보충하고 기침이 잦아들도록 하기 위해서다. 무리하지 않고 쉬며 잠을 충분히 잔다.

'아플 때는 쉬어야 한다.'는 것을 이번 손가락사건으로 더욱 실감했다. 의사의 말을 신뢰했던 건 '쉬라!'는 말이었다. 오른손은 왼손보다 훨씬 더 잦은 사용과 높은 강도의 일을 하므로 늘 혹사당한다. 오른손잡이니 그럴 수밖에! 평소에도 오른 쪽 팔 근육이 자주 뭉치고 아플 때가 많았다.

이번 사건으로 손가락과 손목을 쉬게 해주어야 하니 오른 쪽 팔도 자연스럽게 쓰지 않고 쉬게 되었다. 처음엔 '약을 안 먹어도 될까?' 조금 염려도 됐다. 세 번의 물리치료를 받고 바르는 약은 4일 정도 쓰다가 멈췄다. 그리고 질 좋은 수면과 쉼, 내 몸의 치유력을 믿기로 하였다. 그 결과 날마다 조금씩 좋아지는 것을 느꼈고, 점점 손가락에 힘이 생겨서 기능이 회복 되었다.

근육이 뭉치거나 뻐근하고 아프면 마사지나 운동으로 풀어야 한다는 사실만 알고 아플 때 더 열심히 몸을 움직였는데, 어쩌면 그것도 조금은 고정관념일 수 있다는 생각이 들었다. 그래서 쉼의 위력을 실험해 보고자 하였다. 평소 어깨 양쪽이 잘 뭉치고 아플 때가 많기 때문에 어깨를 쉬어주기로 했다. '그렇다고 아무 것도 안하고 있을 수는 없는데 어떻게 하지?' 생각하다가 전에 어떤 책을 읽었던 기억이 났다. '몸에 힘을 빼라.'는 내용이었는데 의식적으로 어깨에 힘을 빼기 시작했다. 컴퓨터 작업 시에도, 책을 읽을 때에도, 평소에 걷거나 일을 할 때에도 어깨에 힘을 빼고 해 보았다. 그것 자체만으로도 '어깨가 쉰다.'는 생각이 들었다.

일을 하거나 뭔가에 집중하고 있으면 무의식적으로 어깨에 힘이 들어가는데, 그럴 때마다 의식하고 힘을 빼 주는 것이다. '어깨와 팔을 늘어뜨린다.'고 생각하고 힘을 몽땅 빼내는 것이다. 이렇게 며칠을 지내보았더니 늘 아프던 어깨가 점점 아프지 않게 되었다. 오른 팔 근육이 아프던 것도 좋아졌다.

자전거 사건으로 귀한 지혜를 얻었다. 전에 케이팝 스타에서 심사 시에 박진영이 한 말이 생각이 났다. "노래할 때 어깨에 힘을 빼라!"고.

어깨나 팔, 손목에 힘을 빼야 몸에 무리가 가지 않고 더 잘 할 수 있는데 우리는 긴장하면 힘을 주게 되고, 습관적으로 자신도 모르게 힘이 들어가 있다. 자주 의식적으로 어깨에 힘을 빼는 연습을 하다 보면, 하루에 우리가 얼마나 힘을 주고 긴장상태에서 사는지 알 수 있다.

비움의 힘　우리는 자연의 순리를 거스른 인공적인 것들을 얼마나 신뢰하는지 모른다. 앞서도 언급했지만 화장품에 대한 과도한 믿음으로 피부 재생이 안 되는 나약한 피부, 노화를 앞당기는 피부로 전락시킨다. 샴푸나 클렌저 등의 획기적인 세정효과를 신뢰해 피부에 계면활성제를 휘감는다. 샴푸, 린스는 두피 밸런스를 망가뜨려 탈모와 모발의 나약함을 부추긴다. 빨래할 때 쓰는 세제는 완전히 헹궈지지 않으면 옷에 잔류한 계면활성제로 피부를 약하게 만든다. 심하면 알레르기나 가려움증을 유발하기도 한다.

우리는 가만히 두면 회복될 텐데 끊임없이 관리나 치료를 목적으로 유해한 약물을 복용하여 몸을 망가뜨린다. 또한 화장품의 남용으로 피부를 무너뜨린다. 화장으로 피부를 가리고 있어서 좋아 보일 수는 있어도 본바탕을 드러내면 어떨지는 자신들만이 아는 일이다.

나는 빨래를 할 때 되도록 세제를 쓰지 않는다. 세제가 없지는 않지만 빨래의 오염이 심하거나 냄새가 날 때만 조금 사용한다. 수건이나 속옷, 한두 번 입은 외출복은 그냥 물로만 빤다. 대신 물은 따뜻한 물을 쓴다. 처음에는 냉온수를 같이 받다가, 원하는 수위의 반쯤 물이 채워지면 온수만 받는다. 물의 온도가 손으로 만졌을 때 '조금 뜨겁다.' 싶을 정도의 물로 세탁을 한다. 너무 뜨거우면 옷이 구겨질 수 있으니 물 받는 일에 신경을 쓴다. 헹굼은 찬물로 한다. 이렇게만 세탁해도 옷은 웬만한 얼룩이 다 없어지고 깨끗하다. 단 김치 국물 같은 음식자국은 미리 부분적으로 부엌 세제 등으로 비벼주고 넣는다. 반찬국물은 바로 빨지 않는 이상 물만으로는 잘 지워지지 않는다. 물만으로 하는 세탁의 이점은 세제의 절약과 환경오염의 방지, 계면활성제가 옷에 남아 피부에 닿는 것을 줄일 수 있어 무척 좋다.

설거지도 기름기가 없는 그릇은 그냥 찬물이나 미지근한 물로 하고, 기름기 있는 그릇만 온수를 사용하거나 세제를 조금 묻혀 닦는다.

우리는 언제부턴가 인류가 만들어낸 물건과 물질들을 너무 신뢰하고 추종하게 돼 버렸다. 기술이 발달하면 할수록 우리가 사용하는 세제나 화장품, 약 등의 성분이 몸에 해롭지 않을 거라 착각한다. 그러나 결코 그렇지 않다. 문명의 이기를 무조건 환영하고 받아들일 것이 아니라 조금만 더 이성적으로 판단하고 공부하여 스스로의 몸과 건강을 지켜야 하겠다.

문명이 주는 혜택에는 '막대사탕을 입에 물려주어 울던 아이를 쉽게 그치게 하는 달콤함'이 있다. 눈에 금방 드러나는 깨끗함, 화려함, 좋아 보이는 질, 고통으로부터의 빠른 회복을 가져다주어 마술 같다. 그러나 이면에는 우리를 깊이 병들게 하고 나약하게 만들며, 나중에는 더욱 심한 고통을 가져다주는 치명적인 것들이 많다.

단순히 물건만을 버리는 미니멀리스트가 아니라, 근본적인 부분을 볼 수 있는 안목이 생기는 미니멀리스트가 되어야 진정한 미니멀리즘의 효과를 체험하는 사람일 것이다.

이제껏 신뢰해 왔던 것들을 버리려면 고정관념에 대한 부분이 해체되어야 한다. 고정관념을 무너뜨리기 위해서는 진실을 알아야 하고, 실제로 자신이 체험해 보아야 한다.

오랜 기간 깊이 뿌리박고 있던 고정관념과 당연시했던 것들을 다시 생각하며 하나하나 비워가다 보니, 삶이 건강해지고 맑아지는 것을 느낀다. 비우는 생활은 삶의 안팎의 더러운 것과 불필요한 것들을 버리게 하고, 근원적인 것을 볼 수 있는 지혜, 편안함과 건강 등 수많은 유익한 것들로 채우게 한다.

07 | 미니멀 라이프로 부부관계를 회복하라

미니멀 라이프를 모르는　퇴근 후에 남편들이 가장 싫어하는
배우자에게 마음을 넓혀라　집안 풍경 중 하나는 아마도 어질러
지고 지저분한 모습일 것이다. '집안 좀 치우라.'고 화를 내는 이들
도 있겠지만 그러지 못하는 남편들도 많다. 입으로 차마 말하지 않
는 이유는 부부싸움이 될까봐 입을 다물기 때문이다.

지금은 맞벌이가 많고 서로가 분담해서 집안일을 해야 하는 경우
가 있어서 누구를 탓할 수 없는 가정도 꽤 있다. 힘들게 일하고 귀가
하여 매번 엉망진창인 집을 치워야하는 부담에 에너지는 더 바닥이
난다. 집안에 들어설 때 깨끗하고 정돈된 모습을 보고 기분이 좋아
지는 것은 남녀 누구나 마찬가지일 것이다.

그렇다면 언제 어느 때에라도 외출 후 돌아왔을 때 잘 정돈된 집을
볼 수는 없을까? 있다! 그 방법이 바로 미니멀 라이프인 것이다!

물건이 없으면 집안이 어질러지지 않는다. 함께 출근을 준비하는
아침이라도 크게 할 일이 없을 뿐더러 퇴근을 해도 집안일은 그리
많지 않다. 저녁을 준비해서 먹는 일 외에 세탁이나 간단한 청소만

하면 쉴 수 있다. 물건이 없다는 것은 그만큼 할 일이 없다는 것과 상통한다. 맞벌이를 하는 부부에게 있어 미니멀 라이프는 생활을 한결 수월하고 편하게 한다. 스트레스를 줄여주고 몸을 덜 혹사시키는 매력적인 방법이다.

그러나 처음부터 미니멀 라이프에 아무런 감각이 없는 배우자를 설득하기에는 무리가 있다. 먼저 자신의 물건부터 처분하고 자신에게 처분 권한이 있는 것들부터 비우기를 시도한다. 집안의 물건이 많이 줄면, 일단 일거리가 준다는 것을 피부로 느낄 것이다. 그러면 덜 피곤하고 스트레스도 덜 받는다. 조금 더 배우자에 대해 관대해질수 있어서 관계도 좋아진다. 그래서 집안 일 분담하는 문제로 서로 신경전을 벌이고 다투는 일이 줄어든다. 상대가 미니멀 라이프의 장점을 모르는 경우에는 좀 더 마음을 넓히는 일이 필요하다.

남편의 협력을 얻으려면 기다리라

아내가 아이들을 돌보고 가사 일을 하는 경우에는 훨씬 더 여유 있게 미니멀 라이프를 만들어 갈 수 있다. 아내의 짜증횟수가 줄고 즐거워 보이는 것 같으면 남편은 이유를 알고 싶어 한다. 그럴 때 은근슬쩍 미니멀 라이프에 대해 이야기도 하고 정보도 주면, 자신의 물건을 버리지는 않을 지라도 아내의 미니멈 한 삶을 속으로 좋아한다.

남편이 협조하지 않는다고 화를 내거나 남편의 물건을 함부로 몰래 비우면 역효과가 난다. 물건을 찾을 때마다 의심을 사게 될 수도 있다. 남편이 쓰지 않는 것 같아서 말도 없이 버렸다가는 다툼과 갈등이 야기될 수 있으니 급한 마음에 경솔한 행동을 하면 안 된다. **남편이 적극 협력하기를 원한다면 더딜지라도 남편의 소유를 존중해 주고 마음을 상하게 하지 않는 일이 중요하다.** 물건 한두 개 더 버리는 것에만 초점을 맞춘다면 남편은 미니멀리즘에 대해 거부감을 갖게 될 수가 있다. 그러므로 비울 때는 자신의 물건과 자신의 권리 하에 있는 물건들 중심으로 비워야 함을 잊지 말아야 한다. 집안이 점점 훤해 지고 깨끗해지면 남편도 호의적으로 변해간다. 그럴 때 공동물품이나 남편이 거의 사용하지 않는 물건에 대해서 "이거 비워도 괜찮을까?" 하고 넌지시 의견을 물어본다. 그동안의 노력으로 아내나 가정에 좋아진 점들을 하나 둘 보아왔다면 분명 협조적이 될 것이다.

집안이 넓어지고 항상 깨끗할 뿐 아니라 아내의 낭비하지 않는 모습, 타인의 가정과 비교하지 않는 모습을 보게 되면, 어떤 남편이라도 싫어할 리는 없다. 새로운 시즌이 되면 메이커를 사달라고 조르지 않고, 크고 넓은 아파트로 이사하자고 닦달하지도 않는다. 옷이나 신발, 화장품을 사재기 하지도 않는다. 생활이 단정하고 편안하니 집안이 평안하고 행복하다. 집안 일 스트레스로 짜증과 불평을 하지 않고, 웃는 얼굴을 보여주니 출·퇴근길이 즐거워진다. 이런 장점 투성인 미니멀 라이프를 어찌 반대할 수 있겠는가?

미니멀 라이프에 대한 열정이 있는 사람들 중에는 게으르거나 귀찮은 일을 싫어하는 이들도 꽤 있다. 나도 그런 사람들 중의 하나다. 희한하게도 이들 중 다수는 미니멀리즘을 실천하게 되면 부지런해진다. 갑자기 성격이 바뀐 것이 아니라 미니멀 라이프가 삶에 즐거움을 주고 활력을 주기 때문에 부지런해진 것처럼 보인다. 집안이 단정하고 깨끗해지면 집안 일 하는 것이 힘들지 않아 청소가 즐겁고 요리도 재미있어 진다. 일이 빨라지기 때문에 집안일을 하기 위해 특별히 시간을 낼 필요가 없다. 더러운 곳이 있으면 청소를 후다닥 해치워버리는 습관이 생긴다. 더럽고 지저분한 곳이 눈에 잘 띄어서 얼른 닦아내고 정리해버리고 싶어진다. 그래서 실제로 부지런해지기도 한다.

냉장고에 싱싱한 재료를 그때그때 준비해서 요리를 하므로 음식도 신선하고 맛있다. 시장 보는 즐거움, 절약하는 보람, 건강과 영양을 생각하는 식단 등 많은 긍정적인 효과가 동반되므로 생활에 생기가 있다. 이런 눈에 띄는 좋은 모습을 보고 누군들 부정적이 되랴!

부부간의 갈등은 대부분 대화의 부족과 서로를 이해하지 못해서 생기는 경우가 많다. 물건을 비워 마음과 시간의 여유가 생기면 부부는 마주할 시간도 많아진다. 삶이 덜 피곤하면 사람은 서로에 대해 관대해진다. 관대한 마음은 서로의 말에 더 귀를 기울이게 하므로 상대방에 대한 이해도가 커진다. 그러므로 부부사이는 호의적이 되고 원만해진다.

미니멀 라이프는 물건을 줄이는 것으로 끝나지 않고 소비도 확연히 줄므로 경제적으로 매우 이득이다. 부부간에 다툼이 생기는 원인 중 많은 부분이 경제적인 것과 자녀문제에 관한 것이다. 아무리 사랑이 좋아서 결혼했다 해도 '결혼은 현실이다.'는 말처럼 생활이 장기적으로 어렵고 힘들면 부부간에 갈등이 생길 수밖에 없다. 이런 경제적인 문제를 지혜롭게 헤쳐가기에 좋은 방법이 바로 미니멀 라이프다. 단순히 절약하자고 미니멀 라이프를 지향하는 것은 아니다. 미니멀 라이프를 하다보면 자연스럽게 절약이 된다. 수입과 분수를 넘지 않는 생활을 하게 되고 타인의 삶과 비교하지 않으며, 자신의 주관과 삶의 방식에 따라 살게 된다. 주위에서 어떻게 살든 그게 자신과는 무관하다. 소비를 부추기는 광고나 '누구 네는 어떻더라.'는 말에도 마음이 혹하여 업 앤 다운을 반복하지 않는다. 소신 있는 소비생활을 하므로 빚을 지지 않으며 생활에 부담이 되는 대출도 받지 않게 된다. 경제적으로 안정되고 무리한 생활을 하지 않는 것만으로도 부부갈등과 다툼은 많은 부분 상쇄될 것이다.

장점이 가득한 미니멀 라이프를 지속할 수 있으려면 인내가 필요
하다. 남편이 협조적이라면 큰 어려움이 없겠지만 그러지 못하거나
물건에 대한 애착이 많다면 쉽지 않다. 그럴지라도 포기하지 말기를
바란다. 내 물건과 내가 처분할 수 있는 것들 중심으로 꾸준히 비워
가고, 물건이 비워진 만큼 남는 시간을 조금 더 가정과 남편에게 신
경을 쓴다면 분명 변화는 올 것이다. 인지상정이라는 말이 있다. 아
내가 자신에게 관심을 가져주고 생활을 규모 있게 해 간다면 그런
아내를 도와주고자 하는 마음이 드는 것은 당연한 일 아니겠는가?

08 | 소유가 나를 말해주지 않는다

내가 가진 것이 종종 이런 사람들을 본다. 자신의 이야기는 별로
나는 아니다 없고 노상 주변인들에 대한 자랑을 늘어놓는 사
람들 말이다. 자식, 부모 형제, 사촌, 친구들이 어떤 직업을 가지고
있고, 직책이 뭐라는 등 하며 자랑한다. 현재의 자신에 대한 이야기
는 하나도 없다. 이들은 마치 주변인들이 이룬 업적이 내 것 인양
자랑을 한다. 그러나 실상 알고 보면 자신은 내 놓을 것이 없으므로
주변인을 자신의 대변인으로 삼는다. 그런 사람들과 알고 지내고
그들의 친척이며 친구라는 것에 대한 자랑은 자신도 그런 이들과
같은 레벨임을 은연 중 드러내고자 함이다. 스스로 이룬 것이 없고
자신감이 없는 사람은 늘 남을 예를 들어 말하고 남에 대한 자랑일
색이다. 한두 번의 자랑은 들어줄 수도 있지만 매번 듣는 일은 곤욕
이 된다.

물건에 대한 자랑도 역시나 자신을 드러내는 보여주기 식 도구가
되기도 한다. 비싼 옷, 메이커 가방과 신발, 고급외제 승용차, 크고
넓은 아파트 등은 내세울만한 자랑거리다. 보여줌으로 사람들의 경

외심과 부러움을 불러일으키고자 한다. 마치 자신이 가진 물건은 곧 자신을 대변하는 것 인양 속으로 우쭐대는 것이다.

우리는 알게 모르게 서로를 비교하고 시기하거나 부러워하면서 세상을 산다. 그렇기 때문에 경쟁이 생겨나는 것이고 남보다 나아지려고 부단히 애쓰는 것일 수도 있다. 있는 그대로의 자신을 인정하지 못하고 늘 쫓기듯이 살아간다. 남이 뭘 가졌고 이루었든 신경을 안 쓰고 살 수는 없는 것일까?

전에는 나도 뭔가 '대단한 사람이 되리라.'고 늘 스스로를 다그치며 끊임없이 뭔가를 했다. 배우고 시도하고 지식과 능력을 갖추고자 부단히 노력했다. 그 결과로 원하는 만큼 대단한 사람이 되지는 못했지만, 하고 싶었던 일들은 대부분 해봤고 일부 이루기도 했다. 정상에 서거나 이름이 널리 알려진 것은 아니었을지라도, 되고자 했던 사람이 되어 그 자리에 섰을 때 느낀 것은 '별 거 아니다!' 라는 마음이었다. 그 자리에서 더 나아가고 더 많은 업적을 이룬다 해도 크게 감동되거나 고무될 일은 없을 것 같았다. 미술이나 시, 정리수납업계 등의 분야에서 나보다 훨씬 앞서있고 이름난 이들을 많이 본다. 그러나 그 과정이 어떠하고 현재 그들의 모습이 어떤지를 이미 보고 알고 있기에, 크게 나를 다그치며 더 높은 성공을 이루어야겠다는 조급한 마음이 전혀 들지 않는다. '이름을 조금 더 알리고 존경과 추앙을 받는 일이 뭐 그리 대단한 일이라고 발버둥 치며 나를 닦달할까?' 생각하니 허망하기 그지없다.

'호랑이는 죽어서 가죽을 남기고 사람은 죽어서 이름을 남긴다.'는 말이 진리인양 그토록 얽매여 살 일이 무엇인가? 어차피 내가 세상에 없으면 이름을 남겼든 아니든 나와는 아무 상관이 없는 일인데….

그렇다고 의욕도 없이 대충 살라는 말은 절대 아니니 오해하지 말기를 바란다. '자신이 하는 일을 즐기고 하고 싶은 일을 하며 행복하게 살라.'고 말해 주고 싶어서다. 높은 성취와 경쟁에 휩쓸려 스스로를 채찍질하며 살다가는 정말로 자신이 휘두르는 채찍에 쓰러질 수도 있음을 명심해야 한다. 남이 가진 것과 이룬 것을 바라보며 물리적인 것만이 성공의 척도라고 착각하지 말아야 한다. 보이지 않는 내면의 건실함과 건강, 자존감, 행복은 남과 비교할 필요가 없는 아름다운 성공이다. 성공한 사람들 중에 이러한 내면의 허약함으로 생을 포기하거나 가정이 파탄 나거나 사회적으로 비난을 받는 이들이 얼마나 많은가?

행복한 사람은 자신이 하고 싶은 일을 하며 즐겁게 사는 사람일 것이다. 남이 어떻게 보든 상관할 필요가 없다. 사회의 주류는 남 하는 대로 하고 남들처럼 경쟁하고, 남이 가진 것을 가져야 한다고 은연

중 압력을 가한다. 그러나 나는 엄연히 나로 존재하며 남과는 다른 인간이다. '남처럼 살라고 하는 것은 내가 아닌 남이 되라.'는 것과 다를 바가 없다.

　남과 다른 삶을 살면 타인의 눈에는 다르게 보이고 이상하게 생각 되어 질 수도 있다. 남들은 '잘못됐다.'고 말할 수도 있겠지만 내 삶 의 방식은 '그들과 다를 뿐'이지 결코 잘못된 삶이라 말할 수 없다.

나를 돌보고　　'이기적이다.'라는 말속에는 어쩌면 '나를 많이
이기적이 되자　사랑한다.'는 속뜻이 있을지도 모른다. 자신을 사 랑하기에 타인보다는 스스로를 더 배려하고 자기중심적으로 생각한 다. 타인을 배려하는 마음은 아름답지만 타인만 배려하여 자신을 괴 롭게 한다면 순서가 뒤바뀐 것이 아닌가 생각한다. 타인을 배려함보 다 나를 배려함이 먼저여야 할 것이다. 타인을 배려하다 상처받고 괴로우면 오히려 타인을 향한 가시를 내 놓게 되어 역효과가 일어나 기도 한다. 자신의 마음을 먼저 돌아보고 헤아리며 다독여주면 타인 에 대한 인정과 배려는 자연스럽게 스미어 나온다. 스스로를 돌보고 수용할 줄 알아야 남도 온전히 관용할 수 있는 사람이 된다.

　조금은 이기적이 되어 자신을 먼저 생각하고 자신을 돌보자. 타인 의 눈에 잘 보이고 타인의 기분과 비위를 맞추려 지나치게 애쓰지 마라. 그런 행동은 얼마나 많은 에너지를 소모하게 하는지 모른다.

말하고 싶지 않으면 하지 말고 억지로 분위기를 띄우려 노력하지도 말일이다. 남이 요청한다고 무리를 해서 '예스'로 답하지 말고, 부담이 되면 '노우'라고 말하자. 거절이 어려우면 핑계를 만들어 거절하자. 남에게 끌려 다니는 삶은 결국 내가 없는 삶이 된다. 자신의 인생을 살아야지 왜 타인의 인생에 들러리고 살려고 하는가?

물론 사람마다 다를 수도 있다. 타인과의 시간, 타인을 돕는 일, 타인의 대소사에 불려 다니는 일을 매번 보람으로 여기는 사람이 있을지도 모른다.

그러나 나는 이런 일에 쉽게 피곤해지고 짜증이 난다. 타인에 의해 움직이는 시간들은 시끄럽고 혼잡하다. 자신만을 위한 시간이 없이 타인에 관계된 시간만을 쫓아 사는 것은 계속 에너지를 빼앗기는 일이다.

조용히 혼자만의 시간을 갖고 혼자 즐기는 시간이 사람에게는 필요하다. 아무에게도 방해받지 않는 시간을 의도적으로 만들어 보는 것도 좋다. 하루에 한두 시간만이라도 핸드폰을 끄고 인터넷과 SNS 등 세상과의 접속을 끊어 조용히 보내는 시간을 갖는다. 세상이 이토록 고요할 수 있다는 것을 새삼 새로운 발견처럼 느끼게 될 것이다. 세상과 잠시 접속을 끊는다고 세상에서 단절되거나 큰 문제가 발생하지는 않는다. 오히려 평온함과 위로, 따스한 마음이 속에서부터 솟아난다.

우리는 몸과 마음이 따로 놀 때가 많다. 몸은 길을 걷는데 마음은 집안일을 생각하고, 설거지를 하면서도 내일 일을 걱정하기도 하고, 교회나 성당에서 설교를 들으면서도 마음은 멀리 가 있기도 하다. 그만큼 우리가 순간에 집중을 못하고 살고 있는 것이다. 늘 몸 따로 마음 따로 노는 형국이다.

몸과 마음이 분리되어 있어서 그런다 하더라도 가끔씩은 순간순간을 의식하며 살아보자. 하늘을 바라보고 보는 것에 집중하여 높고 깊은 푸름을 온전히 느껴본다. 길을 걸을 때는 그 거리와 자연과 걷고 있는 자신을 느껴본다. 단순노동이라도 오로지 그 일에만 생각을 모아 집중해 본다. 그 순간을 느끼고 즐기다보면 삶이 행복해진다. 살아있음이 느껴진다. 바쁘고 정신없는 삶에서 여유를 찾게 된다.

《홀가분하게 산다》의 오키 사치코는 실수를 했다거나 남이 자랑을 한다거나 마음에 매이는 일이 있을 때마다 "그게 뭐라고!"를 단호하게 외친다. "그게 뭐 그렇게 대단하다고!"를 크게 외치고 나면 심란했던 마음이 가벼워지고 가라앉는다고 한다.

스스로 대단하다고 생각하는 일들에 대해 자랑하고 싶거나 으스대고 싶으면 "그게 뭐라고!"를 외쳐보자. 잔뜩 어깨에 힘이 들어갔던 것들이 부드럽게 내려간다. 그리고 자신을 돌아보게 된다. 자신에게는 대단할지 몰라도 '남에게는 별거 아닌 일'에 우리는 집착을 하고 자신의 성공을 되뇐다. 남은 자기 일에만 관심이 있지 타인에 대해서는 크게 생각하지 않는다. 나에 대한 자랑, 자식과 친척, 친구, 소유에 대한 자랑을 떠벌리지 말자. 그게 뭐라고 그리 자랑을 하는가? 그런 자랑으로 타인이 나를 대단한 사람이라고 느끼게 해 주는 일이 뭐 그리 중요하다고!

물리적인 것이든 아니든 소유가 많으면 매이는 것이 많다. 마음이 무겁고 늘 할 일이 많다. 이룬 것들과 하고 있는 일들, 고급 승용차와 갖가지 비싼 소유물을 바라보고 "그게 뭐라고!"를 외쳐보자. 정말 별거 아닌 것들이다. 별거 아닌 것들에 매여 자유를 억압받고 정신을 혼미하게 하지 말자.

소유가 나를 대변하지 않는다. 현재의 이 모습 이대로가 가장 나답고 **아름답다.** 지금의 자신을 아끼고 사랑하며, 쉬고 싶을 때 쉬고 멈추고 싶을 때 멈추자. 가장 하고 싶은 일을 지금 하도록 하는 즐거움을 자신에게 선사하자. 나에게는 충분히 그럴 자격이 있다!

09 ㅣ 귀차니스트들이여 미니멀리스트가 되라

'잘 한다.'는 칭찬을　나는 귀차니스트다. 꼭 해야 하는 일은 누
듣지 말자　가 시키지 않아도 열심히 하고 부지런히 하
지만 동기가 없는 일, 잡다한 일, 누가 시켜서 하는 일, 몸을 써야 하
는 일들에 있어서는 게으르며 귀찮아한다.

　어릴 때 엄마는 늘 나에게 '게으르다.'는 말씀을 하셨는데 일하기
를 워낙 싫어해서다. 한 살 터울인 언니는 맏이로서 책임감이 투철
해 부지런히 부모님을 도왔고, 할일을 성실하게 잘 했다. 저녁 설거
지나 휴일의 설거지, 청소 등은 우리 남매들이 해야 했는데, 둘째인
나는 설거지가 싫어서 언니한테 슬그머니 미루고 꽁무니를 빼기 일
쑤였다. 청소도 맘에 내키면 방이 빛나게 했지만, 청소하기 싫을 때
는 동생 세 명을 불러놓고 각각 할일을 정해주고 지휘만 했다. 방학
이 되면 그림을 그리고 인형놀이를 하며 노는 게 제일 재미있었는
데, 가끔은 엄마를 따라 들에 나가 김을 매야하기도 했다. 억지로 따
라 나서기는 해도 일하기가 싫어서 꼼지락거리거나 불평을 해서 엄
마한테 꾸지람을 듣곤 했다.

성인이 되어서는 나의 의지와 동기로 대부분 일을 했으므로 주위 사람에게 '게으르다.'는 말을 들어본 적이 없다. 그러나 세상은 혼자 사는 게 아니므로 간혹 별 의미 없이 몸을 쓰는 일을 해야 할 때도 있다. 이런 상황에서는 짜증이 나고 일에 능률도 오르지 않는다.

가사 일은 주부이고 엄마이니 의무와 책임감을 가지고 한다. 요리 나 청소를 좋아하지는 않지만 사랑하는 가족을 위해 건강한 식단과 위생을 생각하며 성실하게 가사 일을 한다. 그 이유가 나를 움직이는 동기가 된다. 그러나 타인을 불러서 먹이고 노는 일은 집에서 거의 하지 않는다. 그런 일은 외부에서 얼마든지 해결할 수 있으므로 굳이 피곤한 일을 만들지 않는다.

가족을 위하는 일이라도 화려한 요리나 성대한 생일상, 명절음식을 상다리가 부러지게 차리는 일은 없다. 평소 상차림은 한식위주로 간단하게 만들 수 있는 요리를 한다. 조리과정이 복잡한 요리는 되도록 하지 않으며, 복잡한 요리여도 꼭 먹고 싶은 것은 뺄 건 빼면서 내 방법대로 만든다. 생일에는 각자가 원하는 방식으로 생일상을 차려준다. 우리가족은 대부분 평소에 잘 먹지 않는 피자나 치킨 등 먹고 싶은 것 한두 가지로 생일을 간소하게 지낸다. 명절에도 딱히 준비할게 별로 없다. 떡은 시장에서 사다 먹고 전이나 부침을 식사 시에만 그때그때 조금 준비한다. 떡국이나 떡만둣국을 끓여 먹고 각자할 일을 하거나 친구를 만나거나 하며 편하게 지낸다. 고향에 부모님이 계시지만 명절 전에 미리 다녀와서 명절에는 먼 거리 이동이 되도록 없게 한다.

명절이 돌아오면 우리나라 주부들은 '명절증후군'이 심하다. 명절에 일이 많든 적든 스트레스를 받는 것은 마찬가지다. 일 년에 두 번씩 큰 명절이 있고, 양가 부모님 생신, 어버이날, 어린이날, 제사 등 몸과 마음의 부담이 얼마나 많은가? 이런 행사들은 주부혼자 '간소하게 하자.'고 한다 해서 해결되는 문제는 아니다. 그러나 행사 스트레스에 어깨가 짓눌린다면, 조금씩 자기 소리를 내고 의견을 말해서 가족들이 엄마와 아내, 며느리의 고충을 덜어 주도록 해야 할 것이다. 요즘은 예전보다는 많이 간소하게 하는 가정이 늘고 있지만, 그래도 여전히 주부들은 명절이나 집안행사로 괴로움이 많다.

어쩔 수 없이 해야 한다면 혼자 너무 열심히 하지 말고, 부모님과 친지들의 도움을 구하자. 칭찬을 듣고자 행동하는 것보다 자신의 몸을 더 소중히 여기자. 가족행사가 부담스러우면 가끔씩 빠지기도 하면서 반응을 보자. 처음에는 말이 많고 며느리들끼리도 언사가 불평일 수 있지만 "쟤는 원래 저래." 하며 크게 기대하지 않게 만드는 것도 필요하다. 뭐든 잘한다고 인정을 받는 것도 기쁜 일이지만 못한다고 뒤로 욕을 좀 먹으면 어떤가? 뭐든 잘하면 살기가 피곤하다. 여기저기 불려 다니고 일은 도맡아 하며 사람들은 매사에 기대가 많아진다. 그런 칭찬은 반납하고 사는 게 편하다. 타인이 이러쿵저러쿵 하는 말에 신경 쓰지 말아야한다. 내 귀로 안 들으면 그만이다. 열심히 일 해준 결과는 '잘한다는 칭찬' 과 '골병' 뿐이다.

귀차니스트는 미니멀리스트가 되기에 딱 이다!

나는 칭찬은 안 들어도 좋으니까 골병은 들기 싫다. 아프면 그들이 고통을 대신해주지 않을 뿐 아니라 신경도 쓰지 않을 것이니 나만 슬프다. 그럴 일을 어리석게 자처해서 열심히 할 이유가 뭐가 있겠는가? 가족 친지를 잘 설득하고 "힘들다."고 말하자. 모임이나 행사가 잦다면 줄이도록 의견을 말한다. 속으로 앓으면서 굳이 따라갈 필요가 있겠는가? 자주 꿈틀대서 자신의 안위를 스스로 지켜나가자. 굳이 하지 않아도 되는 일은 남에게 맡기고 혼자서 떠맡아 열심히 하지 말자.

독일 바이에른 공화국의 병참감과 통수부장을 지낸 쿠르트 폰 햄머슈타인 에쿠오르트 장군은 "유능하면서 게으른 자는 지휘관으로 삼고, 유능하면서 부지런한 자는 참모로 삼으라…"는 유명한 말을 했다. 이에 대해 《하지 않을 일 리스트》의 파(Pha)는 "게으른 사람은 효율적인 방법을 모색할 것이고, 부지런한 사람은 체력과 정신력으로 해결한다."고 덧붙였다.

나도 체력이 넘치지 않고 부지런하지 않아서 일을 할 때는 더 빠르고 효과적으로 해결 할 방법을 생각하므로 상당히 공감되는 말이다.

성실해서 크게 득 될 일이 없는 상황에서는 적당히 못하는 척도 하고 너무 열심히 하지 말자. 열성적인 사람은 일을 스스로 만들기도 하고 불필요한 일에 공연히 나서서 곤란한 일을 만나기도 한다. 아무 보상도 없는데 잠 안자가며 일을 한다. 그들은 '잘 한다.' 는 칭찬에 힘을 얻거나 스스로 뭔가 '성취했다는 뿌듯함', 또는 자신이 '일한만큼 성장했다.' 는 만족이 있기 때문에 한다.

나도 어떤 성취를 위한 동기가 있을 때는 자청해서하기도 하지만 그 외의 일에는 절대 나서지 않는다. 뭔가 일을 통해 자아 발전에 대한 기대감이 있을 상황에서만 사서 고생을 한다. 일상의 잡다한 노동이나 몸을 쓰는 일은 일부러 나서는 일이 거의 없다. "잘 못한다." 고 하고 "하기 싫다."고 말하며 회피한다. 원래 못하는 사람이라는 인식이 생기면 타인이 나에게 기대하지 않아서 편하다.

일하기를 싫어하고 몸을 쓰기 싫어하는 내게 미니멀리스트는 딱 어울린다.

물건관리가 싫고 쓸고 닦는 게 힘들다면 그만큼 물건을 비우면 된다. 힘들다고 하면서도 집안에 식물을 가득 키우고 애완동물들을 기른다. 잘 쓰지도 않는 물건들을 애지중지 먼지를 닦고 자리를 내준다. 힘들면 안하면 될 일을 끊어버릴 생각을 못한다. 하기 싫고 귀찮으면 버리면 된다. 자신이 관리할 범위의 물건만 둔다.

어떻게 하면 삶을 간소하고 쉽게 살 수 있을지 머리를 쓰라.

'피할 수 없다면 즐기라.' 는 말이 있다. 그러나 아무것도 개선하지 않은 채 무조건 즐기면서 일만 한다면 '절대' 언제나 즐겁지는 않을 것이다. 어떻게 하면 일을 쉽게 하고, 빠르고 편하게 할지 연구하라. 하기 싫지만 어쩔 수 없이 해야 하는 일이라면 '무조건 즐기자.' 고 자신을 세뇌 시키지 말고, 상황을 개선하고 방법을 달리하라. 안 해도 될 일은 아예 통째로 버리라!

뭐든 미니멀리즘 적으로 생각하면 일이 쉽다.

파레토의 법칙을 빌어 설명하자면, 자신이 가진 20%의 물건과 20%의 일이 진정한 성과의 80~100%의 결과를 낸다. 쓸모없는 80%의 잡다한 물건과 잡무들을 비우고, 꼭 해야 할 20%의 일에 집중하고 필요한 20%의 물건만 소유하고 살자. 그러면 게으름뱅이에 귀차니스트인 이들도 부지런한 사람 못지않은 결과를 이룰 것이다. 거기에 덤으로 얻는 것은 여유 있고 건강하며 편안한 삶이다.

10 │ 이제 막 미니멀 라이프를 시작하려는 당신에게

다섯 가지 조언　여기까지 책을 읽었다면 슬슬 미니멀 라이프에 대한 열정이 솟아났을 것이다. 손해라고는 거의 없는 미니멀 라이프로 뛰어들고 싶을 것이다.

　미니멀 라이프는 여타의 과제처럼 한 번에 시작하고 끝을 내는 일이 아니다. 삶이 지속되는 한 늘 함께 동행해야할 친구이다. 물건은 사람이 살아가면서 항상 접할 것이므로 들이고 내 보내는 일이 지속될 것이기 때문이다. 분명한 것은 미니멀 라이프의 삶이 어느 정도 자리가 잡히면 물건을 들이고 내보내는 과정이 어렵지 않다는 것이다. 집안은 크게 손대지 않아도 물건이 많지 않으니 늘 정돈된 상태가 유지 된다. 물건에 대한 가치관이 정립되므로 쉽게 아무 물건이나 들이지 않는다. 편하고 단정하며 여유 있는 생활을 흐트러뜨리는 어리석은 짓은 하지 않게 된다.

　이런 미니멀리즘의 장점을 알고 이제 막 미니멀 라이프를 시작하는 당신에게 몇 가지를 조언하고자 한다.

첫째로는 '일을 저지르라.' 는 말이다.

시작도 하지 않고 계산만하다가 그만 두지 말고 버리는 시도부터 해야 한다. 처음에는 버리기 쉬운 소소한 물건들, 만만한 물건들을 먼저 비운다. 처음부터 크고 비싼 물건을 버리려고 덤벼들면 스트레스로 미니멀 라이프를 포기하게 될 수도 있다. 공부를 할 때도 한 단계 아래수준부터 만만하게 시작을 해야 즐겁게 지속할 수 있는 힘이 생기듯 물건을 비울 때도 마찬가지다. 물건을 비워가다 보면 공간이 넓어져 기분이 달라지므로 점차 용기가 생기게 된다. 그럴 때 수준을 높여 덩치 크고 비싼 물건도 버릴 수 있는 담대함이 생긴다. 물론 처음부터 그런 용기가 있는 이들도 있다. 이들은 처음에 대담한 일을 해 냈으므로 다른 물건들은 더욱 쉽게 버릴 수 있다. '매도 먼저 맞는 게 낫다.' 는 말처럼 일단 큰일을 해치우고 나면 맘이 후련하다.

나도 이런 부류의 사람이어서 처음 비우기를 시도 할 때 냉장고, 신발장, 전자레인지, 수납장 등 큰 물건들부터 비웠다. 사람마다 성향이 다르니 비우는 방법은 스스로에 맞게 하면 될 것이다. 중요한 것은 어느 쪽을 먼저 시도하든지 '일을 시작해야 한다.' 는 것이다. 시작하고 저지르면 후회보다는 희열이 느껴질 것이다.

두 번째로는 물건이 다시 늘어나는 '물건 리바운드 현상' 에 대한 당부이다.

미니멀 라이프를 시작하고 물건을 비우는데 열심을 내지만, 조금 방심하게 되면 물건은 다시 증식한다. 이것을 '물건 리바운드현상'이라고 하는데 미니멀리즘을 시작하는 대부분의 사람들이 겪는 일이다. 다이어트 시 요요현상과 비슷하다.

그럴 때는 '미니멀 라이프는 귀찮구나, 에이 살던 대로 살자.' 할 것이 아니라 발전해가는 과정이라 생각하자. 물건 리바운드 현상으로 의욕이 떨어지거나 한동안 비우기를 중단하게 된다면 '왜 내가 미니멀리즘을 추구하려고 하는가?' 에 대한 동기를 다시 갖는 일이 필요하다.

그럴 때는 'Part 1. 08 나는 왜 버리는 것에 실패할까?' 에서도 말했지만 미니멀 라이프에 관한 책을 읽거나 동영상을 보거나 미니멀 라이프를 실천하는 사람들과 소통하는 일이 중요하다. 주변에 미니멀 라이프를 하는 사람이 있다면 함께 만나고 의견을 나누라. 시너지효과가 있어서 서로에게 도움이 될 것이다. 그렇지 못하다면 미니멀 라이프 인터넷 카페나 블로그를 통해 소통하는 방법이 있다. 혼자서 비우기를 실천하다 동기가 약해지면 시들해지기 마련이니, 여러 가지 방법들을 통해서 스스로를 충전해가도록 하자.

세 번째로는 '나는 물건의 주인이다.' 는 생각을 잊지 마라.
물건이 많아지다 못해 물건에 둘러싸이다 보면 늘 물건에게 끌려 다니게 된다. 주문한 택배가 도착하면 택배박스의 분리부터 시작해 물건의 자리 마련해 주기, 청소해주기, 고장 나면 수리해주기 등 물건은 들어오는 순간부터 보살핌과 수고를 필요로 한다. 이러한 물건이 집안에 가득하다면 매번 물건으로 인해 쉴 틈이 없게 된다. 내가 물건을 소유한 것이 아니라 물건이 나를 소유해버린 형국이다. 물건을 소유할 때는 그 물건이 '나를 기쁘게 해주던지, 삶을 편리하게 해주던지'의 역할을 충실하게 하도록 해야 한다. 그 중 아무것도 하는 역할이 없는데 집안에 주인으로 군림해 있다면 빨리 집밖으로 내 보내야 한다. 물건의 하인노릇을 해주기 싫으면 말이다. 아깝다거나 비싸다거나 하는 이유로 계속 집안에 두고 있으면, 물건으로 인해 신경을 써야하는 마음의 손실은 계속된다. 물건보다 더 비싼 노동력과 공간에 대한 비용이 손해가 난다. 물건을 잘 부리고 자신을 위해 헌신하도록 만들자. 아니면 즐겁고 행복하게 하는 역할을 잘 수행하도록 만들자. 그러지 못한 물건은 동정하지 말고 내보내자.

네 번째로는 '미니멀 라이프로 비교하지 마라.' 이다.

미니멀리즘을 추구하다보면 비우는 일에 빠져 '얼마나 많이 버렸느냐.'에 관심을 둘 때가 많다. 타인의 방식을 쫓아가려고 무리를 하는 경우도 있다. 사람들의 사는 스타일과 집, 추구하는 바가 다 다름에도 책이나 카페 등에 올라있는 사진들을 보며 부러워하기도 한다. 넓고 쾌적하며 아름다운 실내인테리어와 아무것도 없는 텅 빈 방, 깨끗하고 흠집하나 없는 가구와 고급 물건들을 보며 낙심하지 말일이다. 사람이 살아가다보면 어질러지기도 하고 가구나 벽지에 흠이 나기도 한다. 고급 제품만을 갖추고 살 수도 없다. 더군다나 식구가 여럿이면 자신이 원하는 방식대로 완벽하게 되는 일이 쉽지 않다. 식구들과 함께 사용해야 하는 공간은 마음대로 식구들의 물건을 없애버릴 수도 없다. 그러니 미니멀리즘 카페나 블로그 등의 완벽한 사진들이 마치 모든 미니멀리즘을 대표한다고 착각하지 마라. 자신의 스타일과 가족에게 맞는 미니멀 라이프를 추구해가면 된다.

우리 집도 베란다 한 쪽에는 나의 작품과 미술용구들이 가득 차 있다. 미니멀 라이프를 한다고 소중한 작품과 미술용구들을 몽땅 처분할 수는 없는 일 아닌가? 물감이 묻은 붓, 크고 작은 캔버스, 각종 지류 등 결코 아름답지 않다. 이런 자질구레해 보이는 물건들이 집 한 구석을 차지하고 있다고 해서 미니멀리스트가 아니라고 자책하지 않는다. 그것들은 부피가 있지만 늘 소중하게 사용하고 있는 물건들이기 때문이다.

그러므로 각 가정과 자신의 가치관에 맞는 미니멀리즘을 추구하기 바란다. 저렴한 물건을 쓰면 어떻고 인테리어가 멋지지 않으면 어떤가? 집안을 찍은 사진 비주얼이 아름답지 않으면 어떤가? 미니멀 라이프는 자신을 위하여 하는 것이지, 타인에게 자랑하기 위해 물건을 비우고 집안을 꾸미는 게 아니지 않은가?

마지막으로 '가족들에 대해서는 긴 시각으로 보라!' 이다.

가족으로 인해 시도하기 어렵다고 하는 경우가 많은데, 가족에 대해서는 마음을 조금 내려놓아야 한다. 물론 의외로 잘 협력하는 남편도 있고 아이도 있을 수 있다. 하지만 대부분의 가족들은 시큰둥할 것이고 오히려 물건을 버리면 반발하기도 한다. 가족이라도 나와 가치관이 다르고 물건에 대한 애착이 다르므로 당연히 따라오는 반응이라 생각하자. 가족들이 호응할 거라 생각하고 집안이 갑자기 잡지의 사진처럼 확 트일 거라 기대하지 마라. 가족물건은 상관하지 말고 자신과 관계되었거나 마음대로 처분할 수 있는 물건중심으로 비워나가자. 자신의 물건도 마음이 약해 버리지 못하면서 가족들에게 버리라고 다그칠 수는 없는 일이다. 대부분 살림은 주부가 하므로 집안의 물건처분권은 주부에게 많이 있다. 마음대로 처분할 물건들을 용기를 내어 처분해 가면 집안은 많이 훤해진다. 물건 상당수가 비워져서 집안이 넓고 깔끔해지면 가족들은 엄마나 아내가 무엇을 하고 있는지 알게 된다. 관심은 없어도 은연중 보고 알므로 조금씩 협력을 하게 된다. 가끔 가족이 모이는 시간에 미니멀리즘의 유익함을 말해준다. 무엇보다 집안 환경이 달라지는 것이 보이면 그들의 생각도 서서히 변화가 온다는 것을 잊지 마라. 시간이 걸리더라도 기다리며 여유 있게 가자. 평생 미니멀리즘을 추구할 터인데 당장 맘에 들게 집안이 바뀌지 않는다고 스트레스 받지 말일이다. 미니멀 라이프로 스트레스를 덜어내고자 함인데, 오히려 반대가 되면 미니멀리즘을 시도 할 이유가 뭐가 있겠는가!

물건을 비움으로부터 시작되는 미니멀 라이프는 생활의 모든 부분으로 확장되고, 삶의 방법과 인생의 가치관까지 바꾼다. 미니멀리즘은 인생에서 가장 소중한 것이 무엇인지 깨닫게 하고, 산만하고 정신없는 삶을 정돈하도록 돕는다.

뺄 것은 **빼고** 채울 것은 채우게 하는 미니멀리즘, 삶의 가장 중요한 일에 집중하게 하는 미니멀 라이프를 당신도 시작해보라!